一个人一座城

王树兴 编

中国书籍出版社

图书在版编目（CIP）数据

一个人一座城/王树兴编．－－北京：中国书籍出版社，2020.4

ISBN 978-7-5068-7753-4

Ⅰ.①一… Ⅱ.①王… Ⅲ.①散文集－中国－当代 Ⅳ.①I267

中国版本图书馆 CIP 数据核字（2020）第 004685 号

一个人一座城

王树兴　编

图书策划	成晓春　崔付建
责任编辑	尹　浩
责任印制	孙马飞　马　芝
出版发行	中国书籍出版社
地　　址	北京市丰台区三路居路 97 号（邮编：100073）
电　　话	（010）52257143（总编室）　（010）52257140（发行部）
电子邮箱	eo@chinabp.com.cn
经　　销	全国新华书店
印　　刷	三河市华东印刷有限公司
开　　本	650 毫米 × 940 毫米　1/16
字　　数	280 千字
印　　张	16.75
版　　次	2021 年 1 月第 1 版　2021 年 1 月第 1 次印刷
书　　号	ISBN 978-7-5068-7753-4
定　　价	58.00 元

版权所有　翻印必究

序 言
一汪情深门庭暖

张秋红

"古有秦少游,今有汪曾祺。"高邮人在介绍家乡历史文化、风土人情时,经常会自豪地说起这句话。汪老用他的真情与作品,如《受戒》《大淖记事》《岁寒三友》……向世人介绍了里下河的一个县域小城——高邮,让人们在欣赏完他的作品后,有一股冲动与激情萦绕心间,继而产生要去汪老的家乡看看的心思。

我曾问过汪老的妹婿金先生,一年中有多少人因读汪老作品而走进高邮,访问汪老故居。金先生倒也实在,说:"我没有记过数,但不少呢。来人都说是被汪先生的作品吸引过来的。只要有人来,我就是义务讲解员。若知道来人的身份重要些,我就主动打电话告诉你们的。"金先生说的是实话。其实,一年中,有多少人走近高邮,寻访汪老故居与汪老作品中描述的大淖,我们也不知道。有时,是读到某些名人的文学作品时方知他们也来过了。人们来到高邮,特别是一些文化名人到高邮,都是冲着汪老来的,冲着汪老的作品中描述的风情来的。

2006年4月，作家贾平凹来到了高邮。那次活动在赞化中学，以高邮文学爱好者听讲座、与之对话形式进行。与贾先生一道来的，还有作家曹文轩、王干等。一进赞化中学大门，迎面教学楼上悬挂着一幅巨大的标语：汪曾祺母校欢迎贾平凹先生。贾先生一下车，神情立即凝重起来，连忙说："这里是汪老的故乡，汪老的母校，汪老在天上看着我呢，我不能随便说话。"整个活动期间，贾先生谨言慎行，而且还不断穿插描述汪老与之交往的生动事例，告诉文学爱好者们写作是要用心的，要贴着人物生活去写。结束时，特别留墨："到高邮 想汪老，山高水长。"整个活动我全部参加了，此情此景也一直印在心间，贾先生对汪老的敬重由此可见不一般。

2008年10月，作家王安忆夫妇也走进了高邮。不过他们是自由行，事先我们并不知道。但缘分就是这么巧，那天我正好在镇国寺接待上海《解放日报》的一行新闻界人士。在大殿里，上海的记者嘟囔了一句：刚才在山门见到的好像是王安忆。"怎么可能？她来会与我们联系的。""好像不错哎。"于是我立即返回寻找，没着着，于是大家又都猜测可能是看错人了。哪知道，傍晚时分接到了汪老妹婿金家渝先生电话："王安忆来了，你们见一下吧。"果真是王安忆，见面寒暄后，我说了下午的经历。王安忆说："错过了，又来了，缘分。"关于这个细节，王安忆在她的随笔《去汪老家串门》里有描述。王安忆对高邮印象很好，她说原本打算在高邮逗留一天，因高邮的风土人情吸引人，花一元钱在"王氏纪念馆"里听说书，还免费提供茶水，感觉真是好。坐三轮车去汪老故居，三轮车夫一直送到故居门口，仿佛到自己的亲戚家，正如汪老作品中的人物，这座城有人情味，有温度。

2009年3月，作家蒋子龙一行来高邮采风，我们进文游台，访孟城驿，观运河，看东湖风景，听高邮民歌。蒋子龙一边走，一边为高邮点赞。我记得他说得最多的话是，我知道高邮为什么会出汪曾祺这个大家了，高邮的历史风情浸润着汪老，所以他为读者捧出了一个个鲜活的人物：巧云、十一子、明海、小英子……汪曾祺出生在高邮是汪老之幸，高邮出了个汪曾祺是高邮之福。

2010年正月十五，是汪老诞辰90周年。我们专程去省作协，请范小青主席帮我们约请中国作协主席铁凝，原来说好来的，可到时又没来成，确实有些遗憾。但铁凝主席为活动寄来了融入其深情的文章《相信生活，相信爱》，这让我们活动组织者很感动。铁凝主席在文章中写道："他那些初读似水、再读似酒的名篇，无可争辩地占据着独特隽永、光彩常在的位置。"铁凝主席对汪老的评价是很高的。正如那次与王安忆见面一样，错过了，还会来。当年的5月份，铁凝主席到扬州参加朱自清文学奖颁奖活动，一结束就赶到高邮，因突然到访，我们接待时，还真有点手忙脚乱，特别是北头街上，出摊经营的多，车子过傅公桥就无法前行了，只好下车徒步前往汪老故居。我们一个劲地解释，可铁凝主席始终笑盈盈地安慰我们："没关系，生活本来就是这样。这种环境是人的生活气息浓的表现呀。"走到竺家巷巷头，烧饼摊上正好一锅烧饼出炉，铁凝主席兴致勃勃地走上前，询问价格，买了个当场咬一口吃起来："香喷喷的，好吃，汪老的作品里有。"走到故居门口，铁凝主席看到了汪老的弟弟汪海珊，眼眶突然湿润起来："像，真像，看到你，仿佛见到了汪老。"铁凝主席一个劲地说，那场面着实让人感动。走进故居，铁凝主席坐在金先生的客厅里，近观汪老的书画作品，与汪老的弟弟、妹婿唠家常，谈与汪老的交流交往的人与事，仿佛忘记了时间，到了天黑才依依不舍地离开。

因为汪老，高邮门庭若市，因为汪老，走进高邮，走进竺家巷的文人、名人还有很多很多。记得曾有个文人与我说过一句话：汪老是用他的作品为家乡高邮做了个巨大的广告。是的，非常恰如其分。

汪老离开我们二十年了，高邮人至今仍在享受着汪老带给我们的无形财富。因为汪老，因为汪老笔下描述高邮的故人往事、风土人情，越来越多的人走进了咱们高邮。我想，高邮也不会辜负汪老，会让家乡越来越美，让家乡人越来越自信、越文明。

作者简介

张秋红，曾任高邮市宣传部部长、市委副书记，现为高邮市人大常委会主任。

目 录
CONTENTS

第一辑　亲友故交忆旧

忆汪老，铁凝潸然泪下	王　鑫	// 002
他见过老头儿，就两回	杨　早	// 006
称名忆旧容	杨汝絧	// 012
我与大舅舅	金传捷	// 015
家宴曾祺大舅	赵京育	// 019
汪先生的馈赠	任俊梅　杨汝佑	// 025
难忘那个夜	朱维宁	// 028
汪曾祺回故乡	肖维琪	// 031
那年，汪老夫妇在文游台	姜文定	// 037
汪曾祺为家乡书记挥毫	陈其昌	// 039
汪老，高邮老乡	尤泽勇	// 042
淡泊汪老	何　叶	// 045
梦断菰蒲晚饭花	金实秋	// 049
记忆是朵五彩的云	汪　泰	// 054
汪曾祺轶事	姚维儒	// 059

第二辑　人情风物索引

汪曾祺与东大街	朱延庆	// 064
故乡何处是	濮　颖	// 071
汪曾祺对一座庭院的挂念	施成华	// 075
一只再也吃不到的草炉烧饼	杨　早	// 079
大淖河水不了情	葛桂秋	// 082
汪曾祺的车逻情	徐晓思	// 087
汪曾祺和我的父亲戴车匠	戴明生	// 091
永远的厨师	周　游	// 094
我与汪老聊美食	姜传宏	// 099
寻找汪老笔下的吃食	李兆明	// 101
蚬子炒韭菜	朱桂明	// 104
品味"舌尖上的汪曾祺"	王小见	// 109
汪曾祺与《汪氏族谱》	徐　霞	// 115
汪曾祺小说《受戒》的人物寻访	夏　涛	// 118
汪曾祺访谈录	陈永平	// 124

第三辑　文学印象品读

斯人也而有斯文　　　　　　　　杨　早　//　136
汪曾祺早期小说的两种调子　　　杨鼎川　//　140
汪曾祺和京剧的恩恩怨怨　　　　陆建华　//　146
汪曾祺笔下的高邮风情　　　　　张文华　//　152
汪曾祺的酒气　　　　　　　　　周寿鸿　//　155
汪曾祺的乡愁　　　　　　　　　许伟忠　//　161
青天一鹤　　　　　　　　　　　吴毓生　//　166
重读汪曾祺　　　　　　　　　　孙生民　//　169
乐观主义的苹果　　　　　　　　宋丽丽　//　174
钓鱼的医生　　　　　　　　　　金传捷　//　177
家乡在心灵回归的路上　　　　　吴　静　//　180
传　人　　　　　　　　　　　　居永贵　//　187

第四辑　余韵泽被后世

高邮人民路：寻找汪曾祺的精神气息	老　克	// 196
一枝一叶总关情	陈其昌	// 202
高邮城里寻汪老	厉　平	// 206
汪曾祺给我的一封信	王树兴	// 210
汪曾祺劝导我写作	张鲁原	// 213
汪曾祺：谦和与率真的长者	徐　林	// 215
洒脱的汪老	姚正安	// 218
诗意汪曾祺	苏若兮	// 221
做节目做出来的"汪迷"	周　扬	// 224
乡人的感激	柏乃宝	// 227
回　家	居　田	// 229
端午，候在竺家巷	茆卫东	// 233
旨在做人的汪曾祺老	赵德清	// 237
今天，我们为什么怀念汪曾祺	周荣池	// 240
高邮人心中永远的汪曾祺	子　川	// 244
他，和这座城	张荣权	// 248
边读边品《宁作我》	侯惟峰	// 253

第一辑
亲友故交忆旧

忆汪老，铁凝潸然泪下

王 鑫

喝着运河水长大的高邮人，很少有人不知道汪曾祺的。或许，不是每位高邮人都曾读过汪曾祺的书，但是对于这位老者，大家都不会陌生。似乎他随时都能套个老头衫，从城北的大淖巷子里走出来，左手拎着几块刚出炉的草炉烧饼，右手提着两包蒲包肉，晃晃悠悠，一路打着招呼，回家去了。

高邮这座城市，不大，但是很能出文人。高邮人都喜欢去文游台，登高，远望，也都喜欢在秦少游的塑像下，顺着他的目光，望一望水乡，理一理情思。当然了，宋代的才子，清代的"二王"，现在谈起来，高邮人大概都要整一整衣冠，说上一句：

"多少年之前，高邮出了这么一位……"

但是，说汪曾祺不用，汪曾祺并未远去，或者说，他从未远去。我们读秦少游的诗词，"金风玉露"也好，"月迷津渡"也罢，你总会觉得很是遥远，在时空上，很难接近。但是，读汪曾祺，他笔下的大淖，他笔下的县城，一直都在，我们曾经在这里生活，现在，以及将来，我们还将在这里生活。尽管，这座县城里，已经没有了开炮仗店的陶虎臣，没有做小生意的王瘦吾、画画的靳彝甫，但是那些清澈明亮的校歌，一直都在啊，唱校歌的人已经不是当年的那些人了，已经是他们的孙辈，乃至重孙辈了，可是这样的情怀，这样的淳朴和自然，在汪曾祺的笔下，早已成为一种定势的格局。在高邮这样的县城里生活，或许不会大富大贵，或许难以平步青云，但是最为难得的是，那一份生活的自在，那是一种在大雪纷飞的季节里，三五好友，围炉而坐，几盘荤素，一杯小酒的自在。

读汪曾祺，年纪小了，不行，你只能读出文字的平淡，甚至觉得无味。正如我初中时读《受戒》，非但品不出其中的好，反而觉得太短，情节也不够跌宕起伏，语言也不足精彩吸睛。后来虚长了些年岁，再度读起《受戒》，就只有一声叹息。叹息这人世间，竟也有如此洗净铅华的文字；叹息这文学界，竟也有如此淡雅如风的清新；叹息这位作者，竟是自己的老乡，可惜无缘见他一面。

读了大学，毕业工作，在报社从事文化新闻工作，却又离汪曾祺近了些。每年我都会接触很多文学家，来扬州采风，或者参加各种文学活动。采访文学大家，也有一些套路，如果实在没有做充足的准备，那也有一种"万金油"式的采访方式：抬出汪曾祺来。如果对方年纪稍长，不妨问他，是否和汪曾祺交往过。如果对方岁数不大，那就问他，文字有没有受到汪曾祺的影响。

百试不爽。

几乎每一位当代的文学家，提到汪曾祺时，他们的目光和语气，无一不放缓一些，变得柔和一些。有些和汪曾祺有过接触，甚至登门拜访过，吃过汪氏家菜的，那就更是打开话匣子，有着说不完的谈资。"可爱""率真""真文士"，诸如此类的定语，不断叠加在汪曾祺的身上，一个永远乐呵呵的老头形象，就在他们的不断描述中，定格下来。略微总结一下，汪曾祺是一个承前启后的大人物，他身上既有传统文人的清雅风骨，也有现代作家的烟火气息，他的出现，打通了中国文学从近代到现代的关键环节。

现在这些年，关于汪曾祺的作品，被重印了很多次，好像大家这才开始回望汪曾祺，这才开始重视汪曾祺。大家似乎在此时此刻，才有些恍然大悟，说道，哦，原来我们有过一位真正的大家，名叫汪曾祺的。可见，真名士，是隐在时光之下的花，无论任何时候，只要清风徐来，就能满室留香。

在多位回忆汪曾祺的作家中，我印象最深的还是铁凝。2010年，身为中国作协主席的铁凝，来扬州参加"朱自清散文奖"的评选，她特地提出，要到高邮去看一看。从扬州开往高邮的路途，并不算长，铁凝一直看着窗外，看着运河的水，奔流不息。到了高邮城北，在汪曾祺故居里四周看了看，当她的脚步刚刚迈离汪家的门槛时，她忽然潸然泪下，泪如泉涌。

相信她是睹物思人，相信她是难以忘怀，相信她在那一刻，知道自己告别了一个文学的时代，身为中国文学的当代掌门人，她在这里感受到的，是汪曾祺留下的笔墨情怀，人文精神。

忽然想起，在文游台的汪曾祺纪念馆里，陈列有一张照片。汪曾祺坐着，一脸的慈祥。身边站着一位穿连衣裙的年轻女子，面容清瘦，清隽文气。这位年轻的女子，正是铁凝。在她的文学道路上，汪曾祺曾经给予很多无私且有益的指引，正如她自己在散文中写过的那样："1989年春天，我的小说《玫瑰门》讨论会在京召开，汪曾祺是被邀请的老作家之一。在这个会上他对《玫瑰门》谈了许多真实而细致的意见，没有应付，也不是无端的说好。"的确，作为一位老作家而言，很多时候出席年轻作家的作品研讨会，往往只会说上一些客套话。但是，汪曾祺不，"没有应付，也不是无端的说好"，这是多么难得。

所以，这不是铁凝一个人的泪水，这是整个中国文学告别汪曾祺的失落和忧伤。很多人都说，读汪曾祺的文字，感受最多的，就是"自然质朴，通透快乐，平淡而有味"，他的"书就像一杯茶，余香绕齿，而且，很温暖"。多好啊，哪怕是对于汪曾祺的评价，也不会出现那些惊天动地的华丽辞藻，每个人在捧读汪曾祺的作品时，无论开始时是什么样的心境，到了放下书本时，一定是心如湖水，透彻清明的。一如他笔下的芦花荡，有"紫灰色的芦穗"，有"野菱角开着四瓣的小白花"，尽管也有些水鸟的飞动，但是已经撩不起你内心的波澜不惊了。

至今，我都不敢对汪曾祺的文字有任何的评价，因为不够资格。所以，在这里，最终还是要引用一段铁凝的文字作为结语，相信她的文字，说出了我的心声，也是你的心声：

他像一股清风刮过当时的中国文坛,在浩如烟海的短篇小说里,他那些初读似水、再读似酒的名篇,无可争辩地占据着独特隽永、光彩常在的位置。能够靠纯粹的文学本身而获得无数读者长久怀念的作家真正是幸福的。

他就是他自己,一个从容地"东张西望"着,走在自己的路上的可爱的老头。这个老头,安然迎送着每一段或寂寥或热闹的时光,用自己诚实而温暖的文字,用那些平凡而充满灵性的故事,抚慰着常常是焦躁不安的世界。

作者简介

王鑫,80后,高邮人。《扬州晚报》文娱部副主任,多年从事文化新闻报道。有人物传记、散文随笔等作品散见报纸杂志。

他见过老头儿，就两回

杨 早

电梯徐徐上升，似乎要一直到顶，然而终于在十二层停了下来。

踏进门，厅不大，最触目的反而是临街的窗，因为正是落日时分，光线似乎更强烈。八月天气，窗还关着。对面好像还没有这样高的楼。立刻便想到了《塔上随笔》的序言：

> 窗下就是马路。大汽车、小汽车，接连不断。附近有两个公共汽车站，隔不一会，就听见售票员报站："俱乐部到了，请先下后上。""胡敏！胡敏！""牛牛，牛牛，牛牛……"不远有一个内燃机厂，一架不知是什么机器，昼夜不停地一个劲儿哼哼。

这便是一个大作家的居所。但他浑无所觉，那时还在念大学中文系，十个人一间宿舍，晚上借一台应急灯抄稿子，还体会不到居家的难处，和环境对一个写作者的压抑。

小小的三居室。老头儿穿着睡衣，坐在沙发上眨巴着眼睛。话很少，因为是生客。茶泡好，碧螺春，香得紧。墙上一幅没骨荷花，他之前没看过老头儿的原作，但此刻拘谨，手心微微出汗，也不敢多看。

他算是资格（四川话，地道）的"汪迷"。初中，插班，全班只有他一个人在学校吃午饭。炊事员只做两个人的饭，他的，自己的。放了一本《晚饭花集》在桌肚里，每日午饭后读，读了一个学期。多少遍了？静静的庭院只有他一个人，他喜欢看李小龙的晚饭花："晚饭花开得很旺盛，它们使劲地往外开，发疯一样，喊叫着，把自己开在傍晚的空气里。浓绿的，多得不得了的绿叶子；殷红的，胭脂一样的，多得不得了的红花；非常热闹，但又很凄清。没有一点声音。"

他从小读当代作品，《小说月报》《小说选刊》《花城》《当代》……没有看过这样的小说，"非常热闹，但又很凄清"。

后来听爷爷说，老头儿是他家的亲戚。是的，他籍贯是江苏高邮，小时候还因为学生证上如此注明，买不到四川境内的半价火车票。"他是我的表弟，小名叫和尚。"爷爷漫不经心地说，"他的生母姓杨，是我的堂姑。"

本来热情洋溢地向所有人推荐老头儿的他，此后反而添了几分迟疑。"还不是因为是你拐弯抹角的亲戚！"朋友们已经这样讪笑。

即如此刻，也不过与父亲一道，以远房亲戚的身份登门拜访。他也有过面对不相识的远亲的经验，找不到任何话说，只管木然地坐着，间或问一两句近况，不咸不淡地完成一次礼仪性会面。

好在尚有老头儿的小说可谈。

高中时，他将漓江版的《汪曾祺自选集》读得滚瓜烂熟。一个问题久已横亘心中，便不顾自己只是"亲戚小孩儿"的身份，冒昧地发问了：

"《骑兵列传》和《王四海的黄昏》，《汪曾祺自选集》为什么没选？"

老头儿微微有些吃惊，想了想说："那里面虚构的成分太多。"

真的吗？《骑兵列传》是老头儿1974年访问的"追记"，王四海这个江湖艺人，明显也是老头儿记忆中的人物。"虚构"从何说起？现在他仍不很明白。当时，根本不敢追问，反而在心里自作聪明地下了个注解：

"看来，写任何一个人，汪曾祺都牢牢遵从老师沈从文的教诲：'要贴着人物写'。"

是这样吗？不能起老头儿于地下，随听者瞎解吧。

接着提到了《沙家浜》，老头儿脸上顿时有了些灰暗，低声说："写得很辛苦。"

小孩儿插话的机会也就这么多。临走时，他拿出新买的《汪曾祺文集·小说卷·上》，要老头儿"题一句您写小说最深的心得"。老头儿想了半分钟，起身去了里屋。出来时，字已经写好了，还加盖了印章。词曰：

"小说是删繁就简的艺术。"

粉丝与偶像的初见，也就是这样了。但他内心异常兴奋，归途中细细咀嚼老头儿的每句话，一时间许多感慨，一直想到周作人与沈从文——从几句话能生发出许多感慨，大约是年轻人的通性，理解这点，就能理解为何余秋雨会受大学生欢迎。

他回了广东，父亲留在北大做访问学者，后来又采访了老头儿好几次，整理成文字发表。他听了录音，照例，不能发表的部分更好玩。老头儿在录音里说，他是一条活鱼，不能被分成几段研究。老头儿大学不能毕业，头一年是体育不及格，第二年是因为裤子上有洞，不好意思去美国部队里帮一段儿忙，可当时这差使相当于如今的英语四级，于是"NO PASS"。

这时他已经入了媒体，采访、编辑之余，不遗余力地推荐老头儿，《岭南文化时报》《黄金时代》《羊城晚报》……他希望一切人都能读读老头儿，他相信只要读过的人，都会喜欢的。

再访北京，已是两年后。那一年老头儿七十六了，他才廿三岁。

老头儿已经搬了去虎坊桥，儿子的房子。老太太说："老汪干了一辈子，没有自己的房。"作协倒是说要分房，在石景山，看得见火葬场的地方。"不去！我还想多活几年！"老头儿愤愤。

这次见面，老头儿明显气色差了，听说大病了一场。脸发黑，时有倦容。老太太也不大好，两年前能迎下楼来，如今跌了一跤，只好坐着不动。

上次会面后，他曾有文章记老头儿印象：

  有文章说，汪老捂着嘴偷笑的时候，很显"猴相"。我悄悄地观察了一阵，果然不错，他眼里时时闪现的光芒，总让人想起一个字：精。而且我还发现了一点奇事：汪老在仰头、低头、侧头的时候，从不同角度看去，模样都截然不同！就好像一个人有很多副面孔似的。

这段文字后来被林斤澜等人引用，可见观察还算到位。然而第二次会面，类似的神采便少见。上次，老头儿说："现在每天早上一睁眼，就想着，今天写点儿什么呢？"近来却写得少了。

他有些心疼，想告辞。然而两位老人都很高兴，约次日晚上去吃饭。

老头儿大概已做不动饭了，由保姆代劳。儿子汪朗、孙女汪卉都在。后来有一本父子合出的食书，才知汪朗对于吃道亦是行家，失敬。汪卉时不时逗老头儿、老太太玩儿，全无尊卑长幼的姿态，看着让人高兴。

老头儿的酒量可没减，酒瓶照例不开盖，戳个洞就往外倒，反正两天就见底。酒过三巡，老头儿又讲了那个著名的故事：

"西南联大时昆明翠湖边有一个图书管理员，在图书馆墙上挂了一个钟。这钟是不走的。他每天上班，把钟格勒勒，拨到八点钟，上班；他想下班了，格勒勒，把钟拨到十二点，下班！"

上次老头儿也讲过这故事，真的喜欢哩，说："这样的生活才叫写意。"

转过年，他听说老头儿去了一趟宜宾。他爷爷跟老头儿会了面，老哥俩儿有小六十年没见了吧？

会面澄清了几桩历史冤案。老头儿以惊人准确著称的记忆力向他爷爷指出，他是爷爷的表哥，而非表弟。另外，老头儿的小名也不叫"和尚"，爷爷的小名才叫"和尚"，老头儿叫"黑和尚"。

他在电话里听到这些辨证，笑得直打跌。其时，他正在准备考研，会面中提及此事，老头儿相当不以为然："搞文学不用念什么研究生，我就是大学肄业。"

又两年后,老头儿已经去世。一位大学时的老教授来北京,是他研究生导师的研究生导师。老教授也是西南联大中文系出身,比老头儿高一级,后来读了研,导师大约是朱自清。老教授托他打听张兆和的居处,想去看看师母。老教授说:我当年和汪曾祺他们玩不到一块儿,一天到晚也不读书,疯疯癫癫搞创作。

老头儿曾在录音里说,系主任朱自清不同意沈从文让老头儿留校的请求,原因主要是老头儿不上朱先生的课,也不交作业。

又两年后,他回了一趟高邮。乡亲给老头儿建了文学纪念馆,言谈间大有奉其为秦少游后第一乡贤之意。可是有乡亲说起老头儿写薛大娘,直摇头:"那就是个拉皮条的呀!"老头儿不但写了这位马泊六,并且说:"薛大娘身心都很健康。她的性格没有被扭曲、被压抑。舒舒展展,无拘无束。这是一个彻底解放的,自由的人。"

又两年后,某出版社托他选编《汪曾祺选集》,他特地选了《薛大娘》,不是因为小说的技术。老头儿说过他自己是一条活鱼。他不愿意世人只看见老头儿"最后一个士大夫"的一面。

他雇了一只渔船,一个小伙子掌桨,在高邮湖上溜了半日。阳光热辣辣地晒在身上,溽暑的水汽蒸腾在寥落的芦苇间,白亮亮的湖水死命地晃眼,静静的一潭水,掩盖着多少年的世事与人心。法国人说,老头儿的小说里"充满了水的气息"。

那一刻,他觉得,既理解了《受戒》,也理解了《薛大娘》和《小嬢嬢》。

时光似乎回到了1997年5月,他在南方燠热的空气中,先后接到老头儿和外公的死讯,内心一片冰凉,而身边的同事喜气洋洋地奔忙着,满心期待着香港的回归。

作者简介

杨早,北京大学文学博士,中国社会科学院文学所副研究员,中国当代文学研究会副秘书长,《话题》系列主编,阅读邻居读书会创始人之一。祖籍高邮，生于富顺，近年主要关注中国近现代舆论史与文化史、当代文化研究等。

称名忆旧容

杨汝栩

汪曾祺的外祖家在高邮城北的杨家巷,少年时代的汪曾祺是这所大宅院里的常客。这座门旁立着镂花石鼓的大宅院,虽已显得十分破落而冷清,但在孩子们眼里却是无拘无束的乐园。二门里边有一方青石板铺地的天井,放学归来,汪曾祺与表兄弟们在这里"过河洗大澡";宅西有一处叫作"晒场"的荒地,夏日雷雨欲来的黄昏,他们挥舞竹扫帚在这里追扑满天的红蜻蜓;后院有一处野草丛生的废园,秋天月上树梢的夜晚,他们拿着煤油灯罩蹲在木香花树下掏蟋蟀。有时也做些文雅事,比方说,坐在叫作"高台子"的家塾里看小说,写大字,欣赏墙上的字画。遇到天气晴朗的日子,还常常结伴爬上运河塘,去看过往的白帆,看潜水捕鱼的鸬鹚。1994年,汪曾祺已经是皤然一老翁了,他在《赠杨鼎川》一诗中写道:

高坡深井杨家巷,是处君家有老家。
雨洗门前石鼓子,风吹后院木香花。
闲游可到上河塘,厨馔新烹出水虾。

倘有机缘回故里，与君台上吃杯茶。

对儿时的旧游之地，对童年与小伙伴们嬉游的乐趣仍流露着深深的怀念之情。

卢沟桥事变爆发以后，汪曾祺和他儿时的小伙伴们，都陆续离开了即将沦陷的家乡，散落在"大后方"的四川、云南、福建一带，有的甚至远涉重洋，到了异国他乡。在此后的半个多世纪中，他与其中的大多数人没有再见过面，有些更完全失去了联系。

1994年，一位年轻人来到汪曾祺在丰台的寓所，自我介绍说叫杨鼎川。原在佛山大学中文系任教，现在来北京大学做访问学者，此次登门一是为了求教，同时也是为了向他转达父亲杨汝纶的问候。杨汝纶？一听这个名字，汪曾祺就明白眼前站着的年轻人必定是自己的一位表侄，因为他的表兄弟们都是以"汝"字排行的。一老一小谈得很投机，于是就有了上面那一首诗。

离开家乡的时间实在太长了，何况杨家支庶繁衍，以"汝"字排行的表兄弟有好几十，汪曾祺看着"杨汝纶"这三个字很久，竟然无法将名字跟记忆中的形象对上号。他去世后，人们在他的遗稿中发现有一首《赠杨汝纶》的诗，生动地反映了他当时困惑的心情，诗是这样写的：

杨家本望族，功名世泽长。
子孙颇繁盛，君是第几房？
几时辞旧宅，侨寓在他乡。
与君未相识，但可想清光。
葭莩亲未远，后当毋相忘。

这也难怪，杨汝纶虽与汪曾祺年岁相仿，儿时也曾在一起嬉戏，但卢沟桥事变以后，就随在国民政府交通部供职的父亲流徙到重庆。父亲没有能看到抗战胜利就去世了，一家人从此流落在四川。新中国成立后，历尽艰难、半生埋头于教育事业的杨汝纶先后被选为富顺县的副县长、人大常委会副主任、政协副主席。公私事务繁忙，虽也时时念叨要返回故里、寻访儿时伙伴，但终于也只能是说说而已。

1997年4月底，汪曾祺应邀到四川宜宾参加"五粮液笔会"。得知这个消息以后，当时已经七十八岁的杨汝纶立即从富顺驱车直奔宜宾。5月1日晚间八点，他跨进了作家们下榻的翠屏山庄。大厅里灯火辉煌，正在长案前作画的汪曾祺听到通报，立即搁下画笔迎了上来。两位老者紧紧握手，久久相互凝视，还是汪曾祺的记性好，他突然大声喊了一句："这不是桂官吗！"这一声立刻把两位年近八旬、乡音已改的老人带回了童年，带回了故乡。这一夜他们喝着盖碗茶直谈了三个小时。

告别的时候到了，杨汝纶请汪曾祺写几个字留作纪念。汪曾祺欣然应允。工作人员送来了文房四宝，汪曾祺执笔在手，笑问："写什么呢？"杨汝纶说："随便你写，唐诗、宋词都行。"汪曾祺略一沉吟，写了李商隐的两句诗："何当共剪西窗烛，却话巴山夜雨时。"但匆忙之间把"雨"写成了"语"。杨汝纶忙说"错了"。汪曾祺含笑，不慌不忙加上"雨字误写作语"几个字。写好后，他盖上印章，说："这张不算，回北京后另写一张寄来。"

5月4日，汪曾祺突然因病飞返北京，5月12日住进友谊医院，四天后就匆匆地走了。这次重逢竟成了永别，这张"不算"的题字也成了他一生最后的遗墨。

作者简介

杨汝栩，1933—2003年。毕业于中国人民大学党史系，留校后因"反右"被下放安徽蒙城县，返乡后在高邮中学任教，兼扬州职工大学高邮教学班讲师，写作大量研究地方文化的文章。散文随笔刊发于《散文》等文学期刊，有《杨汝栩文集》。

我与大舅舅

金传捷

王树兴先生从北京给我发微信,嘱我写一篇纪念舅舅汪曾祺的文字,并约定15号前交稿。我想了想,自我出生以来,与大舅舅仅有四回见面,每次见面时间长短不一。但虽如此,大舅舅却多次关心我,无论在文学、书法,还是个人婚姻等方面,都时时牵挂着。

我第一次见着传说中的大舅舅是在1981年10月的一天下午,当时我跟着爸妈在通湖路最西端运河边的汽车站接他。这次回乡,是他应高邮县政府邀请,第一次回到阔别了42年的高邮。一车人从车上下来了,因为没见过这位大舅舅,我茫然地看着人群。这时一位60来岁,中等个子,身着中山装的老人,缓步走向我们,眼睛与我母亲汪丽纹刚一碰上,没有任何迟疑,便很笃定地拥抱在了一起。我知道了,眼前这位老人就是我的大舅舅。

大舅舅第一次回乡的时间最长,前后40天左右,前30余天住县第一招待所,后一周住家里(即现在的故居)。在高邮的这段时间,是大舅舅这一生最感惬意的时光。爸妈下班后,带着我和姐,几乎天天去招待所坐一会儿,喝茶、谈高邮往事、聊家常。只要没有官方应酬,大舅舅总会提议:回家去。

我们便从招待所一路步行回家,边走边谈。一进家门,大舅舅就对我爸说,桌子搭开来,炒个鸡蛋,抓把花生,先喝起来。爸爸随即下厨做小菜。于是,我们就都围桌而坐,我就陪大舅舅先喝起来。大舅舅喝酒很慢,吃菜也很少,只是用筷子夹一条醉虾或一小撮大蒜炝茶干,品个味。更多的时间,他是问东问西,说这说那,并时时开怀大笑。有一次酒后,他让我爸把宣纸铺下来,提笔写下"滨河野筑"四个字的横幅。他自己看了这幅字说,还有点意思。我爸说这幅字有日本书法的味道。他哈哈大笑,说这是洋河大曲作的怪!

大舅舅得知我已经报名参军,问我验的是什么兵种,部队在哪儿。我告知是海军水兵,部队在上海。几天后,他即买了本紫色绒面的影集送我,并在影集的扉页用毛笔题写了:

乘长风破万里浪

送捷甥参军
曾祺 一九八一年十月三十日

在我去部队写信回家报平安后,大舅舅又专门作了一首诗,写成条幅送给我:

东海日升红杲杲,
水兵搏浪起身早。
昂首浩歌飘然去,
茫茫大陆一小岛。

写与小捷 一九八一年十一月 大舅舅

1986年秋,汪曾祺、黄裳、林斤澜等受扬州市政协邀请到扬州参加文学活动,活动间隙,大舅舅专门回了趟高邮,这次回来只逗留了两天。回到高邮,他首先要回家看望我外婆(任氏娘),在进家门前,他在门口的水泥台阶上给任氏娘行了跪拜礼。外婆赶紧挽住他，对他说："曾祺，不可，你也是见孙子的人了。"他说："那不行，这是汪家的规矩。"大舅舅那天很兴奋，坐在家里的瓷鼓（过去汪家花园花厅内陈设的鼓形钧窑瓷凳）上，回忆起过去花园内长了哪些植物，说他经常挟一本书，带一块王二家的牛肉，倚在树杈上，边啃牛肉边看书，一待就是半天。还说到太爷为防孩子们在花园玩得时间久，编说花园有个白胡子老头，专抓孩子……我乘兴拿出几幅练写的书法和几篇已发表过的散文，请他指点，他很仔细地看了一遍，还用铅笔为其中一篇文字改了一个词。他对我写的《傅老先生》一文大加赞赏，说这篇文章的结尾尤其好。此次他回到北京，在写给家里的信中，特别提到了我："小捷很有才气，他的字很有希望，叫红梅督促他用功。让小捷学学做旧诗，写字老是抄唐诗，没劲。写自己的诗，字可以更有个性。写旧诗，不难，要他慢慢来。一开始总会不像样子，写写就好了。太爷就跟我说过：'文从胡画起，诗从放屁来。'"过不久，大舅舅又写信来，说是已为我联系好去北京鲁迅文学院学习深造的事，但必须要脱产学习，并寄来了入学登记表格。我当时在高邮中医院上班，找院长谈脱产学习的事，院长回说，我们医院不需要学文学的，脱产不可能。此事遂成为憾事！

　　大舅舅最后一次回乡是在 1991 年秋天，当时是应高邮商业局邀请参加北海大酒店开业的，因"北海大酒店"的店名是由大舅舅题写的。此次，大舅舅携大舅母一起到了高邮，这是大舅母这辈子唯一一次来到高邮。他们被安排住在北海大酒店五楼的套房内，套房由会客厅和卧室组成。所住套房的客厅中，无论白天还是晚上，常常有人到访，有官方的、有民间的，也有学生。大舅舅是来者不拒，与来访者皆相谈甚欢。因北海大酒店距家里很近，步行仅三五分钟的路程，所以，一天里我们能往返好几次酒店与家中。大舅母是新华社高级记者，习惯性地随手都带着相机，于是我们家人与他们在宾馆、街头、家里都拍了不少的照片。著名的"高邮湖上老鸳鸯"这帧照片，则是他们此次回高邮的意外收获。大舅舅与大舅母得知我当时已谈定了女朋友，都很为我高兴。临行前，大舅母从北京买了真丝料子送给我的女朋友，大舅舅则亲自跑到荣宝斋买来洒金宣纸，为我书写了新婚喜联（嵌字联）：

风传金羽捷

雨湿小梅红

　　我最后一次见着大舅舅是1997年5月27日。此前表哥从北京打来电话，告知家里，老头儿已于1997年5月16日上午10时30分在北京友谊医院去世，遗体存放在北京友谊医院，定于5月28日在八宝山举行告别仪式。5月25日，我妈带着我和大姐，还有高邮的几个亲戚，从高邮出发，在南京乘火车赶赴北京吊唁。5月27日下午4点50分，天下着细雨，汪朝问要不要带伞，我们说不用。我们一众人步行去了北京友谊医院，直奔医院太平房，隔着玻璃门窗，我看到工作人员正给大舅舅整容。整容室玻璃门外站着一个全身黑衣的年轻女子，问是曾明了。我们连同汪明、汪朝都进了整容室，看工作人员为大舅舅整容。大舅舅显得很安详，面部还很饱满，依然是他活着的样子。不一会，林斤澜、李陀、李悦、俞华及坐着轮椅的史铁生也到了，他们是提前来悼唁的。5月28日上午9点20分，我们到了八宝山革命公墓，参加了大舅舅的遗体告别仪式。在签名处，每人领取一枝玫瑰花和一张汪曾祺生平简介。我们作为家属，先在大舅舅遗体边分两排站好，目光接送4人一组从全国各地前来悼唁的人们。大舅舅躺在一片鲜花丛中，前来告别的人，一个个把手中的玫瑰花轻放在他的遗体旁，整个大厅回响着低沉大提琴声——圣-桑的《天鹅》。

　　这是我最后一次见着大舅舅，却没能与他说话。因为，他再也不能与我说话了！

作者简介

　　金传捷，现就职于高邮市市场监督管理局，多年业余从事文学和书法艺术创作，曾发表过《傅老先生》《人淡如菊》《邓大胖子》等多篇散文。

家宴曾祺大舅

赵京育

1981年10月10日，下午5时，大舅汪曾祺从南京乘车抵高邮，开始了他第一次返乡之行。在官方宴请、座谈、讲座等各种活动暂告一段落后，我父亲执意要举办一次正式的家宴，为大舅接风。时间定在10月18日晚。

那天下午，我到大舅下榻的第一招待所去接他。从中市口步行到北门外，一路上，大舅问这问那，兴致很高。到了税务桥，左拐进半边桥巷子，没几步就到了我家大门口。我正要把大舅引进门，他却停下了脚步，在大门口东张西望。突然，他问我："你们家西边是不是有一家姓李的？"

这一问，把我问愣住了。"是啊，就在坛坡子下面，门朝南的那家就是。"我一边回答，一边犯疑：李家是老邻居不假，老夫妇去世后，房屋早已易主，后人也不知搬到何处去了。比我年龄小一点的，大概都不会晓得有过这么一家子，大舅是怎么知道的呢？大舅见我诧异，补充说："过去他们家门上常年贴着一副对联'登龙门第高东汉，射虎人家继北平'，所以知道这家姓李。"经大舅这一解释，我才恍然大悟：大舅当初在"五小"读书时，每天都要从我家门口路过，上天地坛，过承天寺，巷子里有这么一副特殊的门联给他留下深刻的印象，不足为怪。但这副姓氏联中暗含两个典故：东汉李膺，"独持风裁，以声名自高。士有被其容接者，名为登龙门"；西汉飞将李广，曾任右北平太守，"广出猎，见草中石，以为虎而射之，中石没镞，视之石也。因复更射之，终不能复入石矣。广所居郡闻有虎，尝自射之。及居右北平射虎，虎腾伤广，广亦竟射杀之"。惭愧得很，这是我事后查了资料才弄清楚的。大舅当年作为小学生，就知道了这对联的典故，五十年后仍记忆犹新，这就不能不令人感叹他对学问的痴迷和记忆的超群了。

大舅进了大门，我父亲就迎了上来。大舅一看家里有不少人在忙这忙那，对着我父亲叫了起来："赵怀义，你搞什么名堂？兴师动众的！"我父亲回答说："这么多年了，你才这么难得地回来一次，请你来家中坐坐，喝杯酒，没别的意思。"一听喝酒，大舅兴奋了起来，指着我父亲："那次在北京，你可是喝多了！你还记得吗？摔了一大跤。"说得我父亲都有点不好意思了。

大舅说的是二十六年前的事。1955年秋，我父亲去北京参加全国棉花工作会议。会议结束，大舅陪他参观了故宫，并邀请他到家中叙旧。大舅那时家住阜成门外。很晚了，大舅送我父亲乘公共汽车回住地，上车时，我父亲一脚踩空，摔了一跤，确实是酒喝多了。那次，大舅给我买了很多玩具，其中有一件儿童手风琴。大舅送给我妈一条真丝纱巾，这是那个年代最时尚的物品了。也就是从那时起，我知道我有个大舅叫汪曾祺，在北京工作，是个作家。

大舅这次回高邮，父亲已经与他会过好几次了。就在前两天，我父亲与大舅谈了一个通宵。我问父亲：你们哪来那么多话？都谈了些什么？父亲说：几十年了，你大舅对家里情况知之甚少。那么大的一个家，怎么衰败成这个样子，一件件的往事，只有我说给他听了。你大舅还提起过去家中的十几方端砚，祭红瓶子，追魂碑，毕竟是文化人，心里还记着这些东西。也就是那天，父亲与大舅约定，在家中设宴为他接风。

我们家亲戚多，年轻人中爱好文学的也不少。大家都希望近距离地接触一下这位当代著名作家，所以那天安排了四桌，特地请了厨师来打理。桌次如何安排？我三弟提出：我们陪大舅。我父亲是个传统观念很强的人，断然否决:"大舅到我们家里来,由你们一帮晚辈来陪,这像什么话?这也太没得规矩了!"父亲关照我:"你大舅这一桌,也就是今天的主席,全坐老的。你作为晚辈代表,坐大舅旁边,陪好你大舅。我不上桌了,前前后后,还有好多事要照应。其余的人就随便坐吧。"这样一来,主桌上有我父亲两位亲家,还有我姑父、姨父、表叔等一帮人,他们平素大都不善言谈,与大舅又互不相识,即便想攀谈几句,也都没有共同的话题,场面势必冷清,这酒怎么喝?我同父亲说了我的想法,父亲撂下一句话:"这就是你的事了。不然,让你坐这一桌干什么?!"

宴席开始后,大家频频举杯,互致问候,气氛还算热闹,但不免都有些拘谨。大舅一边喝酒一边品尝菜肴,忽然指着一只冷盘,问我这是什么菜。我告诉他:"口条。熏制的。"大舅颇感兴趣,我又补了一句:"好像北京也叫口条,是吧?"大舅反问:"你怎么知道的?"我说记得小时候看过一则笑话,说是四川有个郎中去北京行医,在酒席上不认识口条,朋友告诉他:"就是猪舌头。北京人管它叫口条。"这位郎中便记在心里。正式开业第一天,有病人来就诊,郎中照例要看舌苔,刚要开口,忽然想起了什么,便认认真真地对病人说道:"把你的口条伸出来让我看看。"这最后一句,我故意学了一句四川话,大家听了,都笑了起来。

想不到大舅竟接了上来:"我也有一个笑话,是北京人调侃保定人的。"于是一本正经地讲起来:一位保定人在北京挤公共汽车,好不容易最后一个挤上了车。司机关上车门,刚要发动,只听保定人在车门口大叫:"夹着我的腚啦!夹着我的腚啦!"大伙听不清他叫的是什么,都调转头来问他怎么了。保定人只顾大声嚷嚷。待到大家看清楚了是怎么回事,都乐了。站在旁边的人告诉他:"北京人管那叫屁股。你早说夹着你的屁股,不就完了。"等到保定人站定,掏钱买票,售票员问他到哪站下,保定人刚要开口回答,突然一停,接下来大声报出了他要去的地方:"永屁股门!"大舅话音一落,举座哗然,席上立刻活跃了起来。

大舅接着同大家聊起了各地的语言,各地的生活习俗,特别提到云南有个地方把牛舌头叫作"撩青",说"这十分形象,无端地让人觉得很有诗意"。大舅的幽默拉近了大家和他的距离,席上各位长辈纷纷与他攀谈了起来。一位亲戚主动介绍说:"早年头的我在草巷口底下开米厂,与你家三爷熟得很。""三爷"是东街上的人对我外公的尊称。大舅一听,竟跟这位米厂老板热乎乎地交谈起来。我断断续续地听他们谈到了米厂的设备,谈到了米厂管机器的"老桂"、掌筛的大师傅;谈到了"头糙"是刚脱糠皮的糙米,颜色发红,"二糙"较白,"三糙"更白,"高尖"则是雪白发亮的上好精米,不同的品种是为了满足不同社会阶层的需要;谈到了老式作坊用石碾子碾米,新式米厂用机器轧米,这是不是一种社会进步;谈到了米厂与米店的关系;谈到了米店与地主的关系。从他们的交谈中,我第一次听说地主是如何收租的。很少有地主直接到佃户家去收租,通常由"田禾先生"操办。收了租稻,直接送到一家熟识的米店,由米店代为经营保管。要吃米时派个人去叫几担,要用钱时随时到柜上支取,年终结账,净余若干,报一总数。剩下的钱大都仍存在柜上。一切均由米店老板经手,粮钱数目,到头来只是一本良心账。谈到最后,两人似乎都沉浸在对往事的感慨之中。我不失时机地替他们斟满酒,两人举了举杯子,相视一笑,痛痛快快地干了一杯。当时我很纳闷,大舅怎么对这些陈年往事那么感兴趣?后来读了《八千岁》才意识到,大舅早就为创作这篇小说做准备了。

酒不断地斟,菜不断地上,席上气氛越来越热烈。我父亲过来转了几次,放心地笑了。大舅点了一支烟,突然向我:"你们弟兄仨对外公还有印象吗?"我说我年龄稍长,对外公有印象。当时我在新巷口小学上学,傍晚一放学就到"十六联"去玩,等公公下班后回家。回到家里,公公揩把脸,略坐片刻,不声不响站起身来。我便带上公公喝酒专用的小茶盅,跟在公公身后,直奔赵厨房。公公去世的那天晚上,是大伯带着我去同公公告别的。深秋时节,满天星斗,印象特别深。我们穿过鬼门关,沿着臭河边,从南边巷口进的竺家巷。家里人不知都忙什么去了,只有婆婆一个人孤怜地守着公公,静悄悄的。大伯问了情况,面前揭起床单,我仔细看了公公最后一眼:面色安详,头上戴的是一顶旧式的棉帽,蓝的,已经褪色了。大伯让我行礼。我恭恭敬敬地三鞠躬,算是与公公告了别。大舅默默地听我叙说,眼中已经含满了泪水。

见状，我连忙改换话题，向他介绍席上的另一位亲戚王尔聪。

王尔聪是我大姨爹爹的儿子，我们应当称他表叔。我的这位大姨爹爹在高邮称得上是一位知名的书法家。祖母在世时，他经常来我们家玩。每次来，我们都摞着他，让他给我们写字。他给我写过好多字，"文革"初还特地给我抄录了一本《毛主席诗词三十七首》，落款是："姨侄孙京育请玩。高沙半农老人。"尔聪表叔高中毕业后一直在电影院从事美工，算是自学成才吧，书法和绘画都达到了相当高的水平，在高邮颇具知名度，但与我们没有多少直接的交往。三天前，我陪大舅在第一招待所旁的实验菜馆吃早茶，大舅看到壁上有几幅齐白石的画，觉得虽是临摹，却有几分神似，笔墨老到，基本功不错，问是什么人画的。我一看便知出自尔聪表叔之手。我把尔聪表叔的情况作了介绍，大舅就有了见见他的意思。所以，今天也把尔聪表叔请到了场。

尔聪表叔很高兴，开口就和大舅聊起了《岁寒三友》，说是关于季匋民的那段描写，"一看就知道有我们家四太爷王匋民的影子，感到很亲切"。大舅见王尔聪称王匋民为"四太爷"，了解了他们之间的关系，兴致就更浓了。大舅问他见没见过四太爷，他说没见过，但四太爷的"东西"看过不少。他还向大舅提起"文革"刚开始"破四旧"的时候，好几家被抄，抄出来的东西堆在一个什么庙内，准备焚毁。派出所的朋友带他去看，里面有不少四太爷的"东西"，本想偷偷留下几件，派出所的朋友也说"没事"，但终因胆小，未敢造次，眼睁睁地看着那些好东西被付之一炬。大舅向尔聪表叔提出：你有那么好的基础，总是花时间去搞临摹，可惜了。要搞创作，要画自己的作品。开始可以画点小品，在小品的基础上逐步添加一点东西，到了一定程度，就有自己的面目了。到那时，有了自己想画的东西，有了自己想表达的东西，那就是创作了。接着又说起了他那套"吾乡固多才俊之士，而皆困居于蓬牖之中，声名不出于里巷"的老话，感叹一番，建议尔聪表叔走出去。大舅还谈起了自己对书画创作的一些见解，说中国画的创作，不仅要有功力，还要有境界。说中国人写字，除了笔法，还要讲究文行气。包世臣说王羲之的字，看起来大大小小，单看一个字，也不见得怎么好，放在一起，字的笔画之间，就如"老翁携幼孙，顾盼有情，痛痒相关"。这时，很多坐在邻桌的都被吸引了过来，大家围拢在我们这一桌，饶有兴味地听大舅神侃，借机频繁地向大舅敬酒。

一场家宴，始终洋溢着亲情、乡情，洋溢着轻松的气氛。大舅那天喝了多少酒，真没法估计。大舅一直很高兴，所有到场的人也都度过了一个愉快的夜晚。送大舅回到招待所，已经很晚了。

作者简介

赵京育，扬州师范学院数学系毕业，中学数学高级教师。原在高邮师范学校任教，后调至江苏省泰州中学工作至今。

汪先生的馈赠

任俊梅　杨汝佑

我们家有三件东西跟汪曾祺先生有关。

一张照片

大约是 1981 年吧，汪先生第一次回到故乡。也许是积压了几十年的思乡情感终于要找个喷口，就逮住了我先生杨汝佑，在北海大酒店门口留下了这张套牢胳膊的照片。

老杨是杨家一脉的后人，与汪先生同辈。汪先生母亲就是杨家出嫁的姑娘。

天上掉下来一个大表兄！还是位名人！老杨腼腆不自在，没料想汪先生主动挽住老杨胳膊，似乎套牢了杨家子弟的胳膊，就是牵住了母系家族的根系。

难怪啊，三岁就没了母亲，想要找回一点姥姥家的记忆，只能如此了！

直到现在，老杨都记得汪先生那时近乎小孩似的一种牵绊依恋的天真状态。

圈着庭院，有着汪老题词的北海大酒店早已拆除重建，因此，这张照片也就有了双重的意义：印下了汪老少年离家，老大回乡的瞬间急切的状态，也留下了那座曾经有过汪老墨宝的酒店映像。

一幅字

晨兴寻旧郭，散步看新河。
舣舶垂金菊，机船载粪过。
水边开菜圃，岸上晒萝卜。
小鱼堪饱饭，积雨未伤禾。

一大早，汪老踏着露珠出门寻觅旧踪，善音寺不见了，北城墙连同关帝庙都找不到了，却见到了一条新河！船上的，岸上的，"风景旧曾谙"啊！于是，一首诗诞生了。

1981年11月18日那天，百姓晒萝卜干的小生活，船家金菊花的小乐趣，都在先生笔下显得甜甜的，暖暖的。至于"小鱼堪饱"，"积雨未伤"两句，更是折射出先生胸中的平民情结。

不知为什么，这首诗常常让我们心中涌出"珠子灯"和"晚饭花"。

珠子灯，陪着孙淑云小姐嫁进了婆家。珠子灯，又守候着孙小姐过着寡居封闭的日子。10年啊，流苏散线了，珠子也守不住了：滴滴答答落在地板上。

滴滴答答，滴滴答答……

黑暗冰冷的房间里，孙淑云躺在床上，听着，数着……

滴滴答答，滴滴答答，单调地重复，如果在张爱玲的笔下，一定是残忍而惊悚的（她写曹七巧就是如此怪异！）。

可是在汪先生的文字里，只是小小的感伤，抚慰式的怜惜，反倒觉得分外的温暖蕴藉，还有一些悲剧的美。他以同学李小龙的视角也很有趣：

浓绿浓绿的叶子，散散乱乱的晚饭花，王玉英坐着做针线，就是一幅画！

少小离家老大回，家乡的风貌变迁很多了。可是，汪先生还保留着李小龙的单纯和挚爱。就像喜欢晚饭花一样，先生也喜欢小船船尾上的两盆草菊，还有小雪季节家乡腌萝卜大菜的风俗画。

两幅扇面

汪曾祺给扇面题词的那天，就在先前的北海大酒店。因为扇面是斜欹的蜡梅，我太太的名字里有梅，汪先生即兴题了一句：几生修得到梅花。

文人心中供奉的梅兰竹菊，这一次又触动了汪先生的名士情愫，他，止不住心驰神往了吧？

汪先生给梅花点赞，点出一种境界，也表达一份神往。这大概就是常常出现在汪先生目光中的那种穿透和眺望吧！

另一个扇面，根据画意题了"秋色斑斓下的一行新鹰"。

汪先生，跟着新鹰，心又飞远了……

汪先生真的飞远了！

他给我和俊梅留下三份馈赠，也给家乡"汪迷"部落留下许多思念、思考和前行的动力！

那么，汪先生留给文化界的遗产有多重呢？

大运河的悠悠之浪说得清吗？大运河的许多船只载得动吗？

作者简介

任俊梅，先后在高邮三垛中学和高邮进修学校执教。高级讲师。

杨汝佑，高级工程师，1972年为杭州书画社（即后来的西泠印社）活动成员，1977年回乡，先后为高邮文联委员、书协顾问、政协常委、政协书画会副会长、中国书画函大高邮分校书法教授。

难忘那个夜

朱维宁

1999年5月16日，是德高望重、中外驰名的作家汪曾祺先生逝世两周年的日子，他逝世时是77岁，这寿命不算长，但他以他文学创作上的成就，永存世间，延续着他的生命。

汪曾祺先生逝世的纪念日越是临近，我的心情越是泛起不好受的滋味。这些日子，我几乎不分是喧嚣的白天还是宁静的黑夜，都在不断地翻阅《汪曾祺文集》，似乎这样可以缓解那种不安的心绪。一次读毕《受戒》，我习惯地眯起眼睛冷静地回味，突然感觉到一个身影出现在面前，并逐渐地变得明朗起来。轮廓是鲜明的方脸，神情也是鲜明的，含笑的眼里充满智慧和自信，稀疏而灰白的头发表述着他的生平、他的性格、他的傲骨。我熟悉这个形象，他正是汪曾祺先生。我睁开眼望，他一晃动便消失不见了，剩下的依然是《汪曾祺文集》。此刻，我无法安静了，那些往日与汪曾祺先生相会的情景，便一幕幕地映在眼前。

我与汪先生相会曾有过四次。1981年至1991年他先后回乡探亲三次，正巧都隔五年时间，都是十月金秋季节，气候凉爽，食物丰盛。为尽地主之谊，我每次都约请几位友人出陪，邀他相聚叙叙情，尝尝鲜。由于接触甚密，所以对他那种性格豁达，心地如镜的品格，印象颇深。然而，最使我难以忘怀的不是这三次的相会，而是另一次与他在一起度过的那个长夜。

那是1994年6月14日。这天，我在南京学习，突然接到陆建华先生的电话，说汪老抵达省城，呼我即去。我很快地赶到，与汪先生相见握手后，他高兴地拉着我的手说："趁光线尚可先留影吧。"我自然欣喜从命。接着，他嘱我留下参加夜间的活动。他与江苏省戏剧学校蒯校长步入宽敞明亮的会议室，与早已端坐恭候的师生们座谈，也招呼我和其他几位坐于身边旁听，师生们见到大作家是欢腾雀跃，掌声雷动，争先恐后地踊跃发言，畅谈学戏的收获与体会，他也满腔热忱地回答大家的提问，还绘声绘色地讲述扮演生、旦、净、末、丑的角色应如何练习和掌握唱功、做功，特别是水袖各种舞法、台步各种走法的知识与技能，引起阵阵的欢声笑语。然后，我们移至一个小巧雅致的活动室，说老乡们也该联欢一下，于是我们几个人边抽烟喝茶边闲谈趣议，天文地理，古今中外，无所不及，又开心又轻松。这阵过后，邀集数名扬剧班、锡剧班的学员，清唱《百岁挂帅》《双推磨》等选段，虽说不上特别精彩，但也不乏新鲜、感人。

那夜的最后节目，轮到汪先生"表演"——写字作画。说真的，我以前只感受他真学者、真诗人、真书家的风采与气度，而对他的个性、习惯、爱好则知之甚少，以为他像其他名人一样的神秘，是个谜团。但在这个夜间他将自己一生的趣味都有汇集而又浓缩地和盘托出，让人一览无余。其实，他的趣味如同多味豆，什么都有，特别是人趣、言趣、酒趣、禅趣、墨趣尤为浓厚。人趣——他谈了一些鲜为人知的自身坎坷经历，更觉得他这人处世憨态可掬，童心犹在，在一个喧嚣的世上固执地保持着原始的自我，不为名转，不为利移，怡然坦然。言趣——他的话不多却很精，听起来似乎平淡无奇，但充满着亲切和温暖的幽默，不时地引起听者深思或欢笑，甚至化解某种顾忌和得到某种关于人生的启发。酒趣——他爱喝酒，也爱吹能喝酒，一高兴就豪饮起来。他饮酒不讲究佐菜，上几碟凉拌萝卜头、莴苣片、蚕豆仁、咸鸭蛋，用麻油一浇，就喝得蛮有味道。晚餐时他喝许多酒，夜间又干脆倒满玻璃杯以酒代茶，不用佐菜干喝，看着的人不免惊疑。他呢？却出奇地轻松痛快。烟趣茶趣也如同酒趣，称得上是烟不离手、茶不离口的大家。禅趣——他对宗教很有兴趣也很有研究，建议我这个当统战部长、政协副主席的应该考虑恢复一座名寺，为人行善嘛！我回答家乡正准备复建净土寺，只是一时苦于无人出任名誉会长。他自告奋勇："就由我当吧！"这个职务时至1999年还是他的名字。墨趣——写字作画皆是他做文章的余事，但有相当的功底。那夜，他来了兴致，一口气挥洒二十多张，均具不同常人的构思和妙句，他选出其中最惬意的两幅，特地赠给《梦故乡》专题片中扮演《受戒》里小英子的女学员，余皆有求必应了。《扬子晚报》副刊主编陆华先生在两幅宣纸上各画一半山水，留下一半请他落笔，试与名人合作。汪先生拿起笔一泼拉，那半幅空白纸上出现几块石、几根茎、几片叶、几撮草、几朵花，使原来有点静止的死画面变成有了生机的活山水。博得众人喝彩和鼓掌。到了该收场时，他叫声"且慢"，说自己首次回乡是亏我帮助，要写幅字感谢一下。他略一思索，便笔走龙蛇，那明珠般的二十八个大字跃然于纸上：皓首穷经眼欲枯，自甘寂寞探龙珠。清芬谁继王家学，此福高邮世所无。

夜深了，外边的楼宇早不见灯光和人影，四处静悄悄的。我起身告辞，刚跨入车内，他轻轻敲着挡风玻璃："老朱！不送了，后会有期。"

我急忙伸出胳臂紧握他的手："下次在家乡高邮相会！"他微笑地点头。我万万没有料到，这一别竟成为汪曾祺先生与我的永别啊！

作者简介

朱维宁，1935—2009年。在市（县）党政机关从事文字工作和领导工作几十年，高邮市原政协副主席、统战部部长。退休后发表百余篇散文、随笔和小说，散见国内报纸、杂志。作品集《闲情集》由时代文艺出版社出版。

汪曾祺回故乡

肖维琪

汪曾祺是一位中国传统文化的饱学之士,被他的师母张兆和称为"中国最后一个士大夫"。他热爱故乡,源自传统文化的浸润,却长期回不了故乡,连父亲汪菊生去世也不能回乡奔丧,这种痛苦使他更加思乡;后来能够回乡,则是拜改革开放之赐。当汪曾祺新时期复出文坛,一篇接一篇地发表以故乡为背景的优美动人的小说和散文时,故乡人清晰地感受到这位老作家那颗无比热爱故乡的赤诚之心。高邮市人民政府曾三次邀请汪曾祺回乡访问,既圆了他的思乡之梦,也抚平了他心灵的伤痕,并进一步激发了他的创作热情。笔者前后三次参加了接待工作,现将汪曾祺三次回乡情况作详细介绍。

圆思乡之梦

汪曾祺第一次回高邮是在 1981 年 10 月 10 日至 11 月 17 日。3 年后他在《故乡水》中说:"我这次回乡,除了探望亲友,给家乡的文学青年讲讲课,主要的目的是了解了解家乡水利治理的情况。"

10月10日下午5时，运河堤上高邮汽车站门外，从南京来的最后一班汽车上走下一位两鬓斑白、面目慈祥的老者来。这是汪曾祺先生从19岁离乡以后，42年来第一次回乡。见到久别的亲友，汪曾祺的眼眶湿润了。前去接站的除了汪曾祺的亲戚，还有陆建华、金实秋和我。"少小离家老大回"，我们也被眼前的这一幕深深感动。

　　汪曾祺探望的亲戚，长两辈的是他小姑爹爹崔锡麟，长一辈的是他继母任氏娘和小爷汪连生、汪竹生，平辈的有姐姐巧纹、弟弟海珊和妹妹丽纹、陵纹、锦纹，妹婿金家渝、赵怀义等。当赵怀义在家中办了八桌酒请所有亲戚聚会时，觥筹交错的团聚氛围让汪曾祺身心俱醉。

　　汪曾祺访问的师友，一是恩重如山的张道仁、王文英两位老师，除带上一点北京果脯，还各送了一首在招待所急就的诗，喜得张老师连称"不敢当，不敢当"，王老师激动地流下热泪，一句话也说不出来。告别时，二老坚持送学生到门口，汪曾祺坚辞不过，只好搀扶着二老往门外走。分手时，他恭恭敬敬地向两位老师三鞠躬。路人见了，莫不动容。二是老同学许萌章（名老中医许长生原名）、刘子平（邮中名师）和新朋友刘金鳌、杨汝佑等。三是街坊邻居，有打烧饼的、卖熏烧的、烧茶炉子的、开理发店的等。汪曾祺刚在东头街一露脸，那些老街坊们一眼就认出："汪大爷家来了！"81岁的唐四奶奶一把拽住汪曾祺的手："你现在混得不丑哇！"汪高声应答："托您老的福！"话音刚落，满街都乐了。那位开理发店的从富有师傅请汪大哥替他写个招牌，汪曾祺回北京后，不仅遵嘱写了"科甲巷口理发店"，还郑重其事地盖上了印章，惹得小店生意红火了一把。

　　第一次回乡，汪曾祺给文学青年共讲课三次。10月12日下午到高邮师范，中心内容谈语言。汪曾祺一讲就是3个小时，没有讲稿，仅一杯茶，一支烟，全凭记忆，侃侃而谈；信口背诵，滔滔不绝，令学生们惊叹不已。

　　10月13日下午到高邮县中学。他以校友的身份回顾过去，介绍了自己漫长的学习、创作经历，语重心长地勉励中学生们抓紧中学阶段打好扎实基础，以便将来报效祖国。

　　10月14日下午到百花书场。主办者敞开大门，希望能将二三百个座位的小会场坐满，谁知还不到开讲时间，陆陆续续竟来了五六百人，其中差不多有一半是汪曾祺的街坊邻居。汪曾祺见到这么多乡亲冲他而来，激动地连连拱手向大家致意，乐得乡亲们直拍巴掌，小小会场里气氛和谐、融洽。

汪曾祺回乡期间，扬州地区文艺工作者一行十多人到高邮采风，在第一招待所才住下就听说汪曾祺住在隔壁，大喜过望，马上提出与汪曾祺见面、座谈的要求，汪曾祺爽快地答应了。事后，一位有心人将座谈记录整理成《邂逅秦邮谈创作———与老作家汪曾祺座谈摘记》，发表在南京《青春》杂志1982年8月号上。

10月16日，汪曾祺通过开座谈会了解水利治理情况。我那时在县水利局工作，当我提到《运工专刊》和《勘淮笔记》等5种资料对民国年间的大水有翔实报道时，汪曾祺先生请我设法找给他看看。第二天，我与一位工程师借出后，请陆建华转交给他。直到11月17日下午，汪曾祺先生才将这5种资料完璧归赵。

10月24日，汪曾祺来到东风公社（原卸甲公社）、川青公社参观，后来又参观了江都水利枢纽。汪老说：“这两个公社的村子我小时候都去过，现在简直一点都认不出了。”（《故乡水》）"我参观了江都水利枢纽，对那些现代化的机械一无所知，只觉得很壮观。但是我知道，从此以后，运河水大，可以泄出；水少，可以从长江把水调进来。不但旱涝无虞，而且使多少万人的生命得到了保障。呜呼，厥功伟矣！"（《他乡寄意》）

10月29日上午，应汪老之请，我约县水利局、堤防股相关负责人到县第一招待所谈自流灌溉是怎么搞起来的。听了他们的介绍，汪老说："这些要是在过去，会有人为之立碑以记其事的。"（《故乡水》）

把修志之关

汪曾祺先生第二次回高邮在1986年10月27日至28日，其主要任务是评审新编的《高邮县志》初稿。那时我在县志办工作，受王鹤主任委托，多次与汪曾祺顾问联系，并把部分初稿送给他审阅。他总是忙，直到10月中旬才来信说将回高邮一次。事后我们才知道，从10月22日到月底，由江苏文艺出版社请叶至诚、叶兆言父子和《雨花》杂志老主编章品镇出面，邀请汪曾祺、黄裳和林斤澜夫妇来游扬州。在活动安排上，将召集一次创作座谈会，请他们与扬州青年作家们座谈，另请他们每人为《扬州文学》写一篇与扬州有关的文章。其间，汪曾祺先生抽空回了一趟高邮。这种见缝插针，既说明他对故乡的无限热爱，对故乡人嘱托非常重视，又显示了他行事的沉稳、缜密。

10月27日晚，汪老执意要去看望任氏娘。上次回乡看望任氏娘，那么多人陪着他回家，家中那么多亲友在等着他，才到大门口，汪曾祺就要下跪，被众人劝住了，好不容易才拉起了汪曾祺。这一次，汪曾祺仍一如既往地行跪拜礼，又被家人拦住了，只是"打千"了。相互问候、叙谈了一会，仍回第一招待所就寝。

10月28日上午，汪老与新编《高邮县志》的骨干、部分分志主笔及文学青年见面。他充分肯定了大家从5000多万字的资料中披沙拣金地整理成近500万字的资料稿，又用一年多时间撰成140余万字初稿的成就，并就厚今薄古、谋篇布局、彰显特色等问题发表了精彩的评审意见。最后勉励我们扬长避短，再接再厉，早日成志。时任副县长的朱延庆代表县政府对汪老从百忙之中抽空审阅初稿并提出许多鞭辟入里的意见表示感谢。希望汪老常回家看看，关注故乡的各项文化事业。

紧接着，汪曾祺又马不停蹄地赶到棉纺厂。在该厂大会堂小楼上，高邮民歌手、厂里工人与来邮演出的中央民族歌舞团艺术家们正在联欢。著名弓弦乐大师刘明源、著名二胡演奏家许讲德、著名歌唱家于淑珍和德德玛等对在高邮偶遇汪曾祺既感到惊奇，又感到幸运。而汪老既以高邮主人的身份欢迎艺术家们的到来，又以文艺同行的身份，勉励高邮小老乡们胸怀全国、放眼世界。

当天上午11时许，汪曾祺先生与朱延庆、王干、费振钟等文化人合影后，便离开了高邮。据知情人介绍，汪曾祺先生回到扬州小盘谷后，并没有透露到高邮去干什么的，只笑嘻嘻地打马虎眼说："到了扬州就一脚跨进了家门，哪有到了家门口不进家的。"

畅游高邮湖

汪曾祺先生第三次回高邮是在1991年9月29日至10月7日，其主要任务是为北海大酒店落成剪彩，为文学青年颁奖。

9月30日上午，市文联在市缫丝厂举行"春蚕杯"征文颁奖大会，汪曾祺先生作为市文联顾问应邀出席。我是这次征文的评委，自然要参会，又因为与汪老比较熟悉，理所当然地要为他服务。记得当时有许多文学青年请他签名题字，他对我说："我实在忙不过来，你为我排个名单吧！"我即在会议室阳台上，倚着栏杆拟了10个人的名单交给他，他就照着名单一张张地写。更多的人来要，我们就主动挡驾了。

10月1日下午，朱延庆等一行人陪汪曾祺夫妇乘船游高邮湖。汪老虽是水乡高邮人，却从未乘船游过高邮湖；汪夫人施松卿是第一次到高邮，更未游过高邮湖，老两口玩得很开心。

10月2日，在北海大酒店，李春迎送来前一天汪老游湖的照片，我一见脱口而出："高邮湖上老鸳鸯。"众人都喊好，遂怂恿汪老在照片反面写下来，并署上名字和日期，施老嗔笑着说："尽干风流事。"

10月3日，汪曾祺、朱延庆等为北海大酒店落成剪彩。投资北海大酒店的广东某房地产公司老总陈步忠先生在六楼亲切会见了汪曾祺先生，并与之合影留念。

10月4日下午，汪曾祺先生在故乡作了最后一次演讲，题目是《文学的要素与结构》。汪老的演讲博得一阵又一阵掌声。演讲完毕之后，主持人说："汪老乡情浓似酒，他的作品已经走向世界，这是高邮人的骄傲，也是中国人的骄傲。香港的一位作家读了《大淖记事》以后，要到高邮看看大淖。汪老说：不能看，就如同我自己一样。"这时主持人面朝汪老说："不对，对于汪老，我们越看越爱看、越耐看！人不是因为美丽才可爱，而是因为可爱才美丽。汪老亦真亦善亦美，可敬可亲可爱！"汪老打躬作揖说："地上没有缝，有缝我就拱下去了！"台下报以雷鸣般的掌声。

作者简介

肖维琪,多年从事地方史志研究工作。现为中国先秦史学会会员,江苏省南社研究会会员,高邮市作家协会名誉主席。曾获华东六省一市党史研究文章评比一等奖。

那年,汪老夫妇在文游台

姜文定

1991年10月3日,古文游台迎来了汪曾祺、施松卿夫妇。

当时,我在文游台工作,平时接待过许多领导、学者、朋友造访,没有见过像汪老这样参观的。他走得很慢,一会儿看看这边,一会儿看看那边,一会儿看看远方,一会儿看看脚下,走时全神贯注,停时眼睛发亮,要么是一言不发,要么就神采飞扬地拉着夫人讲故事给她听。他这是满怀着深情地追寻儿时的踪影,眼前的文游台在他眼中是一幅人间最美妙的长卷,他在慢慢地、轻轻地打开。

领导把我介绍给汪老,说我刚到文游台工作不久。汪老说:好,在文游台工作是个福分!我听了好一阵激动。我向他汇报了文游台正在修缮的一期工程,请他指点。汪老思索了一会儿说:关键是要保持原有风貌,不要大红大绿花里胡哨的。汪老不是搞古城保护的专家,但他对文物保护的意识理念在上世纪九十年代初期是"前卫"的。汪老的指点一直影响着我,使我受益匪浅。在我后来十五年的文物修缮工作中,文游台修缮工程以及古孟城驿的修缮保护,我都始终坚持这一原则,那文游台建筑群的书卷气,孟城驿再现的沧桑感得到游人、专家的好评。文物工程没有留下遗憾，算是我的"福分"。

沿阶而上，我们来到盍簪堂。汪老这才拉开话匣子，谈笑风生。他幽默地建议，"盍簪堂"可叫"快来堂"。他解释说，盍簪，取于《易经》，"盍"就是合，"簪"就是疾，群朋合聚而疾来也，朋友快来文游台。说后哈哈大笑。他还饶有兴致地向大家揭秘自己儿时的趣事：小时候来盍簪堂，总是把薄纸蒙在《秦邮帖》石刻上，用铅笔在纸上来回蹭，把字帖拓下来，然后带回家临。他深情地说，《秦邮帖》是我的书法启蒙老师啊！

登上文游台，汪老更为兴奋，指着东西两边的窗台说：儿时年年春游都上文游台，我总会趴在窗上看半天。东边是农田，碧绿的麦苗，满山遍野的油菜花；西边可以看到运河中的船帆在岸边的树后头缓缓移动。我便借机说：汪老，西边已有李一氓先生书写的"湖天一览"匾额，东边一块"嘉禾尽观"，还请汪老题写。汪老当即同意。我们早在办公室里准备好了文房四宝，汪老在慢慢升腾的烟雾中凝神思考片刻后说："小姜，嘉禾的'嘉'应写成庄稼的'稼'，才和'湖天'相对。"我答道：好！于是，汪老弹掉烟灰起身欣然命笔，写下"稼禾尽观"四个行隶兼容、遒劲有力的大字。接着汪老又乘兴挥毫，写下一首七绝《文游台》："年年都上文游台，忆昔春游心尚孩。台下柳烟经甲子，此翁筋力未全衰。"写罢，汪老用他浓厚的乡音满怀深情地将全诗吟诵了一遍，使在场的人感动不已。

文游台是汪老的童话世界，在文游台汪老有着说不完的话题和情愫。我们沿着小道送他们夫妇，汪老恋恋不舍，看到路边墙脚下有一条砖缝，突然蹲下身来侧耳倾听，后来他笑了。

我们猜想，他定是听到了当年的蟋蟀声。

作者简介

姜文定，中国摄影家协会会员，中国民间文艺家协会会员，江苏省国画院特聘画家，江苏省美术家协会会员，扬州市花鸟画研究院副院长，高邮市文化研究院副院长，曾任高邮市文联主席。

汪曾祺为家乡书记挥毫

陈其昌

倘若汪曾祺健在，他可能平淡而有兴致地欢度了他的90寿辰，即在2009年3月5日那一天，"往事回思如细雨，旧书重读似春潮"。汪老已走了11年多。倘若他天国有知，他会回眸一笑，文游台内清朗、明洁的汪曾祺文学馆并不寂寞，"汪迷"记住汪老，高邮人记住他，在高邮担任4年市委书记、后任扬州市工商局局长、扬州市政协副主席的朱福生生前也记住他。朱福生辞世前曾关照家人，要把汪曾祺先生为他题词的那幅书法作品赠送给高邮市政府。3月13日，汪曾祺文学馆举行了隆重而简朴的捐赠仪式。朱福生的夫人孙念女士偕同女儿含着眼泪实现了朱福生的遗愿。汪老那幅书法作品的内容是他的《我的家乡在高邮》歌词中的第一节、第二节，从"我的家乡在高邮"至"九月初九焖芋头"，那是高邮乡亲思之耿耿、言之津津、闻之切切的乡情乡音，那也是1994年6月初曾经回荡在首都地矿部招待所的绕梁之音。

汪曾祺的书画作品是典型的文人书画，在海内文艺界颇有影响，以其人品、学问、才情、思想，即精气神和书卷气深受大家喜爱和珍重。在高邮，从他的母校、亲友到文艺新人，以至诸如理发师的平民百姓，得到的汪老字画何止百件。在文艺界，汪老送人字画也非常大方，几乎是有求必应。但是，给故乡高邮"父母官"，尤其是主要领导人的书画作品却凤毛麟角，送给朱福生的一幅行书作品可谓绝无仅有。

1994年6月初北京的那次高邮联谊会，请了在京的高邮籍的名人。汪曾祺一进会场，兴致勃勃。他与朱福生书记是第一次见面，从座谈、题词，到在主桌相邻而坐，交谈甚欢。这一天，汪曾祺头戴白色宽檐便帽，身着浅蓝色春秋装，在高邮干部尤泽勇、陈仲如、王军等人簇拥下在签到簿上写下自己的名字。此后，在座谈间隙、用餐前后，他一次又一次按高邮乡亲所求，挥毫书写了好几张条幅。

汪曾祺书写的内容最多的就是他创作的电视专题片《梦故乡》的主题歌《我的家乡在高邮》。1994年播放的《梦故乡》是追述汪曾祺的创作与生活的一部纪实性的专题片。片中浓郁的乡情乡愁曾使汪曾祺感动得落泪。此前，那首歌词是汪老用硬笔写的。那天，他挥毫书写"我的家乡在高邮"，说是要送给朱福生书记。江老把帽子除下，将外衣脱了，只穿一件短袖白衬衫"上阵"挥毫。朱福生背着手站在他身后，这位毛笔字也写得很好的书记静静地观摩汪老的行书现场示范。汪老信笔所至，字体浑敦舒放，笔法飞扬灵动，墨迹饱满华滋，将歌词前两节录下。汪老对身边人说，书法也讲究意气，时间再宽一点，应该把歌词的四节全写下来。

那天，他也写了隶书，是送给高邮市委市政府的。四尺宣的整幅纸面上，他用融入魏碑的隶书写下了八个大字："神珠焕彩，水国新猷"。那是他为水做的高邮鸣奏的历史与时代的交响乐章，将他要表达的笔墨重心和行笔谐趣表现得淋漓酣畅。该条幅的墨迹曾在《珠湖》报纸上"亮相"。15年后，世事更迭，这件墨宝已难以见世，不知已为哪个人"珍藏"。

就在那次活动中，不知是谁向汪老提议，为高邮的领导写一小幅，上书四字："青云直上。"也可能是调侃的玩笑话。可是汪老却认真对待，明确表示不写，丢下笔坐在一旁抽闷烟。后经人解释劝说，又重新拿起笔写下了郑板桥的诗句："些小吾曹州县吏，一枝一叶总关情"。汪老说，随你们给哪位领导。这里彰显的是汪老的一贯风骨和异秉。如同他与林斤澜去温州一样，有人请他写一条幅，赞扬某书记廉洁，汪老依然不肯写，并说，我知道他廉洁不廉洁。一个不妥的提议成了一个小插曲，很快被乡情乡音取代。

其实，汪老为高邮干部挥毫，最早应是在1981年秋天，他写给时任川青公社党委书记史善成的十个字："素心常如故，良苗亦怀新"。那是汪曾祺看了绿野平畴的川青以后的感慨，也是对年轻的书记的勉励。汪老从思乡淙淙的惦记和优悠潺潺的从容中，引领乡亲晚辈去感悟，人们的最好状态是遇事的平常心，最高的境界是顺其自然，是生机勃勃。

信奉随遇而安的汪曾祺便是这样的标识。即使他的故居问题始终未得到解决，他仍然会一如既往地关注自己的家乡。这也是他和朱福生书记心灵相通的地方。

作者简介

陈其昌，20世纪60年代初开始发表文学作品，涉猎散文、文学评论、报告文学等，著有《新民滩的悲欢》《烟柳秦邮》《朱葵艺术传》，曾与倪文才、方仪等编撰《珠湖的传说》一书，系江苏省作协会员，高邮市文联原驻会主席。

汪老，高邮老乡

尤泽勇

汪曾祺先生有许多头衔，而在家乡人眼里，最重的头衔，是"高邮老乡"。与外地人交往，相互介绍，高邮人过去都习惯说高邮出双黄蛋；不知不觉间变了，现在不少人都爱说"高邮出了汪曾祺"，"我们跟汪曾祺是老乡"。汪老成了高邮人的名片，一张提高自己身份的名片。

我最初知道汪老，甚至大胆猜度汪老是老乡，是通过他的作品。二十世纪八十年代初，汪老的《受戒》《大淖记事》等一批以家乡为背景的优秀作品喷薄而出，万众瞩目，让我第一时间如期读到了汪老。文学在当时是"显学"，让人感动的作品，甚至引人瞩目的作品很多。过后再看，其中大多数是用笔用纸写的，让人读了就读了，感动一阵就过去了，现在还能记得的有多少呢？而汪老的作品是用心写的，入眼入脑，沁人心脾，耐人琢磨，久久挥之不去。

我也用心琢磨过。首先，直感告诉我，汪老是我们老乡，至少是里下河的。汪老小说从未直接点明高邮，我之依据是作品描绘的风物，极富地方特色的语言（我以为用高邮方言读汪老作品比看更有趣，更生动，这是家乡人的专利），以及作品塑造的人物品性，与高邮人之相近。其次琢磨的就是汪老到底写了什么，让人爱看耐看？专家的说法很多，依我不才，汪老写了人和人之本性：这个"人"，是具体的普通人，是高邮人，直至今天还在我们身边。亚里士多德说过："诗人可能比历史学家更真实，因为他们能够看到普遍的人性的深处。"汪老透过层层迷障，让潜伏在深处的普遍的人性，真实地经由自己眼睛，诗意地流诸笔端。这是汪老作品让人普遍接受之处，高人一筹之处，也是能保持长久生命力之处。

当时汪老作品出的还不多，自己收藏就更少。而与外地的高邮籍朋友相逢，送他们的最好礼物，就是汪老作品。起初他们还漠然，我都会夸张地说："汪曾祺之于高邮，会像鲁迅之于绍兴。"现在看来已不太夸张了。

汪老散文《故乡的食物》甫成，在某报纸连载，每天一段。我十分喜爱，悉心收集。我对烹饪一窍不通也无兴趣，但就是爱读这一段段讲"吃"的文字。它表面上讲的是吃，骨子里写的是人，是故乡的人。收齐之后，寄给一个高邮籍上海人，他读了，唏嘘不已，又转寄给我们共同的朋友，一位定居在美国的高邮人。那个"美国人"回信说，读后黯然神伤，远在他国思念故土……他们都读懂了汪曾祺。

见到汪老是他第一次回故乡。第一感觉是既陌生又不陌生。如我猜测和琢磨过的，他身上富集了高邮人的种种元素，就像我们身边一个平常的人。他在高邮的短暂时间安排了许多活动，其一是给"两办"秘书讲了一课。我至今记得的，他上来就讲，秘书在古代称"幕僚"，"幕僚"就是站在大帐两边的人。这风趣的开场白，这一"汪氏定义"，让大家都放松地笑了，他自己也笑了。他说写作要"袖手于前，疾书于后"，就是写之前要想仔细，想透彻，不要急于动手，写起来则要一气呵成。汪老这一说法，让我后来受益多多。

汪老1991年秋季是第三次回乡，也是我第二次与汪老见面，这次见到了汪夫人。我不属于文学圈子，汪老与我不熟，但待我很客气。那次陪他吃了一次饭，在新建的北海大酒店，是当时高邮档次较高的饭店。汪老感奋家乡的变化，特题诗一首，饭店后来制作成折扇，作为小礼品赠送客人，因而汪老的小诗在小城广为流传："家近傅公桥，未闻有北海。突兀见此屋，远视东塔矮。开轩揖嘉宾，风月何须买。翠釜罗鳊白，金盘进紫蟹。酒酣挂帆去，珠湖云暧暧。"汪老赞美家乡从来是不吝啬的。席间有人托汪老为我写幅字，要汪老字的人很多，想必是不胜其烦，我以为说说也就算了。谁知不几天，汪老托人将字捎带给我。竖幅："泽勇同志嘱求实　一九九一年十月　高邮　汪曾祺"，下钤大大的名章。"求实"二字是汪老少用的小篆。

我有幸见过汪老三次，第三次是1994年夏季，汪老参加家乡在北京举办的经贸洽谈会，地点在全国总工会的"职工之家"酒店。那次主要请经济部门的领导和合作单位的朋友，也邀请了高邮在北京的名人，如姜恩柱、秦华孙等。会议之后一起用餐，气氛很好。汪老显得很活跃，有说有笑。我想，可能谈吃，谈高邮是他的强项，他也乐此不疲。饭后，老人面色酡然，步履踉跄，但没有急于离开，而是主动与散于各处的熟人打招呼，更多的是会议工作人员——老人几次回过家乡，已是有些朋友和熟人了。一个同事试探着想请汪老写幅字，我在一旁撺掇。汪老没有拒绝，仰着脸，眯缝着眼睛，边想边说：写什么呢？我灵机一动，说：写"我的家乡在高邮"。《我的家乡在高邮》是汪老写家乡的歌，四段，把高邮写得美极，深得家乡人的喜爱。汪老说好，就写它。说着便一边计算字数一边折起纸来，很是认真。旁边马上围起一圈人，大家凝神屏息，看着清癯秀丽的"汪体"在纸面流淌，那也是汪老对家乡，对老乡的满腔深情在流淌："我的家乡在高邮，风吹湖水浪悠悠。岸上栽的是垂杨柳，树下卧的是黑水牛……"

作者简介

尤泽勇，曾任高邮市政协副主席、副市长、市人大常委会副主任。江苏省作家协会会员。散文随笔作品散见国内报纸杂志。

淡泊汪老

何 叶

  我喜欢借着搬家的机会将一些旧物整理归类一番，此刻夜阑如水，家人早已进入梦乡，偌大的屋静谧无声，空气中漾着暖暖的气息。给自己泡一壶清茗，翻看着二十多年前的手稿，仿佛打开了记忆的闸，那些沾着青苔般的往事，一泻而出。

  其中有一篇《淡泊汪老》的文章，记录的是1991年夏天在北京与汪老交往的点点滴滴。白驹过隙，一转眼汪老已经离开我们近二十年了，我也离开家乡十七年了。时间真的是像那断了线的风筝，在我们来不及伸手时，它就从我们的手中滑过了。不过无论时间过去了多久，汪老与夫人那份浓得化不开的琴瑟和谐，总是浮现在我的眼前，并且随着年龄与阅历的增长，愈发地明白，这种和谐默契才是家庭温馨的基石。

  当年，高邮市政协要编纂一本《徐平羽专辑》，徐平羽是我母亲的舅舅，而当时母亲已身患癌症，因此我便陪着母亲来到北京搜集各方面的资料。

  我总是相信人是有第六感觉的，在那个没有导航，甚至没有手机的年代，我从蒲黄榆下车，直觉就一直引领着我来到了9幢12层。一眼瞥见顶头的一户人家，门上贴着一张"贺乐"，当即断定这就是汪老的家。其实当时并不知道北方人春节时也爱在门窗上贴这种被北方人称之为"吊钱"的玩意，以为就只家乡有这风俗。

刚想去按门铃，门已开了，一位满头银发的老太太站在我面前，穿着很普通的灰色衣服，但是难掩那份浓浓的书卷气，她温和地注视着我，平静地微笑着。不用猜，肯定是汪老的夫人，新华社记者施松卿老人。

"哦，他在家，正午睡。你那么远来的，怎么找到这儿的？快进来。天这么热，口渴了吧？喝点饮料，我去叫他。"得知我是从高邮来的，汪老夫人热情地招呼着我进屋。她接连着问我，从她急促的语调和略带沙哑的声音里，我感受到了一种关切，一种真性情的流露，一份油然而生的亲切感，让我对老人更多了几份钦佩。

老人说着就去了隔壁房间，我一边打量着这堆满书的小屋，一边在责备自己打搅了汪先生的休息。

墙上挂着一幅汪老画的葡萄图，泼墨如云，浓浓淡淡的绿色和紫色里勾出几片叶子，几串葡萄，旁边题了一首小诗，诗的内容已不太记得，但那飘逸的韵致和行云流水的书法，至今仍然印象深刻。

"你老远地跑来，不累吗？站着干吗？"我正对着那幅画出神，身后已响起了汪老的声音。

我递上了从家乡带来的蒌蒿，就是"蒌蒿满地芦芽短"的那个蒌蒿，千里迢迢，耽搁久了，已经有点蔫了，汪老却爱不释手地拿着，告诉他夫人："这东西，味道可特别着哩。"看他那份高兴劲儿，真不愿意告诉他这蒌蒿下面的鹅已经变味，差一点被我从火车上扔掉。

还没等我说，他已经看见下面的鹅，惊喜极了，瞬间，又痛惜极了，连说："可惜了，可惜了。"我常常想，那年代要是有顺丰快递，有高铁，该多好呀，可以慰解老人多少的思乡之情啊。如同我现在也生活在毗邻于北京的城市，家乡的各种湖鲜水鲜，总是能鲜活地送到我手上，没有让我感觉家乡有多远。

不过，有时又在想，如果真的这样伸手便及家乡的各种特产，汪老还会认为家乡菜最美味吗？说实话，好多的美味都是贮存在记忆深处那份熟悉的感觉，而这份熟悉的感觉往往带着家的亲情，同时这份亲情又因为时间和空间的距离而产生遗憾。

他坐着，头微微仰起，倚靠在沙发上，尽量让身体坐得舒服一点，点一支烟，喷出的烟，寻不着一丝的踪迹。他长长的寿眉下，一双眼睛依然年轻，充盈着才气和智慧。他的脸剃刮得很干净，像雨后的山石，又迅速地被太阳晒干了积水那般，不留一丝苔藓，只有一点淡淡的暗渍。他温和地注视着我，宽释了我的局促。于是，在那个初夏的午后，我便与我心中尊敬的作家开始无拘无束地任语言的河流流向山涧，流向谷底，流向平原。

我们谈看过的事物，说读过的书，当他得知我也喜欢写文章时，很高兴地让我将文章留给他看看。在我第二次去的时候，汪老说："你的散文比你的诗写得好，你很有语言天赋，要多写。"时至今日，想到这些，内心便愧疚得很，我终未能对得住汪老的殷殷期许，早已不再动笔写文章，与行诗作文渐行渐远了。

不过，我们聊得最多的不是文学，不是家乡菜，我们聊得最多的是绘画，是京剧院的各种趣事。记得那天谈到绘画时，我还说了一句至今想来还挺有深度的话："绘画与写文章一样，留白最重要。"汪老笑着说："对，文章的妙是意在言外，绘画的妙是画尽意在。"

聊着聊着，电话响了，接完电话，汪老笑着告诉我："这次是做月老。她在杭州，丈夫在北京，杂志社跟她讲，只要能约到汪老的稿子，随时可以到北京去。因此，我自是成人之美了。"

告辞时，我邀请他常回去看看，他沉思了一下，视线滑过我的发际，淡然而平静地说："我已经有好几年不回去了，她（指他夫人）还从未去过高邮哩。因为，回去也不太方便，他们（应该是指高邮的亲人）的住处都不宽裕，我住在宾馆里，让家人来宾馆里团聚，有一种说不出的滋味。不过，今年十月我可能要回去一趟。"

有时候，人的很多无奈都是因为敌不过现实。

以后的几天，我总是从我母亲身边开小差，去汪老家小坐一会。每次临走时，他总是送我一本书，我还开玩笑地说：书都送完了，怎么办啊？老人

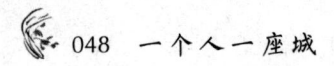

诙谐地说：我接着写呀。

如今这点点滴滴，恍如就在昨日。

作者简介

何叶，女，原籍高邮，现居天津。

梦断菰蒲晚饭花

金实秋

  我对楹联兴趣浓厚，有一段时期，业余时间的大部分精力，几乎都倾注于挖掘、搜集和整理古今中外的联作之中。汪曾祺先生对我如此醉心于楹联不以为然，曾不止一次地说：实秋不要老是搞楹联，搞搞小说嘛。他话虽这么说，见我痴情不改，便转变为支持态度。自1987年以来，汪老先后为我的四本联书（《东坡遗迹楹联辑注》《三国名胜楹联》《佛教名胜楹联》《古今戏曲楹联荟萃》）或书签、或撰联、或题词、或作序，这种关爱，在汪老与他人的交往中是不多见的。这不只是他对一个小同乡的爱护，更显示了他作为文学名家对后学者的热情扶持。

  《东坡遗迹楹联辑注》是江苏文艺出版社于1993年出版的。在我们家乡高邮，有一处东坡的遗迹，那就是高邮人引以为荣的文游台。仔细想来，我的这本以东坡遗迹楹联为内容的小册子，其最初编著动机其实就与文游台有关。北宋元丰年间，苏东坡路过高邮，曾与秦少游等人文酒雅聚于此。对于家乡的这一名胜古迹，汪老曾为之撰写一联：

拾级重登，念崇台杰阁、几番兴废，千载风云归梦里；
　　凭栏四望，问绿野平湖、何日腾飞，万家哀乐到心头。

汪老此联当然收在《东坡遗迹楹联辑注》一书之中，我还请文坛耆宿臧克家先生为本书题词。到了全书编定后，我忽然想起，何不请汪曾祺先生为本书署封以增色？于是，我立即发了一函致汪老，汪老很快复函云，不久要到南京，当在宁书之。那天，由陆建华、朱葵策划（当时陆为江苏省委宣传部文艺处处长、朱为江苏省美术馆馆长），约请汪老在省美术馆的一间小客厅里挥毫。汪老是非常重视乡谊乡情的，凡文艺界托陆、朱所索翰墨，汪老都写了——几乎是手不停笔地写，甚至抽烟、呷茶时也在斟酌布局。那个半天他兴致极浓，情绪特佳，一边写，一边与我们神侃文坛趣事。前前后后写了约一个多小时吧，汪老忽然停笔问我：题签写什么字？我说：随您的便。顺手裁了两张长条子纸。他接过去略加比画，一挥而就。写好后他又问：行不行？我说：可以，可以。他端详了一会儿，伸手拿过长条纸又写了一幅，说，让出版社选吧。

《三国名胜楹联》是黄山书社于1993年出版的。此前，汪老曾和我谈及四川成都武侯祠楹联。后来，我写信请他为武侯祠新撰一副联语。他颇犹豫，回信说："四川方面并没有请我写，这怎么好意思。"为了争取汪老题撰，我赶忙又去了一信，说这个集子"已收了一些当代人的题撰，体现了当代人对'三国'这段历史中人和事的思考，旨在使读者从中得到心的领悟、智的启迪、情的共鸣和美的愉悦。先生为撰联高手，应有佳构让读者分享"云云。不久，汪老来了一封信，信很短，但潇洒的笔迹写下的十四个字的联文却十分动人，联曰：

　　先生乃悲剧人物，
　　三国无昭然是非。

此联看似平淡，其实凝重而精警，真是言简意赅。时为中国楹联学会会长的马萧萧先生见后赞叹说，大手笔也！

1995年，我花了六年业余时间编的100多万字的《佛教名胜楹联》，终于商定由宗教文化出版社出版。赵朴初先生抱病，于医院题署了封面书名，远在台湾的97岁的陈立夫先生也题写了扉页。我知汪老与佛门颇有善缘，便又致函汪老，再次请他为之题联。汪老很快就寄来了一联，仍然是用长锋写的行楷，联文为：

　　一花一世界，
　　三藐三菩提。

汪老还于联文旁用小字注云：曾在一小庵中住，小禅房板扉上刻此联，不甚解，偶于旅途遇归元寺长老，叩问之。长老云：三藐三菩提，是梵言咒语，不可以华言望文生义（意）。汪曾祺记。

最使我难忘的是他为《古今戏曲楹联荟萃》作序一事。早在1986年初，我曾将书稿寄北京请汪老提意见。他阅后写了两条意见：其一，要我将楹联归类，而不要按字数多少排列；其二，要我写一个序言，阐述戏台楹联的功用及艺术性等。见信后我灵机一动——何不就请汪老写序呢？于是，我将楹联分类后誊清一份再寄汪老，并于信中恳请汪老能惠赐序言。汪老没有立即应允，但也没有婉言拒之。这就使我相信，他对家乡人的关爱和对小辈的提携是一以贯之的，他不会令我失望。果然，不多久汪老就写了一篇漂亮的序寄给我。序言长达2000多字，是用十六开大稿纸写的，字迹规整、秀逸，只有几个字做了删改，估计是在誊清后又做修改的。随序附有一函，很短，全文如下：

　　实秋：
　　　　对联选的序写了，请看是否可用。
　　　　此序我未留底，你如觉得可用，最好复印几份。一份寄给高野夫，一份寄给我，一份你自己留着。另一份，你让陆建华看看，是否可以给《雨花》发表一下。这样也可以为你的书作一点宣传。如给《雨花》一份，题目可改为《金实秋辑戏联序》，署名可移在题目下面。

我年底极忙，却抽了两天写了这篇序，无非为表示一点支持之意耳。

候佳！

曾祺
十二月十八日夜

接汪老信函后，我十分感动，欣喜之余，尤感受到了序的分量和汪老的厚爱。我知道，1986年底，他刚从美国回北京，有多少事要做啊——几个月积下的一大摞信要复函，一些计划中的重要活动要参与，一家家出版社、报社等着要他的小说、散文发表……然而，他却花了两天时间为我写序。先生之风，山高水长！仁者之心，可见一斑。

文坛上的人大都知道，汪老对年轻人呵护备至，多次为年轻人的作品集子写过序。他曾调侃地说："人到一定岁数，就有为人写序的义务。我近年写了一些序，去年年底就写了三篇，真成了写序专家。"其实，汪老为他人作序并不轻松，其一是，"分寸不好掌握，深了不是，浅了不是"；其二是，汪老写序特认真，故占用的时间也相对地多一些。汪老所写之序，几乎都是为文坛新秀的小说集、散文集，为楹联集所写的序，当是唯一的一篇吧。而且据我所知，汪老对此序是较为满意的，《读书》向他索稿，他便将此序给了《读书》，后来还把此序收进了他的散文集《蒲桥集》中。

汪老是以小说、散文驰名于世，他其实也是撰联大家，曾不止一次为别人题写过自创的联语，亦曾以一嵌名联赠余：

大道唯实，
小园有秋。

联文以篆隶交参书之，别有意趣，我一直将此联悬之座右以勉励自己。

后家乡筹建汪曾祺纪念馆向我征集资料，我才恋恋不舍地把这副联赠给该馆收藏，让更多的年轻人、更多的家乡人感知汪老的关爱吧。

1997年5月16日，汪老不幸因病与世长辞，遽然告别了文坛、告别了家乡父老乡亲。我在南京得知噩耗，十分痛惜，怅然良久。适逢陆建华先生要到北京参加追悼会，嘱以他和我的名义赶快写了副挽联带去。我一时不计工整匆匆拟了两副：

一联为：

> 星沉瞽社家乡水，
> 梦断菰蒲晚饭花。

一联是：

> 晚翠艺林，独领风骚大淖事，
> 文坛异秉，千秋绝唱沙家浜。

（注：汪老有书名《菰蒲深处》《晚饭花集》《晚翠文谈》，作品《异秉》《大淖记事》《沙家浜》）

作者简介

金实秋，1945年生于高邮。汪曾祺研究会副会长，江苏省太平天国史研究会秘书长。著有《文坛管见》《郑板桥与佛教禅宗》《汪曾祺诗联品读》《补说汪曾祺》等。现居南京。

记忆是朵五彩的云
——关于汪曾祺的一些回忆

汪 泰

1981年暑假期间,汪朗到了高邮,探望他祖辈父辈的家乡。当时,他的任氏奶奶还健在,只是佝偻了腰。汪朗是和他镇江的姑妈一起来的,也为他父亲来高邮打了前站。

没两天,他在姑父金家渝的带领下,来到我们家。那时我刚毕业做教师,他还在中国人民大学读新闻专业。他比我大一岁,却比我晚了一辈。汪曾祺的祖父与我的祖父是亲兄弟,他祖父老二,我祖父老四。汪朗是先插队后当钢铁工人,从工厂考上大学的,对于高邮他一无所知。我对他印象最深的是他的那双鞋,一双用橡皮条插在橡胶底上做成的凉鞋。

两个月后,在高邮县政府的邀请下,汪曾祺来到了阔别多年的家乡。在高邮的日子里,汪曾祺住在招待所,所有的时间均被官方活动和民间活动挤满了。

一天,我参加了他在百花书场的文学讲座。由于时间久远,他所说的具体内容已记不太清,记得其中有谈怎样刻画人物,谈对巧云等形象的描写,谈对民间语言由衷的喜爱。说他还记得小时候见到的理发店门口的对子:虽说毫厘手艺，却是顶上生意。说他小时，夜里听更夫边打更边说的一句话"屋上瓦响，莫疑猫狗，起来望望"……

当时参加听讲座的有高邮师范的师生，有中小学教师和文学爱好者。

那几天，汪曾祺真忙，他要参加亲朋好友的聚会，他要拜访他幼年的老师，让"小兔子乖乖把门儿开开"的儿歌走出他的记忆。他还要看望长辈，拜访同学，诉说多年的离别之情。

我父亲请他到家吃午饭。饭后，父亲所在学校的几位老师赶来，抓住这难得的机会，与汪曾祺交谈了半天。我记得有窦履坤、卜德源、李家田等几位语文老师。好多话，我只记得些许，他建议中学语文教师要多教学生背古诗文，习对子，比如，春华对秋实……

几个晚上，我都到汪曾祺的妹妹汪丽纹家。公务饭局以外，汪曾祺尽量在妹妹家吃饭。看他吃饭喝酒抽香烟。他一口京腔，全然没有点儿乡音了。家里总是围了好多亲戚，还有从外地赶来的，街坊邻居，听他叙说没有听过的故事。听他说《沙家浜》、说《杜鹃山》，听他说上面要他带着主题去内蒙古草原体验生活的故事……他讲到一位军宣队首长做报告，秘书为他写稿时引用了毛主席的两句诗，"四海翻腾云水怒，五洲震荡风雷激"，秘书以为首长是熟悉的，只写了个"四海翻腾"和"五洲震荡"就点点点省略了，结果首长发言时就读成了"四海翻腾腾腾腾，五洲震荡荡荡荡"。大家大笑不已。闲聊中，有人说到了家乡人常用的一个词：差差莫莫的。我也不知道这个差字怎么写，高邮里下河地区的这个仄声很重的读音，该怎么用汉语拼音标注出来，姑且用这个差字代替了吧。他忽然问道：这个差差莫莫是不是就是陆游《钗头凤》里的错错错、莫莫莫？边说边把《钗头凤》背了一遍。是不是这样呢，得由文字学家考证了。

没有拘束的神侃，是大家最开心的时候。说得多的话题还有他的作品。有人提到了《黄油烙饼》。我说，大哥，看了你的《黄油烙饼》的结尾，孩子咬着黄油烙饼，忽然喊着奶奶哭了起来，我的泪水充满了眼眶。他沉默片刻说：饥饿和亲情给人的感受是一样的。

汪曾祺说他有两个特点：一是爱望呆，小时候最喜欢看街头市井，什么都感到有趣，一看就是半天；二是从来不写日记，凡事都记在脑子里。

爱观察是一个写作人的特质，没有了观察，怎能体会个中奥妙，怎能发现生活中的美好，怎能体察到人间的喜怒哀乐，怎能具有"顿觉眼前生意满，须知世上苦人多"的悲悯情怀。而不写日记，也许给他省却了或多或少的麻烦。

我的堂姐夫郭祖江带了两瓶老酒去看望他，求他的墨宝。老人来了兴致，行书写就两首诗给他。两诗如下：

阴　城

莽莽阴城何代名，夜深鬼火恐人行。
故老传云古战场，儿童拾得旧韩瓶。
功名一代馀荒冢，野土千年怨不平。
近闻拓地开工厂，从此阴城夜有灯。

文游台

忆昔春游何处好，年年都上文游台。
树梢帆影轻轻过，台下豆花漫漫开。
秦邮碑帖怀铅拓，异代乡贤识姓来。
杰阁个独存旧址，酒风馀韵未曾衰。

我的意识稍差了些，只求得一幅"白日依山尽"的手书，倒是留下了"墨海游龙""汪曾祺"的两颗印，给我留下了不尽的思念和回忆。

遗憾的是，那次汪家二三十人集中在种子站门口的空地上合影，我不知道干什么去了，没赶上。

一九八六年秋后，汪曾祺第二次回郵，这次时间很紧。那天早上，我骑车上班，在中市口附近的街上竟然看见了他，他双手操在袖口里向北走，背微驼。我问大哥哪里去？他说买稿纸去。我上完课后去第一招待所看他。他住在招待所最后面的一间平房里,我去时,正好宣传部的朱熙元老师在与汪曾祺聊天。小坐了一会我就告辞了。

一九九一年仲秋,汪曾祺第三次回高邮。那时,我儿子已上小学。一个星期天,我和父亲带着儿子去汪丽纹家看汪曾祺,下面是我儿子对这一刻的描写:

> 及至一九九一年回乡,汪曾祺早已是声名远播了,此次回家,颇有"衣锦还乡"的意思。那年我念小学三年级。我在竺家巷的旧屋里受到过他的"接见"。印象里他很洋气,戴一顶艺术家专有的猩红色"贝雷帽",穿着灰布长风衣,一副大城市来的洋老头的气派。我已记不得他说了什么,只知道他不停地摸我脑袋。倒是施松卿老太太问了我父亲一句"这是你家孩子"令我记忆犹新。可恨我当时因为等得太久困得只想睡觉,真够没出息的。如果说我还算爱看点书,还算能写点顺畅句子,大概是因他摸了我脑袋的缘故吧。

汪曾祺离开高邮数日后的一天,有人送来了一幅字,说是汪曾祺请他送给小爷,我父亲的。汪曾祺在扬州时,应人所求,挥毫题写。其时,写了这幅字,并请带回高邮转交。诗文如下:

> 汪家宗族未凋零,奕奕犹存旧巷名。
> 独羡小爷真淡泊,临河闲读《南华经》。
>
> 应小爷命书　曾祺

父亲拿到后很高兴,裱了装在玻璃框里,挂上了墙。

一九九五年,汪家巷被拆迁。汪家巷没了,汪家祠堂没了,连同汪曾祺童年待过的汪家大院也没了。

一九九七年五月,汪曾祺去世,父亲窝在不见阳光的单元房的客厅里,对着他的这幅字静坐了很久。

汪曾祺去了。

现今的汪曾祺故居，只是一座逼仄老旧的小屋。汪曾祺生前曾向县里申请过住房，说："曾祺老矣，希望能有一枝之栖……"言辞恳切，透出文人的卑微，然无回应。汪曾祺不是皮凤三，他楦不来房子。他是那么真心实意地想要一套房子，好回家住住，写点东西，而不是死后剩在文游台的一座孤零零的"文学馆"。

汪曾祺去了。

如今，我们还能从他那儿得到什么？汪曾祺留给我们的文字和记忆，传承了不同时期的文化，简约的文字背后，是他深厚的底蕴和他深刻的思考。我们纪念他缅怀他，更在研究他的文字，感恩他的文字。

汪曾祺去了。

但对他的记忆就像绚丽多彩的云，会飘得很远很远；就像清澈透明的水，会流得很长很长。

在他几次来家乡的日子里，我和他也仅是零散的浮光掠影式的接触。但仅就这些，在拜读他的文字的同时，也组成了一幅幅丰富多彩的值得回忆的画面。

现在大家纪念他，回忆他，研究他的文字，这是他于文学的贡献和骄傲。

最后引用儿子文中的一句话作结：

"我喜爱一切喜爱他的人，觉得你们都很亲。"

作者简介

汪泰，插队 10 年，1980 年师范毕业，中学高级教师。从教 10 年后调入教育局教研室任数学教研员。曾在多家省级教育教学刊物发表 50 多篇教学类文章，有多篇散文随笔付诸报章。

汪曾祺轶事

姚维儒

独立制片人季丹与沙青慕汪曾祺的大名，沿着京杭大运河来到高邮，在老街的巷子里找到了汪曾祺故居。汪老的妹婿金家渝先生热情接待了他俩，为能进一步了解孕育文学大师的土壤及人文环境，他俩想找几位"汪迷"聊聊，本人有幸成了被邀对象之一。在名典茶座，我们与季丹、沙青谈了许多他俩感兴趣的事，金家渝等人也说了许多有关汪曾祺鲜为人知的故事。

我是在东头街上长大的，对于汪曾祺笔下的人物与事感到十分亲切，书中的故事仿佛就发生在身边。且文章中大部分的人和事，也很熟悉，并知道原型人物的过去和现在，能指出沿街商铺的具体位置和变迁。

东头街上曾经是旧时高邮主要的繁华地段，联系城乡的水陆码头，粮食、柴草、农副产品的集散地。汪曾祺先生以故乡高邮为背景的小说，大多都是讲述这里独特的市井百态、人文风情。且又仅以草巷口为圆心，以他所能涉足的距离为半径，方圆并不大，时间也局限于他19岁离家前的青少年时代。汪老作品中的人物、事件大多都是有原型的。非凡的记忆力，细心的观察力，深厚的文学功底，淡泊的平常心，思乡的情结，都是汪老构成这些淡雅文字的基本元素。他的作品裹挟着高邮的泥土气息，携带着故乡的历史沧桑，浸透着浓浓乡情。他的家乡情结，是他小说中最出彩、最动人的部分。

汪曾祺先生的文章写得好，其诗词字画也十分了得。不愧为"抒情的人道主义者，中国最后一个纯粹的文人，中国最后一个士大夫"。他却自谦地说："我作画只是自己瞎抹，无师法。"他的作品却深得黄永玉、吴冠中的赏识，李政道家的客厅里就挂着汪老的一幅秋海棠。汪老儿女们在《老头儿汪曾祺》里说，"父亲送人字画非常大方，真是来者不拒，有时还主动问人家：'你有没有我的字画？'画得好的、比较得意的全都送人了"。虽说汪老自谦是"业余"画家，但字是下过功夫的，临过数种碑帖。儿时去文游台玩，还忘不了用薄纸蒙在《秦邮帖》石刻上，用铅笔在纸上来回磨蹭，把字帖拓下来的字带回家临摹。诗词于他虽说是偶为一作，欣然所至，随意而成，然他的诗既严守格律，又淡雅爽朗，通俗易懂。

汪老送字画与人，也不完全随意，是有选择性的。金先生说有次在北京汪老的家里，有人敲门，金先生就去开门，只见有一人立在门口问汪老在家吗？汪老闻声问是谁并要其进门，那人原来是琉璃厂某画店的老板，想买汪老的字画，汪老说我的画不卖钱，也不以卖字画为生，我的字画都送人了。你要买字画我可介绍你去找赵朴初、吴冠中他们，对方回答他们的价位太高。汪老又问为什么要我的字画？画店老板回答说一个客户点名要您的字画。汪老说我从来不卖字画。说完就婉转地下了"逐客令"。

汪老嗜酒如命，他床肚下有许多空酒瓶，金先生问为什么不撂掉，汪老回答懒得撂。老伴施松卿说他常一边写字看书，一边拿着酒瓶喝一口，当喝到微醉状态时写字作画最为传神，佳作常出于此时。

汪曾祺喝酒很杂，也不考究，家里的好酒常舍不得喝，一般情况下也就是喝北京二锅头。有一次他打电话给著名作家邓友梅，邀其到家里喝酒，并拿着菜篮子出去买菜了。邓友梅到他家静候多时也不见他回来，哪知他竟把这件事给忘了，跑到小酒店点盘小菜自斟自饮起来，回到家说菜没有了了事。一次汪老又拿着菜篮子出去买菜了，金先生想跟着他出去，顺便了解一下北京的菜场行情及市井生活，汪老执意阻拦他，说你到我书房看看字画吧。过了一段时候他又空着篮子回来了，实际上他又是到小酒店独自喝酒去了。汪老到小店喝酒，一是嗜好，二来也是他观察市井，寻找生活素材最好方式之一。正因为如此，他才能写出《安乐居》《泡茶馆》这样脍炙人口的文章。《岁寒三友》中的"如意楼"，《捡烂纸的老头》的"烤肉刘"，《落魄》中的"绿杨饭店"从兴盛到衰败，汪曾祺笔下的酒馆无一不与他嗜酒的经历有关，不仅"酒楼"如此，"茶馆"也同样被赋予日常生活精神的指数。汪曾祺笔下的人都安于自然的生活，对生活没有虚妄的期待，对现实也没有太多的怨言，他们只是接受着生活的样子，并享受着生活中存在的乐趣。汪曾祺以"欢悦的活着"作为自己人生的哲学，他的小说就是这种人生态度的文学表达。

因他喜酒嗜酒，一家人都监督他，生怕他喝多。小孙女就是个"密探"，偶尔汪老跑到厨房拿着作料酒偷偷地喝上一口，被小孙女发现了，她马上就叫起来"爷爷又偷酒喝了！"一次金先生从高邮捎去两瓶醉虾，汪老突然问金先生什么是最好的下酒菜，金先生回答说不知道，他说就是醉虾，有它喝酒就足以了。又有一次金先生去北京给汪老带去两条红塔山香烟，他说香烟你下次就不要带了，云南烟厂的老总说我这一辈子的香烟他都包了，是白壳子的特供烟，定期送上门，象征性地收两毛钱一包。

汪老去世后，汪老的子女想找人写碑文的字，找到当时北京书画界权威林岫问谁写最适合，回答说汪老在世很欣赏大康的字，如若大康愿意写是最好的了，可大康的字在当时最高的已卖到一万元一个字，汪老的女儿汪朝找到大康并说明来意，大康欣然答应，二话不说就写了"高邮汪曾祺"五个苍劲有力的楷书，钱分文不收。后来应汪家要求，补写了"长乐施松卿"及"之墓"七个字，形成一个合葬墓碑文。事后汪家过意不去就给大康送去两瓶好酒，大康依然不收，说他的酒喝不了。

作者简介

姚维儒，副主任医师。热衷于民俗工作，若干文学作品散见于报端，正式出版的散文小说集有《寄身在市井》和《暮色当歌》。

第二辑

人情风物索引

汪曾祺与东大街

朱延庆

汪曾祺的青少年时代是在东大街度过的。东大街在清代叫孝义东铺，新中国成立后叫人民路，年长者则通称东街。

人民路上有竺家巷和竺家小巷，可以想见历史上竺氏家族之庞大。现在大概一个姓竺的人家都不在这儿住了。竺家巷有挂牌的"汪曾祺故居"，门朝西几间低矮的瓦屋，现在是汪曾祺的弟弟汪海珊和妹妹汪丽纹、妹婿金家瑜居住。1981年，汪曾祺阔别42年后在这里住过一段时间。其实，这里是汪家的后门，是附属用房，汪曾祺家有好几十间房，大门在东边的科甲巷（今傅公桥路），有庭院，有花园，有客厅，有店面房，汪曾祺青少年时期怎么会住这里！汪家在臭河边还有一二十间房，另有2000多亩地，多为草地；开了"万全堂""保全堂"两爿药店；这些都是在他祖父汪嘉勋手上置的家产。

先说竺家巷。巷口是"七拳半烧饼店"，进巷是如意楼（坐西）、得意楼（坐东）两家茶馆兼酒楼。向东在现在的"汪曾祺故居"的对面是吴大和尚烧饼店，他有漂亮的妻子，眼角上有块小疤，却疤得很美。从美学角度看，这是有缺陷的美。他有四个儿子，老四还在，七十多岁，中风了，住在老地方。问他为什么人称他父亲为吴大和尚，他摇摇头，不知道。再向南就是顾家豆腐店，有一个相当美的女儿。斜对面就是汪曾祺小学同学邱麻子家，小学三年级时因为"摸"了女生，被学校开除了。巷尾是严氏阁，至今还有一个阁楼在，不知为什么老百姓都说成"胭脂阁"。严氏阁是个大的牛集市，有水塘给牛打汪汪。向东是唐家小新娘子家，汪曾祺母亲时常在自家花园里摘上几朵鲜花送给刚结婚的小新娘子。小新娘子健在，八十多岁了，还经常同人谈起那美好的回忆。再向东，即今傅公桥路东边是薛大娘家和她家的大片菜地。

竺家巷的斜对面是马家线店，老板是樊川人。樊川一直属高邮管辖，20世纪30年代初才划归江都。马老板有个老儿子马鸿增，毕业于中央美术学院，是全国知名的美术评论家，现住南京。

马家线店的隔壁是源昌烟店，《异秉》中有详细的介绍。汪曾祺是一个老烟民，这或许与小时候常在源昌烟店玩有关吧。有关烟的知识大概也是从老板那儿学得的。源昌的老板姓韦，老邻居说："韦家是洲上的。""洲上"即长江中的沙洲，大概是镇江人。

源昌烟店的斜对面是戴车匠家。当时高邮城做车匠的只有三家：南门一家，北门一家，戴车匠则是东街一景。戴车匠年老时耳朵聋了，人很和善，他养了几个女儿，最后养了个儿子，惯得很。在汪曾祺的《故人往事》中特别写到，戴车匠为了独子养了一窝洋老鼠装在一个一面有玻璃的长方形木箱里，挂在东面墙上，引来孩子们到他家看白老鼠踩车、推磨、上楼、下楼，整天不闲。其实戴车匠对洋老鼠并无多大兴趣。每到清明节，戴车匠总为儿子车一个特大号的螺蛳弓，令小朋友们都很羡慕。他的独子后来在南京中医学院毕业，留在南京工作。戴车匠的手艺失传了，门面还在。高高的坡台、新漆的铺门。戴车匠左邻是侯家银匠店，后来搬到吉升酱园旁。右邻是杨家香店。这两家都有后人在。

戴车匠对面是陶家炮仗店，门面还在。《岁寒三友》中的陶虎臣的原型即是陶老板。上了年纪的人至今还记得陶家的"遍地桃花"的鞭与大花炮，还有特制的"酒梅"，尤其是会做焰火，会做"炮打泗州城"，会做别有情趣的"芦蜂追瘌子"。

陶家炮仗店西面是蓝建芳儿子开的碗盏店。在《道士二题》中写到蓝建芳请五坛道士到他家为父亲超度亡灵的故事，令人惊恐色变，这是一个令汪曾祺听了很不舒服且莫名的故事。蓝建芳是个医生，好像是镇江人。蓝家碗盏店再向西就是谈家大门楼了，这是汪曾祺祖母的父亲谈人格的家，有几十间房，连万顺酱园家的人也住在里面。汪曾祺自己说，他《徙》中的谈甓渔原型就是谈人格，他是清代同光体的诗人，编过《高邮竹枝词》，他没有做过什么大官，他的学生有的很有出息。汪曾祺在《故里杂记》中特地引录了谈人格的《警火》诗和小序。谈人格的后人开设过私塾，笔者曾在那里读过。

谈家大门楼已经不那么高大了，只在中间留了一个过道。斜对面是竺家小巷，巷口坐西朝东的第一家住着汪曾祺小学、初中的国文老师高北溟，临街的两间门面房犹在，几易住户。如果在大门上贴上"辛夸高岭桂　未徙北溟鹏"的对联，人们会猜想，高老先生大概在家认真编校他的老师谈甓渔的诗文集吧。高家三代都是租住在这里，面积不大，还有小花园。高北溟为人正直，对学生要求很严，如今年长者还记得他的模样，当时的人给他起了个绰号"高红脸"。他遇到不如意的事就涨红了脸。他有两个女儿，大女儿高冰，一直在镇江教书，其子却一直在高邮，如今是一个规模不小的工厂的厂长；二女儿高雪因感情上的不得意、志向未酬，郁郁寡欢、抑郁而逝的凄惨故事至今还被很多人诉说。高雪的丈夫汪厚基的家在草巷口，他结过三次婚，高雪前是仲氏，高雪后是戚氏。汪曾祺很尊敬、很怀念高北溟老师，高老师对他后来的写作产生了深远影响。

竺家巷斜对面是王家熏烧店，那条街上的人们都称这家为"南京佬"。他家上代是从南京迁来的，"熏烧"的味道好，五香牛肉、五香兔肉、卤豆腐干、桃花鶂、蒲包肉等都很受欢迎。尤其是蒲包肉，汪曾祺在《异秉》中特别介绍蒲包肉的做法。蒲包肉是高邮特有的熏烧，很有可能是"南京佬"从南京香肚的制作中得到启发，结合本地人的口味改造、创新而成的。扬州、南京、上海等地的朋友来过高邮的都很赞赏味美的蒲包肉。《异秉》中的主人公王二即是"南京佬"后代的原型。"南京佬"的后代改行了，不卖熏烧了，他家的手艺却传开了。在高邮城像昔日王二摆的熏烧摊很多，人们一看到熏烧摊就自然会想到王二，想到他发达的重要缘由即异秉——大小解分开。

竺家巷向东两家是邵家茶炉子，开了六七十年了，隔壁就是保全堂药店，两间铺闼子门，门对子是汪曾祺祖父亲自拟的"保我黎民　全登寿域"，亦俗亦雅，这是药店的经营宗旨、郑重承诺，很有气势。汪曾祺常到保全堂来玩，店里的管事、刀上、同事、相公都亲切称他为"黑少"，汪曾祺很高兴，他小名叫"小黑子"，"黑少"即"小黑少爷"，那是尊称了。他几乎每天都到保全堂，他会在保全堂见到来买药的、闲坐的各种各样的人，听他们讲在家里、在书本上听不到、看不到的生动的故事，而且在保全堂里边发生着各种各样的生动的、有趣的故事。管事蒲三的艳事曾令相公们羡慕不已。保全堂是汪曾祺了解生活、观察生活、研究生活的一个重要窗口，是他青少年时期积累创作素材的一个重要来源。有的故事很离奇，汪曾祺记住了，后来写在小说里。

汪曾祺对生活感兴趣，对保全堂感兴趣，对保全堂的"相公"等也感兴趣，而且关注他们的生活、命运、遭遇。像陈相公这样的青年学徒，在那个时代很多，他们处于社会的底层，他们希望改变自己的命运，在他听到王二介绍发达的异秉后，立即到厕所上仿效之，令人忍俊不禁，但又笑不出来。保全堂几个"相公"笔者都见过，都操淮安口音，有陶相公、罗相公、陈相公等。陈相公蹲的厕所至今还在竺家巷。

保全堂的信誉很好，不卖假药，那时的药店一般都不卖假药。而可贵的是坚持卖"地道药材"。小时候曾经随父亲去保全堂配过药，后来还请汪曾祺父亲汪淡如看过迎风掉泪的眼疾。

保全堂对面是连万顺酱园，一度改成炕坊，前几年改成"如意泉"浴室了。连万顺酱园是两扇黑漆大门，不像一些店家是铺闼子门，有点像北京的"六必居"。《桥边小说三篇》中的《茶干》就是写的连万顺酱园的事。连家弟兄俩，连万顺酱园是老大连登寿开的，老二连同寿在酱醋厂做工。据说他们的父亲为他们分家而征求意见时，老大要店，老二要田，要田的境遇似乎更差些。汪曾祺笔下的连万顺是写实的，是小说，也是散文。汪曾祺喜欢的连万顺茶干还能恢复生产么？

连万顺酱园向东，隔大淖巷，再5家就是吉升酱园，老板姓张，是从车逻张家庄迁上来的，人称张二房。吉升酱园产一种陈瓜酒，近似于黄酒，其性温和，其味醇厚。患筋骨病、风湿病者都以陈瓜酒泡药材。尤其盛销于东台、大丰一带，妇女分娩时都以陈瓜酒代替姜艾汤。吉升酱园在东台刘七巷内设立分店，老板的一个儿子就是客寓在东台。一个产品消亡了，一个时代过去了；一个时代过去了，一个产品消亡了；而有的产品与时代并无多大关系。

吉升酱园正对面是科甲巷，巷内住着王姓、陈姓、夏姓人家，汪曾祺不明白为什么叫"科甲巷"，其实他们的上代有人做过官，不小的官。科甲巷扩大即现在的傅公桥路，这是汪曾祺在高邮中学读书三年时每天的必经之路，也是笔者在高邮中学读书时的必经之路。那时去傅公桥的路上，中间是很不平的不宽的砖路，20厘米见方的大砖高高低低，两边是池塘，池塘边是稻田。傅公桥是木桥，一度年久失修，只好在桥下走跳板过河。护城河上经常有小渔船出没，坐在船后的人敲着梆子，前面的男子用小网取鱼。过了傅公桥就是大马路了。

由吉升酱园出来走一二十米就是螺蛳坝旧址，20世纪70年代修路时挖出大量的木桩。螺蛳坝是通向下河的重要坝口。

由螺蛳坝南向东不远是五坛，五坛是个道观。汪曾祺《道士二题》中写到。五坛离汪曾祺家很近，他常去玩。五坛的门匾上三个大字"五五社"，为什么叫"五坛""五五社"，汪曾祺不知其意，他写道："我小时不知道，现在还是不知道，真是'道可道，非常道'！"汪曾祺出了个难题。笔者查阅了一些资料，"五坛""五五社"都是有来历的。《礼记·三年问》："三年之丧，何也？曰：称情而立文，因以饰群，别亲疏贵贱之节，而弗可损益也"，"三年之丧，二十五月而毕"。意思是，父母去世要服三年的孝，这是根据什么制定的呢？这是根据人的哀情制度定的礼，用它表明亲属关系，区别亲疏贵贱的界限，而且是不能任意增减的。三年之哀，二十五个月就算结束了。五五相乘为二十五，因此汉代时人常称三年之丧为"五五"。《隶释·汉堂邑令费凤碑》："菲五五，縗杖其未除。""菲五五"是说微服居丧二十五月。如此看来，"五坛""五五社"是超度父母等亡灵的地方。五坛有一位入坛、在道的有身份的人，即新巷口恒记桐油楼的老板叶恒昌，汪曾祺的邻居，道行很深。蓝建芳曾谈到叶老板到他家为父亲超度亡灵的故事，似可以作佐证。草巷口头的姜大升茶食店老板也喜欢到五坛穿上道袍开坛。

五坛不大，正面的三清殿供奉着太上老君的金身像。据年长者说，每逢荒年、水灾、旱灾，五坛成了粥厂，慈善机构在这里放粥救济穷人。五坛周围没有人家，后来被缫丝厂占用了，后来拆了，建了宿舍楼。

在汪曾祺的作品中，有90多篇、100多万字是写故乡的人和事的，其中又有一大半是写东大街即他家周围的人和事。汪曾祺善于观察生活，观察得很认真、很仔细，他从不做笔记，但很少有差错。难忘的人和事鲜活地存在他的记忆中。随着年龄的增长，视野的拓宽，经历、阅历的丰富，他审视存在于记忆中青少年时代的故事，因而对生活的理解更加深刻，蕴含更加隽永，给人们的启迪教育也就更加深广。回忆好像陈年的酒，时间愈长，情意愈醇、愈浓、愈厚，回味更加无穷。

汪曾祺深深爱恋着他的家乡、家乡的土地、家乡的人民。在他的笔下，家乡的土地、家乡的水流、家乡的草木、家乡的方物、家乡的人民是何等的美丽，何等的可爱。美丽的故乡他常常魂萦梦绕，他希望家乡兴旺发达，他为文游台盍簪堂撰写了一副对联：

拾级重登、念崇台杰阁、几番兴废，千载风云归梦里；
凭栏四望、问绿野平湖、何日腾飞，万家哀乐到心头。

读读汪曾祺写东大街的文章，再到东大街走走看看，你会感慨良多，你会深深敬仰、怀念汪曾祺，也怀念汪曾祺笔下的繁华的东大街，怀念东大街发生的感人的故事。

如果有一家旅游公司推介出东大街风情游，那是别开生面、别有情致、别具一格的旅游。

作者简介

朱延庆，毕业于南京师范学院中文系，曾任高邮师范学校校长、副县长、政协副主席等职。从事散文理论、方言等方面的研究，有散文《三立集》等、理论专著《散文理论与赏析》等、《江淮方言趣话》等。另有文艺理论、文学批评、美学论文多篇。江苏省语言学会常务理事，中国散文学会理事。

故乡何处是

濮 颖

"我的家乡在高邮,风吹湖水浪悠悠。岸上栽的是垂杨柳,树下卧的是黑水牛……"北京的秋夜月朗风清,一位老人身穿宽松的睡袍,坐在宽大的藤沙发上,眯缝着双眼,嘴上叼着一根烟斗,满怀深情。他就这么安静地坐着,一行行生动形象的歌词已然在他宽厚的胸怀里跳跃。千里之外的故乡,在他的眼前越发清晰起来。

高邮是先生的家乡。一个不大的县城,邻近大运河,运河西边是高邮湖。小城河道多,从西往东一路蜿蜒,这里的水总是不紧不慢地静静流淌。正如先生所说:我的家乡是一个水乡,耳目之所接无非是水。所以,先生的文字里有一种水样的淡泊与温情,更有水一样的达观与超脱。

幼年的先生在离家不远的县立五小上学。学校就在一座寺庙的边上。校歌里的第一句就是"西挹神山爽气,东来邻寺疏钟……"学校里有个校工,叫詹大胖子,他特别爱出汗,敲钟的时候经常把钟绳弄湿了,还背着校长私下卖零食给学生。他养了一只花猫,这只猫时常觊觎主人的五香牛肉干,一不小心会蹿到挂钟的绳索上,钟声便蓦然响起。虽然很轻,却常使课堂上的

孩子们心中涌起一阵欣喜：下课了……

幼稚园有个像妈妈一样的王老师，她教孩子们唱歌、画画、念儿歌。迟暮之年的先生回到家乡，特地去看望她。在老师的面前先生仿佛回到了自己的童年，他为老师读了自己写的一副字"小羊儿乖乖/把门开开/歌声犹在/耳畔徘徊/念平生美育/从此培栽/我今老矣/白髭盈腮/但师恩母爱/岂能忘怀/愿吾师康健/长寿无灾"。读完这首诗，老师哭了，先生哭了。"师恩母爱"与故土一样，先生从来不曾忘记过。

曾几何时，小学校的欢笑声和钟声经常浮现于先生的脑海，静沉沉的夜气里，先生能清晰地听到徐疾轻重的钟声，听到像玻璃一样清脆的童音："半城半郭尘嚣远，无女无男教育同，啊！桃红李白，芬芳馥郁，一堂济济坐春风……"

从县立五小到先生的家必得经过北门大街，还要穿过一条弯弯曲曲的巷子。街上商铺林立：布店、酱园店、杂货店、炮仗点、烧饼店，还有各种作坊：银匠铺、铁匠铺、篾匠铺……先生放学时常趴到银匠店的窗台上看银匠在一个模子上錾出一个小罗汉；看篾匠用一把亮得晃眼的篾刀将竹子拉成一条条又薄又软的竹条；看车匠店的车匠用硬木车旋出各种形状不一的器物。往前是"一人巷"，一人巷头是个裁缝铺，一个男子戴着一副老花眼镜低着头在缝纫机上摸索着，屋檐下挂满了花花绿绿的小袄或是旗袍。灯笼铺的伙计正在糊灯笼，大的，小的，红彤彤一片，下面缀着一色的鹅黄色流苏……铺子里的人很少说话，只听到手里做活的声音。草炉烧饼的香气阵阵袭来，伴随着烧饼锤子锭烧饼的声音：定定郭，定定郭，定郭定郭定定郭。落日的余晖暖暖地映照在老街上，给这座稍稍褪色的小城平添了几分生动的色彩，还有几分微苦、轻甜的气息。

先生住在北大街内的科甲巷里。未到巷口就闻到一阵清香，到了晚上香气更浓。那是巷口的一丛晚饭花开得正艳。先生的家里有一座小花园，种满了海棠、梅树、碧桃、丁香。一到花开时候，先生的表姐妹们就坐着车来掐花，还有一个穿白缎子绣花鞋的小姑姑。园子里就像过节一样热闹。秋天，一股香气透进帐子，那是桂花开了。先生的父亲就坐起来，抽烟，看花。天空蓝得像洗过一般，偶尔有一排大雁飞过。起风了，水一样清凉。小莲子（家里的佣人）拿着一件衣服，静静地站在父亲的身后。

下雪的时候，蜡梅开了。冰心的，檀心的。先生总是第一个起来去园子里摘一些冰心蜡梅朵子，再掺和几只鲜红的天竺果，用花丝穿起来，用清水养在白瓷碟子里送到他继母和伯母的妆台上。夏天里看荷花，捉知了，还有一种通身铁色的"鬼蜻蜓"，撅屁股的土蜂，挥动着长臂的螳螂。鬼蜻蜓款款地飞在墙角花阴，先生说：看了不知为什么，心里总有一种说不出的难过。

离先生的家不远，是一片大水，在先生的家乡称之为"淖"。淖的中央有一条狭长的沙洲，沙洲的对面分布着鸡鸭炕房、浆坊、鱼行、草行、卖茨菇和鲜藕的鲜货行。沙洲上一年四季风景如画，炊烟在大淖的水面上飘散不去。这里有卖天竺筷的，卖眼镜的，卖紫萝卜的，挑担子的，抬桐油的。还有一群邻县来的锡匠，他们日出而作，日落而息。

淖上的女人俏铮铮的，头发梳得油光水滑，她们与男人一样辛勤劳作，穿着露出脚趾的草鞋，打着鲜艳的补丁，鬓边插着一朵时令鲜花，挑着雪白的连枝藕、碧绿的菱角、紫红的荸荠，风摆柳似的穿过街市，打着好听的劳动号子："好大娘个歪歪子来！"这里的男孩子常常光着屁股在码头上站成一排齐刷刷往水里撒尿，"老骚胡子"们不甘寂寞，泼辣的小媳妇敢脱光衣服跳到大淖河里痛痛快快地洗澡……

"我的家乡在高邮，春是春来秋是秋。八月十五连枝藕，九月初九闷芋头。"春初水暖，沙洲上冒出很多紫红色的芦荻草和灰绿色的蒌蒿，很快就一片翠绿了。夏天栀子花开了，"碰鼻子香"。夜里露水下来了，湿了马齿苋，湿了牵牛花。早晨起来写一张大字，读一篇古文，真舒服。叫蛐子丁零零地唱着歌，浸过井水的西瓜甜滋滋，透心凉。

那年秋天，先生的母亲病了，独处在一个小院子里，院子的角落里有个小花坛，种着几株秋海棠，开着浅红色的小花，没有人管它，任由它自开自落。以后，每到秋海棠开花的时节，先生总会想起自己的母亲，想起母亲生病时住的那间屋子，想起那年淡淡的秋光。冬天，堂屋里上了槅子，床上铺了稻草。阴天下雪，祖母总会做一碗"咸菜茨菇汤"。踢毽子，抓子儿，下"逍遥"。

春粉子，蒸年糕，做烧饼，搓圆子。就快过年了。

先生的父亲是个画家，会乐器，很随和。他们家经常在小方厅和花厅里宴客：灯光照在花上、树上，这些在先生眼里既令人欢喜也让人忧郁。父亲是个老顽童，孩子王。清明还不到就带着一群小把戏到麦田里放风筝，踩倒了一排排麦苗。风筝线是用胡琴的弦做的，轻巧又结实，放出去的风筝不打弯，摇曳在蓝天白云之下，很是显眼。先生说，他从没见第二个用胡琴弦放风筝的人。父亲对先生的学业很关心却从不强求，父子俩可以坐在一起喝酒，还帮过情窦初开的先生写情书。先生在书里说这就叫作"多年的父子成兄弟"。

先生有三位母亲：生母杨氏，继母张氏、任氏。张氏很喜欢先生，每次回娘家，都会叫上两辆黄包车，姐姐和妹妹坐一辆，张氏娘搂着先生坐一辆。先生偎在娘的怀里，手里拿着两根安息香，感到一种说不出的温暖。张氏去世后，是任氏。先生非常尊重任氏娘，是她一直陪伴着先生的父亲，度过了那些漫长而又艰难的岁月。这一切，在离开故土后的日子里，无不成为先生深情的回忆。

这个地方有很多人：卖熏烧的，开米行的，画画的，有薛大娘，巧云，还有小英子……那一年，先生回到家乡，看到邻居家的两株盆栽长得葳蕤喜人，枝叶竟纠缠在了一起，便呆立在一旁，出神地望着，久久不肯离去。他的眼前又浮现起两串美丽的小脚印"小小的趾头，细细的脚跟"，就是这串脚印把当年那个少年的心给扰乱了……

"我的家乡在高邮，风吹湖水浪悠悠。岸上栽的是垂杨柳，树下卧的是黑水牛……"老人吸了口烟，起身伫立在窗前，朝着家乡的方向极目远望：故乡何处是，忘了除非醉。

作者简介

濮颖，高邮城北小学教师，江苏省作家协会会员，江苏省网络作家协会会员。签约多家文学网站。散文、随笔、中短篇小说散见于国内报纸杂志。著有散文集《棣棠·一水间》，长篇小说《落花》等。

汪曾祺对一座庭院的挂念

施成华

二十世纪七十年代初，我家搬入新公房，院门底铺就白色条石，凿有汪家大院四字。院东便是阔大的汪家大巷，巷口冲着热闹的臭河边大码头，河水南来遇码头流向月塘，途经科甲巷，那里也有个汪家大院，是汪曾祺儿时生活的处所，大院早已瓜分殆尽，名存实亡久矣。

新公房两进，前后通道分中而贯，每进左右各两户，院西北角有两间旧大屋是汪竹生家。公房后也有几户旧房，最东北处是汪连生家，后来闭了后门从汪家大巷进出便自成一体。从院大门进出的共约十七八户。院内树木众多，汪连生后门处有花椒、樱桃、枇杷树等，也就成了我们解馋、捉迷藏的好去处。

第一排公房屋前长有粗过一抱的桂花树，金秋季节整个院落便沉浸在浓郁的香海里。白天小孩或缘其枝或俯其根，看成列的蚂蚁上下奔忙。院墙外有一棵不知名的老树，秋季结籽六角，索性被我们命名为金刚脐树。二进的院落还有一口围有井栏的老井，更有松柏、银杏、楝树多株。楝树果成了我们玩弹弓取之不竭的子弹。一旦有大人叫骂，作鸟兽散的我们稍后必在汪连生家后门处重新结集，因为那里人迹罕至，草木丛生。

我们成群结伙的嬉戏，到1974年戛然而止，因为汪竹生家的西山墙边猪圈出现了一条反动标语。随着公安人员的进进出出，整个大院便噤若寒蝉起来。附近学校很多孩子给公安留了笔迹。因为此事搞得汪竹生家很不自在，时常有人去案发地察看议论。最终案子破了，与本院孩子无关。很长一段时间我们只能各自在家看树上飞鸟，听墙根虫鸣了。

当时汪家大院，也算高档小区了，围墙分上下两截，下为红砖斗墙，上为青瓦拼花，这种花瓦墙透风透光。院门木制，高大厚重，由徐奶奶义务掌管开合。徐奶奶满脸麻子，但人前身后从没人叫她麻脸。邻里间摩擦大都由她调和，孩子们也很怕她。一次她对汪家三子喊：别疯了，回家帮大人做点事，就是不知大人的甘苦。她对汪家的事，似乎有点上心。

院东的大巷，整天因挑水变得湿漉漉的，很多人以为因为汪水的缘故，才叫汪家大巷的，殊不知巷东的城镇造纸坊就是在汪家大祠堂基础上改建的。每到晴天架子车载着一摞湿纸出来，然后用棕刷将它刷连在红砖斗墙上晒干，我们称之为"刷大字报"。久之，围墙上豆腐干样的印迹，就成了大院一道独特风景。

大院向南，二百米处的管家奶奶，每早要从家门口扫地到汪家大院前，她因出身地主家庭，成分不好，被居委会定了个"四类分子"，不能乱说乱动地接受改造。徐奶奶心好，见了常说：你先回吧，留截一会我来扫。后来我才明白，徐奶奶在院里为何举足轻重，因为居委会都是找她了解院里各家情况的。比如谁家孩子该下放了，谁家孩子患了什么传染病了，等等。我觉得她对汪家特别上心，除了人多负担重外，还存在着某种隐隐约约的担心。

总之，汪家大院平安地度过了七十年代，大家常常想起她。

八十年代的一天，汪家三子对我说：北京的小爷回邮了，昨晚请全家在"一招"吃了一顿。又过一段时间他问我会写文章吗，他小爷给家里来信，让几个孩子好好读书，如亲朋好友有好文章也可寄他看看。至此我才知道他小爷就是大作家汪曾祺。另外又知小三爸妈不让孩子按辈称谓，而称汪曾祺为小爷，以示敬重。小五爸认为对汪曾祺这种脱谱叫法，以其年龄、学识应不为过，很妥当。

我读高一时，班主任是教英语的印寿英，巧的是她也是同校老师汪连生的夫人，更是我家邻居。那时我常去她家请教作业。

岁月如梭，如今的汪家大院已翻建成有一幢幢楼宇的汪家小区。所幸沿用了"汪家"二字。今年看望印老师，见堂中挂有一幅汪曾祺题字。89岁的印老师饶有兴趣聊起往事。

原来，汪曾祺的祖父汪嘉勋与汪连生父亲汪道谷为族中兄弟，人称四老太爷。汪连生与汪竹生为亲兄弟，皆长汪曾祺一辈，汪故称二位为小爷。印老师说，非常时期兄弟二人与汪曾祺时有书信往来。汪竹生从百货公司人秘股早早病退回家，躲过了势必难逃的种种审查、批斗，少受了许多罪。她先生也是谨小慎微，以他复旦大学毕业的学历，就怕被套上"黑专典型"的帽子。印老师又说汪曾祺的记性很好，记得老院有棵结六角种子的树，说品种稀有，但至今也搞不清它的名字。

我听了心中一惊，以此可见汪曾祺是非常爱草木的，对一个树名，表现出如此的严谨与慎重。

1981年9月汪曾祺拜望小爷汪连生，提及老院前的臭河边，说那不是铁拐李洗腿洗臭的，实是河边豆腐坊流出的豆渣子沤出的味，不信细嗅，臭尾后还带点豆香。说得满屋人哈哈大笑。

汪老得知两房小爷子女皆已成才十分高兴。特别是汪连生两个儿子都子承父业授书育人且有所建树，汪老竖起拇指赞道：不愧书香门第。

汪老临行为汪连生留下墨宝，书道：汪家宗族未凋零，奕奕犹存旧巷名。独羡小爷真淡泊，临河闲读《南华经》。

下款为：应小爷命书　曾祺

汪连生先生2015年以92岁高龄辞世，他能被享有盛名于世的晚辈汪曾祺如此敬重，应该是去而无憾了。

汪竹生先生仍健在，正享受着子孙满堂的幸福生活。

汪曾祺就是这样一位游子，挂念族人及其一座庭院。他淡泊不失博爱，幽默不失睿智，亦如他的墨宝，不肯留下日期，示意后人他的挂念既悠远又让人触手可及，一如新书。

汪曾祺的一生，见证了汪家老庭院到汪家大院再到汪家小区的演变历程。那对慈祥的双目，永远流露着挂念……

作者简介

施成华，高中毕业后就职于高邮木材公司，后毕业于扬州市职工大学汉语言文学专业，1992年下岗自谋生路至今。

一只再也吃不到的草炉烧饼

杨 早

1990年2月9日,台北《联合报》副刊刊登了一篇散文《草炉饼》,作者张爱玲。居美多年的张爱玲劈头就说:"前两年看到一篇大陆小说《八千岁》,里面写一个节俭的富翁,老是吃一种无油烧饼,叫作草炉饼。我这才恍然大悟,四五十年前的一个闷葫芦终于打破了。"

张爱玲记得的,是抗战时期上海沦陷后窗外天天有小贩叫卖"马……炒炉饼!""马"是吴语的"卖"。这食品的主顾"不是沿街住户,而是路过的人力车三轮车夫,拉踏车的,骑脚踏车送货的,以及各种小贩",所以张爱玲也只在白天的马路上看过一眼。另有两次,一次是房客的女佣,一次是她姑姑,买了一角回来,"不是薄饼,有一寸多高,上面也许略洒了点芝麻","干乎乎地吃不出什么来"。只是想不通为何叫"炒炉饼",《八千岁》帮她解开了半个世纪的疑团:原来是"草炉饼"。

其实张爱玲还是狐疑的,毕竟她不曾从正在叫喊"马……炒炉饼!"的小贩手里买过饼,而她看到的所谓草炉饼,是"一尺阔的大圆烙饼上切下来的",这跟《八千岁》里写的可不太一样:"这种烧饼是一箩到底的粗面做的,做蒂子只涂很少一点油,没有什么层,因为是贴在吊炉里用一把稻草烘熟的,故名草炉烧饼。"

一尺阔的大圆烙饼当然没法"贴在吊炉里"烘熟,所以张爱玲只好想当然地解释说,《八千岁》里的苏北草炉饼大概是"原来的形式,较小而薄",而上海的草炉饼是"近代的新发展"。

后来《草炉饼》收入《对照记》,传回大陆。有人说,张爱玲看到的,是上海的大饼,并非草炉饼。

但这些差别,于张爱玲来说,或许没那么重要,诱使她在四五十年后追忆当年沪上这种"贫民食品"的,主要是那"马……炒炉饼!"的叫卖声:"卖饼的歌喉嘹亮,'马'字拖得极长,下一个字拔高,末了'炉饼'二字清脆迸跳,然后突然噎住。是一个年轻健壮的声音,与卖臭豆腐干的苍老沙哑的喉咙遥遥相对,都是好嗓子……此后听见'马……草炉饼'的呼声,还是单纯的甜润悦耳,完全忘了那黑瘦得异样的人。至少就我而言,这是那时代的'上海之音',周璇、姚莉的流行歌只是邻家无线电的噪音,背景音乐,不是主题歌。"

那是张爱玲最贪恋的上海的市声。有意思的是,在草炉饼的苏北老家,至少在汪曾祺的笔下高邮,这物事没有人去叫卖。八千岁坐在店堂里,"闻得见右边传来的一阵一阵烧饼出炉时的香味,听得见打烧饼的槌子击案的有节奏的声音:定定郭,定定郭,定郭定郭定定郭,定,定,定……"

据说《八千岁》里的烧饼店有其原型,是汪曾祺家附近的一家"吴大和尚烧饼店",想必汪曾祺十九岁离开高邮前,每日都会听见那"定定郭,定定郭,定郭定郭定定郭,定,定,定"的打烧饼声。

这烧饼店开在高邮县城的草巷口。汪曾祺回忆道:"吴家的格局有点特别。住家在巷东,即我家后门之外,店堂却在对面。店堂里除了烤烧饼的桶炉,有锅台,安了大锅,煮面及饺子用;另有一张(只一张)供顾客吃面的方桌。都收拾得很干净。"(《吴大和尚和七拳半》)

汪家开的药店"保全堂"(《异秉》的故事也发生于斯)就在草巷口,据比汪曾祺小几岁的高邮人储元仿回忆,这条极短的街市东头有一家草炉烧饼店,西头有一家插酥烧饼店,每天储元仿都在烧饼声中醒来:"那声音,每天在朦胧晨光中，像闹钟一样将我唤醒，睁着眼睛在床上听着那有节奏的噼啪之声，听得出今天是东家卖草炉烧饼的先开炉了。因为草炉烧饼一炉做得多，总是噼噼啪啪一阵子停下来。到了第二天，准是西家插酥烧饼先开炉，做插酥烧饼颇要一点功夫。噼啪声有高有低，有长有短，神似非洲人擅长的击鼓之声，听得十分悦耳。这两家烧饼店似乎有了默契，今天东家早开炉，明天必是西家，你卖你的草炉，我卖我的插酥，真是河水不犯井水，从未见他们为抢生意吵骂。后来我稍微注意一点，发现两家的顾客不同，草炉烧饼的买主多数是苦力或从农村上城的人；吃插酥烧饼的多数是吃早点的老人家、读学堂的学生、沿街店铺子里的老板和那些身份稍高的店员。"（《草巷口杂记》收入《高邮文史资料·第九辑》）

　　不管是上海白天的叫卖声，还是高邮清晨的打饼声，这市声里都有着世态与人情。张爱玲听声猜测这卖草炉饼的"不像是个乡下人为了现在乡下有日本兵与和平军，无法存活才上城来，一天卖一篮子饼，聊胜于无的营生"。储元仿到抗战大后方读书，在流亡中学里"每天吃两顿干高粱做的黑中带红的馒头，肠胃不适，确是苦恼"，总是想起做草炉烧饼的噼啪声。汪曾祺则让八千岁每天听完做烧饼的"定定郭"，叫两个乡下人才吃的草炉烧饼——而不是合乎他米店老板身份的插酥烧饼。

　　高邮的乡人说，草炉烧饼20世纪60年代即已绝迹。1983年，汪曾祺将这种平民吃食写入《八千岁》里；1990年，张爱玲因之写出了《草炉饼》。汪曾祺与张爱玲同生于1920年，1995年张爱玲在纽约去世，1997年汪曾祺病逝于北京。

　　一只再也吃不到的草炉烧饼，沾染着各种乡思，就这样飘飘悠悠地掉进了文学史。

大淖河水不了情

葛桂秋

我生长在水乡小镇,清清的河水总是让我饱含深情。是纵横交织的水网,连接起我们与外面的世界。

算起来小镇离高邮城约一百里地开外,坐上小轮船,要花大半天时间,伴着机器震耳的轰鸣,听着涌浪拍打船舷发出的哗哗声响,在七拐八绕的河道里穿行,一路辗转颠簸驶入高邮城东北面的大淖河,就算进城了。大淖河边很是热闹,轮船刚刚停稳,拖板车的、挑箩筐的就吆喝起来,蜂拥着向携带笨重货物的船客们争揽脚活生意。不知从何时起,高邮人都把口口相传的大淖河叫成"大脑河"。好多人识字不多,写出来时脑字的月旁也省去了,成了"大囟",这让难得进城的人非常费解。

1982年初春,县委县政府为培养党政机关秘书人才,在高邮师范举办文训班,面向全县公开选拔招考。非常感谢当时县广播站领导的开明,让我参加考试,并给予我脱产学习的机会。接获入学通知,我再也按捺不住激动的心情,匆匆整理好行装进城报到。

小轮船不疾不徐,突突地在水面行驶,我的心怦怦跳动着憧憬明天。整整一个上午，没有感到丝毫的倦意。午后，轮船在大淖河边慢慢地停靠下来，扛着背包的我走出拥挤而又昏暗的船舱。我对陌生的大淖没有过多地留意，只觉得眼前的天空特别的明亮，艳阳发出耀眼的光芒。大淖河边小草青青，垂柳枝头的嫩芽在消融的冰雪中吐露着不尽的生机。三月的春风拂面而来，发丝在春风里撩动我的面颊，也撩动着我奋发昂扬的心绪，激发我加快脚步往前走去。

文训班的新学员来自不同的岗位，尽管经历大有不同，年龄相差悬殊，然而文学却成了我们之间说不完、道不尽的共同话题。汪曾祺的小说《大淖记事》刚刚发表不久，全班同学争相传阅。汪老写出了家乡人耳熟能详的风土人情、市井百态，把一幅大淖秀美的风情画卷缓缓地舒展开来，呈现在我们眼前。小说清新、恬淡、自然的文风，更是让我们这帮如饥似渴的文学青年如饮甘饴，如沐清风。汪老的小说让我对关于"大脑"的疑惑烟消云散，从小说中我认识了大淖，爱上了大淖。

兴之所至，我们三五好友趁星期天，相约结伴去寻访汪曾祺笔下的大淖。我们穿过长长的北门大街，拐过铺面林立的人民路，绕过曲折的小巷，走进了大淖却找不到大淖究竟在哪里。眼前的大淖垃圾聚成了小山，破旧的房屋四周堆满了杂物。黑黑的水汪里，几只脏兮兮的鸭子艰难地划动着双蹼，发出沙哑的叫声。目之所及，酱红色的浊水嚣张地横流着，水面上漂浮着如螃蟹嘴里吐出来的白色泡沫，在风中一会聚拢在一起，一会又四散开去，阵阵酸腐的臭气让人掩鼻而过，不敢大口地呼吸。

这难道就是巧云结网、织席，浆洗衣被的大淖吗？印象中如诗如画的大淖与眼前凋零破败的场景形成了强烈的反差，就仿佛是汪曾祺在《大淖记事》小说里所描绘的那幅淡静素雅的水墨画，被人粗暴野蛮地泼了一瓢污水，生生地撕碎在你的面前，让我们所有的兴致荡然无存。寻访大淖的热情一下子变成了冰冷的遗憾，那种想象与期待之后的失望，给我们的心头添加了一种无言的痛楚，一种对于消失在尘封历史中美好景致的缅怀和祭奠。此后，尽管时光流逝，这份遗憾始终无法淡去。

文训班学习结业以后，我很幸运地进入了县政府办公室工作。县政府大门就是过去州署的头门。以前每当从此经过，我都要顺着门洞里长长的甬道探着头去张望深深的大院，想象着里面的模样。

去县政府机关上班的第一天，我经过门前的照壁时，不知为什么，脑海中忽然浮现出汪曾祺《大淖记事》中锡匠们为十一子申冤请命，挑担上街游行，在县政府照壁前顶香请愿的场景，生出翩翩的浮想。我明白自己是赶上了一个好的机遇，假如时光倒转，造化弄人，也许我也会在那锡匠游行的行列中。

此后每当从这大门和照壁前走过，眼前就会晃动着锡匠们头顶上沉沉的香炉和炽旺的香火，心头总会掠过一丝丝神圣的悸动。常在心里暗自叮嘱：即使位卑言轻，也一定要始终记得自己从哪里来，到哪里去，应该做什么？不管今后能走多远，也要清醒地知道是人民在抬举我们，我们唯有心存感激、谦卑做人，感受百姓疾苦，铭记肩头责任，时刻把人民顶在头上。

1991年初春，高邮经国务院批准撤县建市，高邮人激发出了追赶发展的雄心壮志。满怀建市的喜悦，趁着改革开放的春潮，时任市委书记、市长亲自带领党政部门、乡镇领导大胆地走出城门，探亲访友，寻找资源，寻求支持和合作。6月7日，高邮市委市政府在北京召开经济工作恳谈会。是日，北京新华通讯社一楼会议大厅高朋满座，气氛热烈。我们作为新建市的主宾意气风发、热情有加地招呼着每一个到来的嘉宾。当我看见衣着朴素的老乡汪曾祺刚刚走出车门，便情不自禁地叫了一声："汪老好！"现代京剧《沙家浜》的电影看过数不清的遍数，智斗一场的每一句台词都能信手拈来，读《大淖记事》每次总是边读边想，想象这位令人尊敬的老乡作家是一个什么模样。这次会议竟让我一下子与心目中十分崇敬而又距离遥远的大作家如此贴近，分外亲切。

汪老一口浓重的乡音让在场所有的家乡人倍感亲切。与其他人不一样，他的发言娓娓道来，少有客套。谈得更多的是对于家乡的记忆和思念。说高邮湖、说大运河，说到高邮水患所留下的苦难回忆，刻骨铭心；说古城的兴衰，说北门的街巷，说到的一草一木，深情款款，情意绵绵；说童年的趣事，说小说人物的原型，言语中分明流露出郁郁的忧愁和淡淡的感伤；说到大淖的变迁，汪老似乎湿润的眼眶里所流淌出的那种失落的情调，无不引起我们深刻的共鸣和深深的愧疚。大淖的美景在汪老的心头铭刻,在汪老的梦中萦绕。我从未亲见一位年逾古稀的老者,如此这般的动情。那种游子对于故乡的眷恋,扯不断、掩不住,发自内心,真真的乡情溢于言表,切切的乡愁感人肺腑。我们只是默默期盼汪老笔下描绘的大淖美景,早日重现在世人的面前。

北京恳谈会后,一场百年不遇的洪涝灾害不期而至,如注的暴雨倾泻而下,里下河肥沃的土地成了一片汪洋泽国。高邮城区涝情严重,地势低洼的大淖,成了重灾区,好多人家的房子泡在齐腰深的水里,断了炊烟。当我随同市领导乘坐小船去看望灾民,心里有种说不出的滋味,一种对大淖无言的歉疚。面对泡在水里煎熬的百姓,市领导表达了深切的慰问,安排了临时的搬迁,并将大淖的整治提到了城市建设的议程,定下了要让大淖重新焕发生机的决心。我们都坚信,大淖这块城市的伤疤终会痊愈,大淖的明天一定是美好的。

得天时地利人和之便,大淖终于迎来了历经劫难后的新生。2010年初春,广大市民和各地的"汪迷"们翘首企盼多年,经历届市人大代表一次次建议,大淖河环境整治这项浩繁艰巨的工程拉开了帷幕,拆迁民房、清运垃圾、疏浚河道、铺路修闸、绿化环境,各项工作全面启动。沉积多年的垃圾山搬走了,流淌多年的臭水沟引来了清泉,昔日里蚊蝇乱飞、老鼠成群的龌龊之地上建起了公园和广场,好似一座城市的客厅,招呼着八方来客,以汪老故居为主题的汪曾祺纪念馆也在规划之中。当远方的朋友慕名而至,都深为城市的巨变、大淖的新生发出由衷的赞叹。大淖,你就像一位蒙尘的少女,荡涤尽身上的污垢,又展露出了青春的容颜和勃勃的生机。

漫步在青春焕发的大淖河边,绿树婆娑,绿草茵茵,令人心旷神怡。清晨,欢乐的鸟儿在树丛中穿梭鸣唱,潜心修炼太极的人们在这里白鹤亮翅;夜晚,皎洁的月光洒在水面,映在每个人的脸上,色彩变幻的灯光映射出梦幻般的情境。音乐声里,体态发福的大妈在这里摇摆身姿,风姿绰约的姑娘在这里翩翩起舞,激荡得清清的河水也漾起了微微的波澜。

走近欢歌笑语的广场,我不禁停下了脚步。这是一道多么靓丽的风景啊!这绰绰的人影里,我好像见到了曼妙秀美的巧云风摆柳似的倩影,见到了浓眉大眼的十一子挺拔厮称的身姿。这分明是汪老笔下的画卷、梦里的故乡啊,今天终于梦想成真！起风了，风在耳边呼呼地吹过，我仿佛听见风声里有汪老朗朗的笑声！

作者简介

葛桂秋，江苏高邮临泽人。长期担任县级党政机关秘书。现任高邮市人大常委会副主任、党组副书记，高邮市高层次人才协会会长。

汪曾祺的车逻情

徐晓思

莲花池外少行人,
野店苔痕一寸深。
浊酒一杯天过午,
木香花湿雨沉沉。

这是汪老在昆明看到木香花题写给朋友的一首诗,其时他一定想到了高邮南郊的车逻。汪曾祺在《木香花》中说:"从运河的御码头上船,到快近车逻,有一段,两岸全是木香,枝条伸向河上,搭成了一个长约一里的花棚。小轮船从花棚下开过,如同仙境。"车逻,在汪老的心目中的美是梦幻的。

我很自豪,我是在车逻长大的。但惭愧的是不知道车逻这么美,还是汪老慧眼识珠。

他的第一任继母张氏,是高邮城南面张家庄的,即车逻张庄的;第二任继母任氏家住邵伯。他随继母张氏到张家庄去,和大姐坐独轮车到第二任继母邵伯任氏家去,都要从高邮城直向南,车逻是必经之路。以及他去扬州、去江阴南菁中学、去西南联大……无论是水路还是陆路都得从车逻经过。汪老对车逻是最熟悉不过的了，情感上自然高看一眼、厚爱一格。

车逻，是个千年古镇。史载，秦始皇在高邮置邮亭，高邮因此而得名；从高邮向南御驾亲征坐车巡逻到此，故名车逻。南宋车逻改名车乐，不知何故。车逻作为镇不算大，但曾建过市。古时候车逻乃州邑重镇，这跟水有很大的关系。因为车逻位处运河要津，地当水陆交衢，地利、物丰、景美、风淳，素为史册称道；古时候车逻段运河又多次决口，多次惊动朝野，史书多有记载。汪曾祺的性格如水，多年漂泊异乡，对于水做的车逻，除了木香花的无比美丽的记忆，他的情感是相当复杂的，骨子里却是哀愁的。

1981年，他回乡看到高邮乃至整个里下河地区已没有了水患，满怀感情写下了一生唯一的一部纪实性作品《故乡水》。

那年10月，汪曾祺先写他阔别高邮四十多年后首度还乡，在车逻他遇到一件不愉快的事：车到车逻，一个乞丐挤上车来，死皮赖脸、玩世不恭地一边念叨："修福修寿！修儿子！修孙子"，一边伸出肮脏的手，向旅客要钱……惹得汪曾祺很不高兴甚至憎恶。"这个人留给我的印象是：丑恶；而且，无耻！"我读到这里时心里很难过，想到车逻人给家乡高邮、给汪老丢脸了。再往下读，才知道他是对车逻人的关爱，爱到恨的程度，是对车逻人的赞叹，赞到为其树碑立传的程度。

车逻虽然紧靠运河，也是水网地带，但多为高田，灌溉相当艰难甚至悲壮惨烈。他在《故乡水》中，对旧时家乡农活特别是对车逻高田用水车车水有一番真实的描写：

一到车水，是"外头不住地敲"——车水都要敲锣鼓唱水车号子，"家里不住地烧"——烧吃的，一天吃六顿还要两头有肉，"心里不住地焦"——不知道今天能不能把田里的水上满，一到太阳落山，田里有一角上不到水，这家子就哭咧，——这一年都没指望了。农时紧，成本高还在其次，更要命的是高强度的劳动摧毁了一个个棒小伙的身体：看看这些小伙，好像很快活，其实是在拼命。有的当场就吐了血。吐了血，抬了就走，二话不说，绝不找主家的麻烦。这是规矩。还有的，踩着踩着，不好了：把个大卵子忑下来了（小肠气）！吐了血或得了小肠气的人，就基本丧失了劳动能力。有些人自暴自弃，就成了游手好闲的"二流子懒汉了"。后来知道，这个乞丐原是车水的一把好手，得了小肠气才混成这般模样。汪曾祺表示深切的同情。

汪曾祺后来了解到，高邮大兴水利，利用运河是悬河的"优势"，有人斗胆开挖运河大堤建造水闸，高田沟渠连成网，实现了自流灌溉，也是车逻先搞起来的，从此才把故乡农民从灌溉难的地狱里拯救出来，也才有今天的"要水一声喊，不要关闸板；灌溉穿花鞋，庄稼打高产"的幸福，他的哀愁和不满转为喜悦。汪曾祺特地访谈了一位在车逻主持兴修水利的功臣、一位因修水利被革职的好人，觉得这位大禹式的人物功莫大焉，兴奋地建议家乡要为其载入史册！

这是汪老的高邮情，也是汪老的车逻情。汪老车逻情未了。

汪老的家乡情体现在他的作品里是和谐之美，我的同仁车逻居在干老师写过论汪曾祺作品和谐美的文章，很好。汪老的和谐思想来之于儒释道。汪曾祺先生写过一篇题为《三圣庵》的散文，庵里供奉孔子、释迦牟尼、老子这三位圣人，不难看出中国的和谐文化源远流长，汪老做人和为文是深受其影响的。他笔下的三圣庵是高邮城上的三圣庵。车逻镇也有个三圣庵，不知汪老知道否。车逻的三圣庵就在运河堤脚下，汪老每次经过车逻应该可以看到的。新中国成立初期，车逻小学（车逻小学的前身）设在三圣庵里。小学内建了亭子叫"车乐亭"，我两次题写了亭的柱子上的对联，最初的是草书，现在看到的是隶书，内容是一样的：车载千年佳话，乐道三圣灵光。因嵌名"车乐"，对联是不工整的，但含"车逻""三圣"之意，大家也就马马虎虎认可了，倘若汪老在世一定请他赐下墨宝，我想汪老会欣然泼墨的。

有人说："汪曾祺在中国当代文坛上的贡献，就在于他的'大文化''大话语''大叙事'的结构，在于他对个体生存的富有人情味的真境界的昭示和呼唤，在于他帮助人们发现了就在自己身边的'凡人小事'之美。"所言确确，他富有人情味的真境界、身边的尤其是家乡的凡人小事之美，总是拽着我们的心。

1981年首次回到阔别四十多年的家乡高邮，他记忆里的许多事物不在了，生出许多感慨，写了许多故人往事，1985年7月写过一个给他、他们童年带来许多快乐的戴车匠，文章最后幽婉地叹道："也许这是最后一个车匠了。"读到这样的文字，我的心酸酸的甜甜的。作为车逻人的我，现在要告慰汪老的是，戴车匠不是最后一个车匠。我1987年成家，结婚的大床是在车逻镇上车的，车匠就住在靠运河坎子车逻码头北边，是不是戴车匠的后代我不知道，但很有趣、很神奇，这个车匠脚踩轮子飞转，拉动皮带，带动车轴，车刀下木皮子、屑子飞飞的，经他一车，我拿去的弯里拐把的树木棍子听话得很，啊呀呀，直了、圆了、光鲜了，我就像汪老作品里的童年的他们，看"戴车匠"做活，小傻子似的，聚精会神，一看看半天……

　　车逻会记住汪老对车逻的"一汪情深"，车逻的车匠车刀车出花来，车逻的学子读书读出花来、写出花来，车逻自然灌溉的水流出花来，车逻段运河两岸的木香花还会开出更多更美的花来……

作者简介

　　徐晓思，教授，全国优秀教师，江苏省特级教师，中国作协会员，作品散见《人民文学》《钟山》《北京文学》《红旗文摘》等，出版多部小说，获"汪曾祺文学奖"。

汪曾祺和我的父亲戴车匠

戴明生

汪曾祺先生的小说《故人往事》第一篇《戴车匠》，写的就是我的父亲戴桂林。这篇纪实性的小说我读了又读，愈读愈觉得亲切而感动。

我早就想写一点与这篇小说有关的文字，但因我从事外贸工作，弄文非我所长；再则我其时年仅八岁，记忆模糊，故未敢动笔。去年秋天，我回家乡高邮看望93岁高龄的大姐戴明霞，她至今耳不聋、眼不花，思维清晰。我们老姐弟俩在高邮东大街（现人民路）自家老宅中，回忆几十年前的往事。我问她是否记得汪曾祺老先生？她眼睛一亮说："怎么不记得，就是竺家巷内的汪家大少爷，我们小时候就认识了，他和我是同一年出生的。"我告诉她汪老曾写过《戴车匠》，她说听人讲过，因识字不多没看过原文。我便把小说内容讲给她听。这一下打开了她的话匣子。

汪老家离我家只有二十多米远，年轻时的汪老是我父亲小作坊的常客，多半是依傍在车床上，父亲在上面一边做活，一边与他聊天。父亲在下面选择木料砍原坯时，他就坐在凹凸不平的粗糙作凳上，凳上常有刨花、木屑，有时沾得他满裤子，他总是微微一笑，手一掸了之。两人都抽烟，相互递送，不分你我，谈得很投机。时而窃窃私语，时而哈哈大笑。父亲喜欢他，也敬重他。小作坊内的生产工具，斧头、锯子、刀锤等他都可以用，就连车床他都可以上去踩动，这是很不容易的事。因为我父亲对工具管理特别严，从不允许外人接触，唯独他例外。汪老有时还做我父亲的"下手"，"接接""拿拿"或"带锯"。木匠锯木料通常先用一只手或脚将木料固定，另一只手将锯子放在木料上，上下来回拉动。所谓带锯，即两人合作，另一个人在下面双手将锯子顺势向上托往下拉，这样锯木，人既省力，速度又快。由于汪老精细的观察和深厚的文学功力，将车匠这个古老、稀少、尚无文字记载的行业，从选料、砍原坯、车床结构、螺刀加工到产品种类、用途等，都描写得十分准确而精美。特别是父亲在车床上做活的那一段，写得有声有色，令人叫绝："戴车匠踩动踏板，执刀就料，旋刀轻轻地吟叫着，吐出细细的木花。木花如书带草，如韭菜叶，如番瓜瓤，有白的、浅黄的、粉红的、淡紫的，落在地面上，落在戴车匠的脚上，很好看。住在这条街上的孩子都爱上戴车匠家看戴车匠做活，一个一个，小傻子似的，聚精会神，一看看半天。"

汪老在小说中还记述我父亲小作坊内"板壁上有一副一尺多长、四寸来宽的小小的朱红对子，写的是：室雅何须大，花香不在多。不知这是哪位读书人的手笔"。后来我知道，这副对子出自郑板桥，而写对子的"读书人"，不是别人，正是汪老自己。汪老是我父亲唯一有文化的朋友，写一副对子赠送是很平常的事。对子的内涵既符合汪老个性，又适合用在我父亲的小作坊内，表达对车匠手艺的赞许。为了求证此事，我又询问大姐。她一听就兴奋起来："那副朱红对子是汪家大少爷送给老头子的，那天老头子高兴得不得了，很恭敬地贴在板壁上。还特地把我们姐妹几个人叫到一起，交代不许在上面乱涂乱画，更不准撕毁，否则重重处罚。"这与小说中写他喜欢这副对子是相吻合的。

我是1940年出生的，汪老在小说中也写了我8岁前后的一些趣事：喜欢玩"洋老鼠"，清明节坐在门槛上吃螺蛳、打弹弓，特别写了父亲对我的宠爱，开始考虑我的前途。父亲后来没有让我学车匠手艺，我由私塾上到小学、中学，1965年从南京中医学院毕业，成了一名外贸工作者。1969年父亲去世，车匠工具散失，小作坊板壁拆除，汪老的手笔也不知去向，我感到深深的歉疚。但我按原文自己写了一副对子，挂在书房内，不时与儿孙们谈论。《戴车匠》这篇小说自然作为家史的一部分传给后代。

作者简介

戴明生，1940年生，1965年毕业于南京中医学院。从事中医药、保健品、健康食品研发和进出口贸易。经理，高级国际商务师。

永远的厨师

周 游

读汪曾祺,最初当是"文革"期间读《沙家浜》剧本。遗憾的是,尽管当时《沙家浜》作为样板戏而家喻户晓、妇孺皆知,我们却不知道汪曾祺就是作者,更不知道他是同乡。饶有意味的是,剧中有段汪老最为得意的唱词:"垒起七星灶,铜壶煮三江,摆开八仙桌,招待十六方……"这也是汪老留给读者和观众印象最深的一段唱词,想来不是偶然的巧合吧。

可以说,汪老的辉煌是随着社会主义新时期的曙光一起到来的。"文革"之后,汪老焕发青春、复出文坛,相继发表了《受戒》《异秉》《大淖记事》等小说。随着汪老的小说、散文愈来愈多地横空出世,争读、争学汪老的人愈来愈多,以至读者中出现"汪曾祺热",文坛流行"汪味小说"。

我也是个"汪迷"。汪老每篇作品问世,无论小说还是散文,我都迫不及待地找来先睹为快。许多作品,我不知道自己究竟读过多少遍,有些段落还能背诵下来,尤其有关美食的文字。他谈美食,不同于周作人的冷峻和张爱玲的矫情,也不同于梁实秋的一脸吃客相。汪老总是娓娓道来,信手拈来,别有风味地流露淡淡的文化气味,都是寻常吃话,百读不厌。不过,汪老也不掩饰他的"馋样"。说到吃，旧时最俗的说法是大鱼大肉。汪老既不避俗，又有化俗为雅的本事。他曾写过《肉食者不鄙》和《鱼我所欲也》。前一篇专说猪肉，从扬州狮子头到云南宣威火腿，其间包括上海的腌笃鲜、苏州的腐乳肉、绍兴的霉干菜烧肉、湖南的腊肉、广东的烤乳猪及全国到处都有的东坡肉等，百余字一段，特色与做法都已说清，颇似清代才子袁枚《随园食单》的文体。后一篇说了十来种鱼的食法，看了不能不让人垂涎。当然，汪老不仅写过大鱼大肉，还写过很多上不得台面甚至似乎不值一提的食物。

《汪曾祺文集》收有十几篇专写故乡食物的散文，举凡虎头鲨、昂嗤鱼、翘嘴白、鲇花鱼、鳊鱼、螃蟹、砗螯、螺蛳、蚬子，还有鸡、鹌鹑、斑鸠、野鸭、鸭蛋，还有马铃薯、马齿苋、雪里蕻、冬瓜、苦瓜、茨菇、蒌蒿、莴苣、荠菜、莼菜、韭菜、萝卜、木耳、香椿、竹笋、枸杞，还有豌豆、绿豆、黄豆、扁豆、芸豆、豇豆，还有茶干、豆腐、百叶、春卷、馄饨、炒米、焦屑……他都写了，写得那么细致，那么动情，一些平时不大惹人注意的食物在他笔下竟都奇迹般活灵活现，顾盼生辉。当然，汪老所写的故乡食物，绝对不是逗人食欲，更重要的是把深藏在读者心底的那种平时不易流露的浓浓乡情，也撩拨起来了。譬如《咸菜茨菇汤》描写儿时在冬季下雪天喝咸菜茨菇汤的感受，他在文章的结尾似有意若无意地写下了这样的两行文字：

　　我很想喝一碗咸菜茨菇汤。
　　我想念家乡的雪。

　　即使不是高邮人，读了也会怦然心动，黯然思乡。
　　汪老是谙熟食之五味的，而且每每在文章中津津乐道，仿佛为了借助回味无穷再过把瘾。除用散文记述故乡的食物，汪老还在小说中介绍故乡的食事。一篇《八千岁》写满汉全席，在《桥边小说》中写到万顺茶干制作的讲究，其精通程度就连一些内行人也为之瞠目。此外，使人最感兴趣也是最逗人食欲的要数在小说《异秉》中提到的王二卖的桃花鵽了。他说："我一辈子没有吃过比鵽更香的野味。"（《故乡的食物》）台湾作家施叔青读了以后，不禁心驰神往，要求汪老带她到高邮品尝水乡的美味，可惜未能成行。汪老对中国饮食文化颇有研究，从古代、现代到当代以及少数民族的食事，他都非常熟悉，尤对各地风味食品、名吃、小吃特有兴致。他在南宁体验生活，不吃招待所的饭，拉上著名作家贾平凹跑到街头瞎吃"老友面"（加酸笋）。他在内蒙古吃没有什么调料的"手把羊肉"和半生不熟的"羊贝子"，同去的人不敢领教，他照吃不误，并且啧啧称赞："好吃极了！鲜嫩无比，人间至味。"（《手把羊肉》）他说："我在江阴读书两年，竟未吃过河豚，至今引为憾事。"（《四方食事》）看来美食家不仅要有好胃口，还要有好胆量。汪曾祺在昆明住过七年，爱吃那里的菌子。在昆明，每到雨季，诸菌皆长，连空气中都弥漫着菌子的气味。比较常见的是牛肝菌。牛肝菌菌肉很厚，可切成薄片，宜于炒食，入口滑腻细嫩。汪曾祺吃牛肝菌的经验是加大量蒜片，否则吃了会头晕。菌香蒜香扑鼻而来，直入腑脏。百菌中，最名贵的是鸡枞。鸡枞生长在田野间的白蚁窝上，菌盖小，菌把粗长，吃这种菌主要就是吃形似鸡大腿的菌把。在汪老看来，当为菌中之王，其味正似当年的肥母鸡，还有过之。因鸡肉粗而菌肉细腻，且鸡肉绝无菌香。汪曾祺注意到，菌子里味道最深刻、样子又最难看的，是干巴菌。干巴菌像一个被踩破了的马蜂窝，颜色如半干牛粪，乱七八糟，当中还夹杂了许多松毛、草茎，择起来十分费事，整个择不出一块大片，只是如螃蟹小腿肉粗细的丝丝。洗净后，与肥瘦相间的猪肉加青辣椒同炒，入口细嚼，味美得让人半天说不出话来。离开昆明四十多年，汪老偏偏总是念念不忘那里的菌子。有一回，朋友从云南带来一点鸡枞，他便请著名评论家王干品尝，王干开始不感兴趣，他向王干传授吃法，王干方才津津有味地慢慢咀嚼。后来，王干每次出差去滇，每餐必点鸡枞，临走还带点回家享受。汪老不仅精通吃经，而且还有颇为精湛的烹饪手艺，擅长做淮扬菜，只是北京难以买到正宗的做淮扬菜的原料，只好就地取材。这样一来反倒形成汪老独创的风味，源于淮扬，又并非纯淮扬菜，其中巧妙地融入北方风味。汪老闲时常邀三五知己小酌，亲自下厨，菜不过几品，其色香味绝不让于名声显赫的酒楼。

1986年，一位法国汉学家到汪老家作客，汪老有意以家乡菜款待远道而来的客人。什么菜呢？说出来令人捧腹，大都是当今高邮人请客拿不上桌的菜，比如汪豆腐、三鲜汤，更出人意料的还有盐水煮毛豆，即使普通百姓也不屑一顾。但那法国客人见到雪白的盘中堆着碧绿的豆荚，竟忙不迭地连壳一起大嚼起来。汪老微笑着连忙提醒："这豆壳是不能吃的。"去了壳，那老外越发觉得盐水毛豆鲜嫩可口。

1988年，美国作家安格尔偕夫人聂华苓访华，中国作协应两位客人要求，安排汪老在家设宴招待，并由汪老掌勺。在他的菜谱中有一个大煮干丝，一个干煸牛肉丝，一个炝瓜皮。聂华苓吃得尤为开心，最后端起大碗，连煮干丝的汤也喝得光光的。台湾陈怡真来北京也要汪老亲自下厨请客。汪老给她做了几个菜，其中一个是烧小萝卜。她吃了赞不绝口。事后，汪老解释："那当然是不难吃的：那两天正是小萝卜最好吃的时候，都长足了，但还很嫩，不糠；而且我是用干贝烧的。"（《萝卜》）这话就像出自一个菜农或是厨师之口的。

有次，汪老在菜市场遇见一个买牛肉却不会做牛肉的南方妇女，便热情主动地尽了一趟义务讲了一通牛肉做法，从清炖、红烧、咖喱牛肉，直到广东的蚝油炒牛肉、四川的水煮牛肉、干煸牛肉丝……那位南方妇女洗耳恭听，直把汪老当厨师（《吃食和文学》）。

著名作家邓友梅说："（20世纪）50年代曾祺做菜还不出名，作的品种也不多。除去夏天拌黄瓜，冬天拌白菜，拿手菜常做的就是'煮干丝'和'酱豆腐肉'。后来我在他家吃过两次'酱豆腐肉'。"（邓友梅《再说汪曾祺》）"两次味道、颜色都不尽相同，看来整个（20世纪）50年代都还没定稿。"（同上）我想，汪老的文学创作也是如此。汪老曾把文学创作比作"揉面"："面要揉到了，才软熟，筋道，有劲儿。水和面粉本来是两不相干的，多揉揉，水和面的分子就发生了变化。写作也是这样，下笔之前，要把语言在手里反复抟弄。"（《"揉面"——谈语言》）可以说，下厨做菜是汪老文学创作独创性的外延，或是又一种形式的曲折表现。然而，把用于文学创作的思路和方法在执笔之余用于掌勺做菜，这才有了不同于常人的创造。汪老曾经赋诗：

年年岁岁一床书，弄笔晴窗且自娱。

更是一般堪笑处，六平方米做邮厨。

每当汪老把做好的菜送到客人面前时，他只是每样吃两块，然后就坐着抽烟、喝茶、吃酒，十分快乐地看客人们吃，那心情如同把自己精心创作的美文奉献给广大读者一模一样。

都说汪老是文坛美食家，我看称其厨师更为合适。从汪老的烹饪，我似乎悟出了他在文学创作上卓然成家的一些道理。1981年至1991年，汪老先后三次回乡省亲，我终于有机会一次次走近了他。他个不高，脸膛微黑，那双眼睛炯炯有神。我想，无论创作，还是烹饪，汪老都有一点唯美主义，定然与其那双善于发现美的眼睛是分不开的。1997年春夏交替之际，高邮人民政府邀请汪老回乡观光、讲学，我们欣然翘首以待，不料他竟驾鹤西去。汪老一生丰富多彩，虽然謦欬已杳，但是他的美文必将永远流传……

作者简介

周游，本名周仁忠。《中国纪检监察报》专栏作家。已经出版《孔子的绯闻——中国历史名人再解读》《佛教圣地游》《扬州记忆》《男人的天空》《飘逝的红颜》等文学作品集，另有480万字见诸《人民日报》《光明日报》《人民文学》《福建文学》《四川文学》《黄河文学》等报刊。

我与汪老聊美食

姜传宏

我的高邮同乡汪曾祺先生不仅是文章妙手,也是一位地道的美食家。我作为一名厨师,看汪先生文章中写的故乡美食,听闻他做菜的逸闻,觉得他是绝对的行家里手。汪先生在《故乡的食物》一文中提到,高邮的杨花萝卜、茨菰、荠菜、茶干、麻鸭、鸭蛋、螺蛳、青虾、鮰鱼、虎头鲨做成的菜肴在他心中留下了极深的印象、极美的回味。家乡美食是他乡愁的物化表现。

1991年,我在高邮北海大酒店工作,曾有幸接待过汪先生,在一个星期时间里,我们尽量做本土菜款待汪先生,让汪先生感受正宗的家乡味道。汪先生对家乡的菜肴赞不绝口,他对我做的"姜氏葱酱肉"很感兴趣,是他喝酒时特别喜欢吃的一道菜。一次吃得兴起,特意叫我过来问,葱酱肉味道怎么这么浓?我便将制作这道菜的关键环节告诉汪先生:"把洋葱切成末,下锅用油煸出味后,放入高邮'黄豆酱瓣',在煸炒到香味溢透时,放入已经出过水的猪肉块,加入各种调料,大火烧沸后,用小火焖至一两小时,品尝时再大火收卤而成。"汪先生听完我的介绍,行家一般地说:"你这'高邮豆酱瓣'用得好,很有乡土风味。"

汪先生不愧为美食家，他对家乡的菜系如数家珍，从选料到烹制，娓娓道来，酒酣之时，还吟诗助兴。特地为我书写了一幅字"调鼎和羹"，算是对我做的菜的认可。

后来，我自己在高邮开了川泓大酒店，根据汪先生作品里涉及的美食美文，推出了"汪氏家宴"作为酒店的招牌菜。汪氏家宴，以"汪味"而独特。其食材大多取自水乡高邮本地的丰裕特产。汪氏家宴的制作方法并不复杂，烩、炒、蒸、炖、煨、熘等均有，也有独到之处。如虎头鲨氽汤，是一道家常菜，汪老授法的"点醋"，便让其味道更醇和鲜美。还有一道独特、别致的菜叫"油条揣斩肉"，是根据汪老"塞肉回锅油条"改良的。将油条切成寸半长的段子，掏出瓤儿，塞入肉蓉、榨菜末，下油锅一炸，酥脆香溢，"嚼之声动十里人"。汪老说过，他这菜都可以申请专利了。其他还有"炒米炖蛋""朱砂豆腐""大咸菜茨菇汤""香卤桃花鹨"等，不仅深受本土顾客欢迎，而且深得中外嘉宾青睐。2001年，川泓大酒店曾经接待一个台湾代表团来品尝汪氏家宴，品尝后台湾客人赞不绝口，说这是他们在大陆吃到的最具风味、最有特色的家常菜、家乡菜，吃出了感觉，吃到了乡愁。

2002年，"汪氏家宴"参加扬州名宴大奖赛，获得银奖。

汪先生虽仙逝二十载，但他对美食的情有独钟，对烹饪的精心研究，特别是对家乡高邮本帮菜的喜爱和推崇，一直影响并鼓励我在烹饪的路上继承创新努力前行。

作者简介

姜传宏，高邮烹饪协会副会长，国家高级烹饪技师，淮扬菜烹饪名师，国家职业技能（中式烹调）专职评委。饮食文化爱好者，以料理淮扬菜为主。曾获得"江苏省劳动模范"称号。近年专注高邮特色菜研制和开发，创作的"汪氏家宴"获扬州名宴大奖赛银奖，深受中外宾客青睐。

寻找汪老笔下的吃食

李兆明

过去在外地出差,经常有人问及我是哪里人。当对方知道我是高邮人时常常会说:哦,高邮的咸鸭蛋有名!近些年,当我提及自己的家乡时,很多人会说:高邮好地方,出了个汪曾祺。有因此想探究一番的,不仅夸我们文化名城的文脉深,还想到我们高邮看看水清湖美。

这也就让我在出门时自豪地将汪曾祺挂在嘴边上,话匣子与人一打开就收不住。每每,从汪老的文章到字画,自然而然地便就谈起了美食。

汪老是作家,也是美食家。在他的文字里,随处可见食事。我读过一部叫作《五味》的汪曾祺散文集,八九万字,编法精美俊逸,文字雅致萧疏,是我谈资的牢靠子本钱。

说吃:炒米、焦屑、咸菜、茨菇、鸡蛋、鸭蛋、荠菜、蒌蒿……多是寻常人家的食物,在大家的眼里一点也不稀奇,却在汪老的笔下那么鲜美,那么诱人。读来口中生津。

汪老写食物,不仅仅是写家乡的食物。只要是他吃过的,好吃的,不分地域。他写昆明的炒鸡蛋:一掂两翻,两掂出锅,动锅不动铲。趁热上桌,鲜亮喷香,逗人食欲。读着读着，我的胃口就被吊起来了。哪怕是在旅途当中我也央求人家让我下厨，做一顿他老人家说的炒鸡蛋。虽然不能像汪老写的昆明人那样一掂两掂，却是异曲同工。整个过程中我兴趣盎然，油烟味、蒜香味混合在一起，热气腾腾的别人家厨房也是那样的温暖。一盘炒鸡蛋装盘。黄灿灿，喧腾腾，香喷喷。在家里做，更是得妻儿的几分夸奖。

汪老写香椿拌豆腐：嫩香椿头，芽叶未舒，颜色赤紫，嗅之香气扑鼻，入水稍烫，梗叶转为碧绿，捞出，揉以细盐，候冷，切为碎末，与豆腐同拌，下香油数滴。一箸入口，三春不忘。香椿在我们高邮很少见，我也从来没有吃过，读了汪老的这段文字后，我便开始寻找香椿树。几经周折，终于打听到了在新华园小区内有一棵香椿树，那一刻，我的心情特别激动，汪老笔下的香椿在我的眼前悸动。带着一份说不出的情愫，我来到那棵香椿树下。那是清明前的一个清晨，薄雾氤氲，香椿树高耸直立，没有过多的枝桠。香椿树叶高挂在枝头，正如汪老描写的那样：芽叶未舒，颜色赤紫，微风吹过，清香扑鼻。正在这时，香椿树的主人推门出来，主人热情，见我伫立树下，便与我寒暄。当他知道我是因为汪老笔下的香椿寻到此处时，他一声大叫：啊呀呀！原来，他种香椿也是因为汪老。十多年前，他读汪老的文章，知道了香椿，这棵树是他当年花了几百块钱从南门一户人家买来移种的。

就这样，我们之间一下子有了共同的话题。他谈汪老的文章。对于汪老写吃的文章知道的很多：《菌小谱》《果蔬秋浓》《鱼我所欲也》《肉食者不鄙》《食豆饮水斋闲笔》《手把羊肉》《贴秋膘》《韭菜花》……不知道什么时候，晨雾散去，一缕阳光透过，给香椿树镶了一道金边。就在我准备道别时，主人叫我等等。随即折回家去拿来一只竹筛，一定要摘些香椿送我。捧着一筛香椿我不知道说些什么。主人笑道：香椿拌豆腐，一定要尝尝！

一来二去，我们便成了朋友。每到香椿树嫩芽未舒的时候，他总会打电话邀我去他家喝两盅。菜不多，是他亲手做的：拌菠菜、水萝卜，煮干丝，炝荠菜，蒌蒿炒肉丝，芝麻酱拌腰片，香椿现摘，炒鸡蛋。朋友说：这些都是汪老喜欢的家常酒菜。既省钱又省事。

两个人呷一口酒，吃一嘴菜。谈得最多的还是汪老。一天，正在我们推杯换盏，谈笑之间，他夫人突然在边上说一句：等到下雪天，可以做一碗咸菜茨菇汤。

于是，我们便开始想念冬天，想念雪，想念下雪天的咸菜茨菇汤……

作者简介

　　李兆明，现供职于高邮市水利局灌区怡居美园林绿化养护有限公司，乡村民间文学及新闻报道爱好者。

蚬子炒韭菜

朱桂明

蚬子炒韭菜，再普通不过的家常菜。

乡之先达汪曾祺，对此菜情有独钟。汪老在《故乡的食物》里，曾经提到它。文字不长，不妨照录：

> 蚬子是我所见过的贝类里最小的了，只有一粒瓜子大。蚬子是剥了壳卖的。剥蚬子的人家附近堆了好多蚬子壳，像一个坟头。蚬子炒韭菜，很下饭。这种东西非常便宜，为小户人家的恩物。

《故乡的食物》，载于一九八六年第五期《雨花》；到现在，整整三十年过去了。汪老离开我们，也已近二十年。老菜重提，是借此表示家乡人民对汪老的深切的怀念。

高邮人热爱生活，因而"吃货"多，我就是其中之一个。老菜重提，也是借此告慰汪老，"吃货"在高邮是后继有人；饮食文化，在家乡这座历史文化名城里，一定会发扬光大。

本文沿着汪老的那一段文字，继续往下写。

高邮地处里下河，是著名的水乡。水乡河多，河多蚬子多。一种东西多了，它就不值钱。所以，汪老说它"非常便宜"。

既便宜，与韭菜炒又"很下饭"，普及程度就上去了。可以毫不夸张地说，"蚬子炒韭菜"，在我们高邮，城里吃，乡下吃，家家吃，人人吃。

记得小时候，家里穷。能吃饱饭，就算不错了；鱼肉之享，那是过年过节的事。唯一能够沾点荤腥的，那就是"蚬子炒韭菜"。星期天，母亲起早去菜市场，二角几分钱就可以买回不少"剥了壳"的蚬子；韭菜是自家种的，不花钱。蚬子炒韭菜，实在是太好吃——蚬子鲜，韭菜香，又鲜又香，就如同山珍海味，解馋！二角几分钱就能吃到这么好的菜，汪老说它是"小户人家的恩物"，千真万确。

高邮人吃中饭，讲究个"汤汤水水"。母亲真会想办法，买蚬子时顺便从菜市场凭票带回两块豆腐，回家做"蚬子韭菜豆腐汤"。所谓"蚬子韭菜豆腐汤"，其实就是在临吃饭前，往豆腐汤里和两筷子蚬子炒韭菜。那是在"困难时期"，豆腐是用豆饼磨的，有点发灰发黑；两块只需几分钱，但要凭票，一个月，每人大概只能供应两三块，我们几乎都花在"蚬子韭菜豆腐汤"上。

几分钱，就又多了一个菜。一菜二吃，穷人穷办法。汪老那时，可曾这么吃？

在我的记忆里，就是这么吃的——只要有"蚬子炒韭菜"，就一定有"蚬子韭菜豆腐汤"。习惯一经形成，就变为传统。直到现在，我们家还是这么吃。高邮人，大多这么吃。只是现在这么吃，再也不是什么"穷人穷办法"，而是"蚬子韭菜豆腐汤"与"蚬子炒韭菜"一样，好吃，下饭！

日子渐渐好了起来，蚬子的吃法也渐渐发生了变化。

汪老说，"蚬子是剥了壳卖的"。剥了壳，方便买家，自然好，但也有弊端。蚬子在锅里煮透了才能剥壳，因此上了市场的蚬子肉，实际是熟的。当时卖了是新鲜的，卖不掉隔日就是陈的。陈蚬子，那就差一点味了。现代社会，人们吃得讲究，陈东西是不吃的。于是，一种新买卖，应运而生，那就是卖带壳的蚬子，养在水里，活的。

汪老，我们与时俱进了。

这里，将花一点笔墨，重点介绍带壳的蚬子，也算家乡人给汪老报一个迟到的信。当然，万变不离其宗，还是汪老当年的"蚬子炒韭菜"，还是我们后来的"蚬子韭菜豆腐汤"。

最重要的是如何挑选蚬子。

挑选蚬子，一看二闻。

看颜色。市场上的蚬子有两种颜色，一种泛黑，一种泛黄。泛黑的壳厚，泛黄的壳薄。壳厚占斤两，肯定是买泛黄的好。你得赶早，去迟了，泛黄的卖完了，那你就只有买泛黑的了。

闻气味。养在水里的蚬子，时间长了也会变陈。从河里捞上来不久的蚬子，有一股水气和一股新鲜味。你只要手抓一把一闻，是好是坏，立刻清楚。

其次是如何剥蚬子。

蚬子买回家，不要搁放，随即冲洗。冲洗时，要用双手反复搓，因为蚬子壳上附着许多泥沙。

冲洗结束，将蚬子放在锅里，加水，中火煮。这时候，你的注意力要高度集中，注意锅里的动静。一旦听到沸腾声，要立即熄火。火熄迟了，就会从锅里溢出白沫，弄脏灶台。

掀开锅盖，将煮熟的蚬子盛到不锈钢的漏篓里。漏篓要对着锅，汤还要漏到锅里，它有大用场，用来做豆腐汤。盛好后，旋即把漏篓拿到自来水龙头下，用大水再作冲洗。此时的冲洗，一是为了快速冷却，一是为了防止蚬子里还有残留的泥沙。

把冲洗干净的蚬子放到一旁，腾手将锅里的汤倒进一个大盆。用筷子顺时针一搂，混合在汤里的泥沙，要不了多长时间就会沉淀到盆底。

做好这一切，你就不慌不忙地去剥蚬子壳吧。俩人剥，有个说话的伴。年轻时，恋人最宜；退休后，老夫老妻更佳。一边剥壳，一边说话。卿卿我我，黏黏糊糊，难得有这等好机会。这蚬子也太不经剥，话还没说完，怎么就剥尽了！

最后是如何做这两个菜。

那就简单了，老法子，不再赘言。

豆腐汤可以先做，汤冷了再热。

开饭前做蚬子炒韭菜。炒菜最好现炒现吃；冷却了再复温，绿叶菜就变色，那将大煞风景。

先炒韭菜，大火，炒得半生不熟。

再炒蚬子，方法如炒肉丝。姜葱，酱油，酒醋，糖等，齐全。

最后将半生不熟的韭菜烩进温度极高的蚬子里，翻炒三五铲，盛盘，大功告成。

开饭了。一盘蚬子炒韭菜，一盆豆腐汤，当然还有其他菜。向盘中撒一点胡椒粉（蚬子是凉性的），翻拌；顺手夹两筷放到盆里，豆腐汤顿时大变脸，变成"蚬子韭菜豆腐汤"。

今天是周末，女儿一家从南京回来，别的菜不点，就点"蚬子炒韭菜"和"蚬子韭菜豆腐汤"。

女儿直奔主题，夹一筷蚬子炒韭菜到嘴，边吃边说，"香""鲜"……女婿是北方人，南方菜并不合他口味，却也边吃边说，"香""鲜"……小外孙平时不怎么爱吃蔬菜，更是一个劲儿地边吃边喊，"香""鲜"……

蚬子炒韭菜吃光了，战场转向蚬子韭菜豆腐汤，还是两个字：

香、鲜！

我顿时明白了！汪老，"蚬子炒韭菜"之所以"很下饭"，就是因为这两个字！

人们常说"家乡味道"，这两个字就是我们高邮人的"家乡味道"。"家乡味道"是吃出来的；而留在心里永远挥之不去的，却是那浓浓的亲情、爱情和乡情！汪老，你肯定会同意我的这种说法，因为你早已把它们写进你的《故乡的食物》里。

今日续写"蚬子炒韭菜",另一个原因,不言自明。"蚬子炒韭菜",不仅好吃,下饭,还更撩人……

作者简介

朱桂明,先后任教于高邮市龙奔中学和泰州市沈毅中学。爱好文学,有多篇散文和诗歌见于诸媒体。

品味"舌尖上的汪曾祺"

王小见

文学评论家李敬泽说"此处有天下至味,恨菜香,恨腹小";"诗魔"洛夫说"舌头之乐乐如何,一到随园便知";历史学家阎崇年说"随园菜系,流传四域";作家陆建华说"随园菜肴,文学界名声很响"……

正如陆建华所说的那样,这一家名为"随园"的饭店,在"文学界名声很响",如果还要罗列,那么在这里品尝过菜肴,并赞不绝口的,还有韩作荣、刘醒龙、王干、吴思敬、商震、费振钟、叶橹、谢冕、邵燕祥等,在中国文艺界,这些人,随随便便一个人站出来,都是"大佬"级的人物。但是,他们无不被随园的一道道菜肴所折服,或者说,令这些大佬"竞折腰"的,是这些精致菜肴后面,淡然站着的一位老人:汪曾祺。

高邮随园,是一家以做"汪氏家宴"闻名的饭店。

美文美食闻名天下

随园的"汪氏家宴"

汪曾祺,是从高邮走出去的一位文学大家。他的文字淡雅脱俗,同时又具烟火气息。在汪曾祺的美文中,有不少是写美食的,他用清新细腻的文笔,将水乡高邮的特产菜品,一一描述而出,也让高邮的美食,在这些文学作品中永久定格,清香益远。

如今,在随园的食单上,陈列出来的菜品,都是和汪曾祺的文字,息息相关的。或者说,我们在桌上品尝到的每一道菜肴,往上追溯,都能在汪曾祺的文字中,一一对应开来。

冷菜篇
代表菜肴:凉拌荠菜、凉拌干丝

"荠菜。荠菜是野菜,但在我的家乡却是可以上席的……荠菜焯过,碎切,和香干细丁同拌加姜米,浇以麻油酱醋……拌荠菜总是受欢迎的,吃个新鲜。凡野菜,都有一种园种的蔬菜所缺少的清香。"

随园的这道凉拌荠菜,正是最好的时节,野生的荠菜刚从田地里冒出来,肥嘟嘟,鲜嫩嫩,就如同汪老所提供的凉拌方法一样,面对大自然的丰厚馈赠,我们只需要一点点的调料,就能完全调动起食物本身的天然味道,一点荠菜入口,唇齿之间,似有春风荡漾,似有泥土芳香。一筷新绿,让人如置初春。

"干丝入开水略煮,捞出后装高足浅碗,浇麻油酱醋。有蒜切寸段,略焯,五香花生米去皮,同拌,尤妙。"

在扬州的淮扬菜系中,干丝常常以"大煮"的形式出现,本来素净的干丝,在充分吸收高汤的营养后,每一根干丝都入口鲜甜。而在随园,干丝用来凉拌,味道更加接近食物的本原,层层压出的干丝,本来有着豆类自身的微苦,却在一勺白糖的作用下,荡然无存。提香的青蒜,在色泽上呈现出"一青二白"的清爽。恰到好处的几粒生脆花生米,提升了整道凉菜的质感。

热菜篇

代表菜肴：雪花豆腐、狮子头

"'汪豆腐'好像是我的家乡菜，豆腐切成指甲盖大的小薄片，推入虾子酱油汤中，滚几开，勾薄芡，盛大碗中，浇一勺熟猪油，即得。"

在中国的菜肴烹饪手法中，一直都是没有"汪"的，"汪豆腐"其实也是高邮菜肴的一种特殊做法。整道菜肴的做法，最精妙的在于最后浇上的一勺熟猪油，熟猪油遇热，立刻在豆腐表面形成一层油膜，让豆腐保持滚烫的口感，正所谓是"一烫抵三鲜"。和扬州细如发丝的文思豆腐相比，高邮的这道"汪豆腐"，显得有些侉，却侉得红红火火，侉得大大方方，侉得让你舍不得丢下手中的汤勺。

"猪肉肥瘦各半，爱吃肥的亦可肥七瘦三，要细切粗斩，如石榴米大小……入油锅略炸，至外结薄壳，捞出，放进水锅中，加酱油、糖，慢火煮，煮至透味。"

扬州的狮子头，闻名遐迩，以狮子头闻名的饭店酒肆，也不在少数。随园的这道狮子头，最大的特点，就在于一个"嫩"字。尽管汪老的笔下，对于肉食的描述并不算多，但是却写出了烹饪狮子头的精华所在。一来肉要"切"，保持肉质的鲜韧；二来要用"慢火煮"，随园的狮子头，每一只在上桌前，都要经过慢火细炖三个小时之上，将所有的食材和作料全部炖透炖通，这样的狮子头，香糯可口，口感最佳。

特色篇

代表菜肴：炒金银片、炒黄瓜鱼、塞肉回锅油条

"昂嗤鱼阔嘴有须，背黄腹白，无背鳍，背上有一根硬骨……过去也是氽汤，不放醋，汤白如牛乳。近年家乡兴起炒昂嗤鱼片，谓之'炒金银片'，亦佳。"

在扬州家庭的餐桌上，昂嗤鱼是一道常见的菜肴。普通家庭，烹饪昂嗤鱼的做法，也大多是氽汤，或者与豆腐红烧。而在随园的餐桌上，厨师先用厨刀，片出昂嗤鱼的两片鱼肉，再入油锅翻炒，浓油赤酱，配以青椒为佳。昂嗤鱼的鱼肉略有腥味，青椒恰好能够盖之。

"为什么叫瓜鱼呢？据说是因黄瓜开花时鱼始出，到黄瓜落架时就再也捕

不到了，故又名黄瓜鱼。"

黄瓜鱼本身，就被汪曾祺赋予了一种神奇的色彩。事实上，黄瓜鱼是高邮湖的特产，的确在其他地方很难看到。黄瓜鱼通体色白，宛如银鱼，入口绵软，鱼骨轻韧，细嚼能咽。厨师用黄瓜切丝配之，鱼肉的鲜嫩，配以黄瓜的爽滑，带来十分罕见的绵甜口感。

"塞肉回锅油条，这是我的发明，可以申请专利。油条切成寸半长的小段，用手指将内层掏出空隙，塞入肉茸、葱花、榨菜末，下油锅重炸。油条有矾，较之春卷尤有风味。回锅油条极酥脆，嚼之真可声动十里人。"

汪曾祺对于食物的描写，可谓传神到位，特别是这一句"嚼之真可声动十里人"。油条经过处理，外表酥脆无比，咬之即发出清脆声响，十分引人食欲。油条内部塞满肉泥，吃起来更会有一种充盈的满足感。

小吃篇

代表小吃：泡炒米、泡焦屑

"炒米这东西实在说不上有什么好吃，家常预备，不过取其方便。用开水一泡，马上就可以吃。"

和之前街头常见的炸炒米有所区别的是，这里的炒米，是在自家锅灶中炒出来的。每年糯米新收的时候，就挑选其中圆粒饱满，色泽如玉的糯米，在锅中不断翻炒，炒干糯米本身的水分，随后用搪瓷罐密封起来，尽量隔绝空气，可以保存很久。要吃时，拿出一把，用开水冲泡，糯米立刻散发出迷人的米香来。平常可以加点糖，讲究的可以打两只荷包蛋。

"糊锅巴磨成碎末，就是焦屑……焦屑也像炒米一样，用开水冲泡，就能吃了。焦屑调匀后成糊状，有点像北方的炒面，但比炒面爽口。"

如今的焦屑，是用小麦炒成的。小麦收成后，用锅灶进行翻炒，等到透出麦香，就可以出锅了，讲究的吃法，还有加入黄豆、核桃的，将炒熟的小麦磨成粉末，就是焦屑。吃的时候，需要不断用开水加入，汤匙不断搅和，这样才能保证糊状口感，不至于结块。

其实，炒米和焦屑，都是过去贫苦人家的吃食，如今随园恢复这两道小吃，也算是一种"忆苦思甜"的感悟吧。

经营篇
经营者自评生意"不温不火"

这家随园的主人，名为张建农。他是大厨出身，之前就在高邮市第一招待所担任过厨师长、餐饮部经理等职务。20多年前，想着自己出来做，就开了这家"随园菜馆"。"袁枚有个《随园食单》，饭店的名称，就是从那里来的。其实，在汪曾祺很多文章中，也都透露过，他也深受《随园食单》的影响。所以，这也算是一种传承，从袁枚到汪曾祺，再到我这里，算是对美食文化的一种延续。"

在开饭店的过程中，张建农逐渐琢磨起了"汪氏家宴"。作为高邮人，他也很喜欢汪曾祺的文学作品，他看到在汪曾祺的很多文章中，都提到了"吃"，而有些食材，是只有在高邮才能买得到的。于是，他开始遵循着汪曾祺的笔墨，一道道恢复了那些"炒金银片""炒黄瓜鱼""塞肉回锅油条"等菜肴。

"在做菜的过程中，也得到很多人的提点，比如炒黄瓜鱼，本来我是用酱瓜丝，加上青椒丝进行配菜的，有位美食家品尝过后，认为黄瓜鱼本身味淡，酱瓜丝和青椒丝过于抢味，不如就用黄瓜丝配黄瓜鱼，这样的搭配，起到了意想不到的妙用。"张建农说道。

逐渐地，"汪氏家宴"开始有了名声，特别是对于从全国各地闻讯而来的文人们来说，读过汪曾祺的文章，再品尝文中的佳肴，都有一种如愿以偿的惊喜之感。"有次谢冕对叶橹说，他最喜欢江都某饭店的狮子头了，叶橹不服气，他一定要把谢冕带到这里来，吃完之后，他就不停问谢冕，到底哪家的狮子头更好吃？较真呢，像两个孩子一样。"张建农说道。

张建农感叹，所谓"汪氏家宴"，并没有那些鲍参翅肚的珍贵食材，而是寻常人家都能买得起的普通食物。但是汪曾祺却能用格外精细的态度，认真对待每一道菜肴，这也让他笔下的每一道菜肴，都焕发出令人垂涎向往的神奇色彩。美食如此，汪曾祺的为人为文，何尝不是殊途同归，他永远是一位走在自己路上的可爱老头，用笔下的文字，从容迎送着每一段或寂寥，或热闹的时光。这也是他，在逝世十多年后，反而不断被提起，被重视的原因所在。

临别之际，回望随园。只见门前两株枯荷，可听雨声。案上两三碎石，可观远山。或许，这零星的点缀，也是深得文人之好。若是汪老再世，也会青睐此处的吧。

"20多年了，饭店的生意，一直不温不火，重要的是，一直都在。"张建农笑道。忽然想起，汪曾祺也曾经这样说过："你很辛苦，很累了，那么坐下来歇一会，喝一杯不凉不烫的茶——读一点我的作品。"

不凉不烫，不温不火，或许，这就是一脉相承的"随缘"。

（注：文中引文皆为汪曾祺作品节选）

作者简介

王小见，原名王鑫，80后，出生于水乡秦邮，求学于省城金陵，供职于名城广陵。闲来爱读书，无事好写字。

汪曾祺与《汪氏族谱》

徐　霞

据统计，全国汪氏族谱凡159种，其中，江苏境内有12县市修汪氏族谱。该族谱初修于民国十五年（1926年），砀山汪伯骞牵头，并由徐州铜山县汪氏后人作序。民国二十五年（1936年），横益丽泉续修族谱，汪氏87世汪嘉勋作序。此族谱共17卷，其中3卷散失，存世14卷。1994年，江苏东海汪氏后裔组织又续修《汪氏族谱》，汪曾祺作续修序。在东海《汪氏族谱》中，先于汪曾祺序言的是其祖父汪嘉勋所作序言。汪嘉勋是清朝末科的"拔贡"，这是略高于"秀才"的功名。汪曾祺父辈兄弟三人：大伯父汪广生，二伯父汪常生，父亲汪菊生。

汪曾祺1920年元宵节生于高邮，中国当代文学史上著名的作家、散文家、戏剧家，京派作家的代表人物。早年毕业于西南联大，历任中学教师、北京市文联干部、《北京文艺》编辑、北京京剧团编辑。在短篇小说创作上颇有成就。著有小说集《邂逅集》，小说《受戒》《大淖记事》，散文集《蒲桥集》，还写了他的父亲（多年父子成兄弟），大部分作品收录在《汪曾祺全集》中。被誉为"抒情的人道主义者，中国最后一个纯粹的文人，中国最后一个士大夫"。

1994年，年逾古稀的汪曾祺为东海《汪氏族谱》撰写了序，全文如下：

> 闻兹祖父云：吾本姬姓，文王之后也，虽时代久远仍可稽可考，自越国公受封江南亦已千年，歙县旧有吾氏宗祠，今圮，我曾往歙县，屯溪，黟县，所遇族人甚多。吾氏在皖南，实为大姓，而散居四方者尤不知凡几。民国十五年，曾修族谱。六十八年来，宗支繁衍。又不知凡几矣。族人有倡议续修宗谱者，其意至善。吾非甚巨族，自越国公以后，少阀阅冠冕之累。而文学之士，自宋至明，至于乾嘉之时，代不乏人。吾氏固为清门，亦可无愧于天下矣。族谱之修，果何为乎，亦无非慎终追远，民德归厚而已。绳其祖武，不坠家声，清白为人，永葆令誉，各尽所长，以利于邦国，嘱望来者，其共勉之。

高邮第八十九世裔孙　曾祺　撰

　　汪曾祺在序中简述了汪姓的由来，又表达了汪氏虽非巨族，但是代不乏人，无愧于天下。他还在序言中表达了对本族兴旺，以利于国家民族的良好祝愿。1994年的汪曾祺虽已到迟暮之年，但是其创作成果斐然，是文坛的一面旗帜。此时的汪曾祺对于家乡的思念随着年龄的增长而增加，对于家族的眷恋之情也日益浓厚。所谓数落归根，无论走多远，都想着归家之途。这一年年初，由景国真编创的纪实专题片《梦故乡》（上、下集），在江苏电视台首播。这是第一部记述汪曾祺创作与生活的电视专题片，汪曾祺应邀为本片写了主题歌《我的家乡在高邮》。这让这位寄居他乡多年的老作家对于家乡和家族的思念之情更为浓厚。

　　族谱，流淌着割舍不断的血缘关系。伴随着自然和社会演进的历史长河，源自同一血脉的家族，引领着自己的姓氏符号，形成了本家族的宗亲氏系，并逐步出现了记载宗亲祖先的谱牒。这是血缘的延续，是根脉的连接。不管你迁徙到何方，不管你在世界的任何角落，族谱都将连接着你，血缘和亲情都将跟随着你。历历族谱，蕴涵着祖先的图腾，流淌着家族的血脉，洋溢着族人的心香。

汪曾祺一生漂泊，19岁离开家乡高邮，在昆明求学，毕业后辗转于昆明、上海谋生，最后定居于北京。此后50余年仅回乡3次，每次回乡都流露出无尽的依恋之情。至古稀之年后，汪曾祺更是思乡心切，多次书信给家乡，想回乡安度晚年未果。74岁时为族谱续修写序更是促动他落叶归根的情怀。

古人说：慎终追远，民德归厚矣。中国人重孝道，最根本的是讲求慎终追远，饮水思源，不忘血脉传承，不忘祖宗先人。站在祖宗的面前，庄严、肃穆、虔诚而崇敬的历史感，将会促使人们铭记家训，不忘来处。

作者简介

徐霞，有闲写字，无事读书。写些散淡的字，说些知心的话。高邮市作协副主席，省作协会员。著有诗集《那一地的温柔》，散文集《温暖的字》《想念》《藏在文字的官殿里》。

汪曾祺小说《受戒》的人物寻访

夏　涛

收到陆建华先生的信,信中写道:"现在,汪老的影响越来越大,研究汪老的人越来越多,作为汪老的家乡,我们理应从中出力鼓劲。我一直认为,从理论研究上来说,我们的条件不占优势;但家乡人也有别人不可取代的独特优势,那就是占有若干第一手资料,这些资料对深入研究汪老是可以发挥重要作用的。外地学者水平再高,也仅能从汪老的作品谈汪老,他们不可能真正了解汪老是如何在高邮地方文化的熏陶下,一步步走上文学之路,并最终成为一代大家的,也不大可能深入了解汪老的作品是怎样从生活提高为艺术的。我见许多论文中有触目可见的常识性错误,比如把大淖说成大淖县,说高邮是苏南,等等。环境都说不准,又如何能正确分析特定环境中的人物?

"但我所说的家乡人那种独特的优势,并不是现成地放在那儿,必须调查总结,必须采访发掘,这就需要有人下一番扎实工夫。多年来,我一直有一个心愿,写一本关于《汪老笔下的高邮风土人情》的书,此书专门联系汪老作品中的人物、风俗、地理等谈高邮,我认为此书虽不能成为畅销书,但绝对有价值。我也曾建议一些同志试一试,但他们都没有动。后来,我自己想亲自动手，又囿于时间与精力。今天看了你的文章，忽然萌生一个想法，以你的踏实精神和对文学的执着，你就是个合适的人选。"

时隔不久，陆建华先生给我列出了第一个关于经典小说《受戒》的访谈提纲，他是汪曾祺研究专家，我只是按图索骥，进行了一次走访。

一、汪海珊对做保姆的小英子还有印象吗？

2009年4月3日下午2点，到竺家巷9号，采访居住在汪曾祺故居内的汪曾祺大弟汪海珊先生，他刚午睡醒来，走下木板小阁楼接受我的采访。

汪曾祺的母亲杨氏生有汪巧纹、汪曾祺、汪晓纹三个，继母任氏生有汪海珊、汪丽纹、汪绵纹、汪海容（1962年18岁时被饿死）、汪陵纹、汪海平（6岁时因脑膜炎疾病死于1951年，一般不为人所知）六个。

1938年为躲避日本人占领高邮城的战火，18岁的汪曾祺随家人到距高邮城东北十五华里的庵赵庄暂住，其时继母任氏身怀六甲，在庵赵庄生下汪海珊，回城后，经汪曾祺的大姑妈介绍，将庵赵庄上的他们家的一姓王佃户，跟汪曾祺同龄的叫大英子的姑娘叫来做保姆。

汪海珊听她母亲说过，大英子因是独女，在家也比较娇惯，起初是不肯上城来当保姆的，但汪曾祺大姑妈董家是高邮左家巷的大户，大英子还是来了，在汪家三年。因脾气大，平时汪母任氏还要让她三分，大英子对同年汪曾祺也是直呼其名：曾祺来曾祺去，曾祺长曾祺短。但大英子带汪海珊还是很周到的，一直带到三岁，因出嫁离开汪家，跟汪曾祺同在一屋同锅吃饭近两年，汪曾祺19岁离开高邮后大英子还留在汪家一年。

汪家人1945年寄居到扬州外公家，1948年底转到镇江居住，1951年才回高邮。大英子的母亲离高邮城不远，上城时还常到汪家走动，已入学读书的汪海珊经常跟大英子母亲王奶奶见面，记忆中王奶奶不高。

大英子嫁在界首镇老人桥村，村子靠运河东岸，临湖，曾是血吸虫病流行区，离高邮城远。汪记得他上中学的时候，大英子到他们家来时，见过一面。后来直到20世纪80年代初，汪海珊从下放的农村回城，安排到县防疫站工作时，大英子60多岁了，到防疫站找过他，还告诉过说她得过血吸虫病，脾拿掉了。20世纪90年代汪海珊退休前，70多岁的大英子也曾找到过他，怪他汪曾祺回家没有让她知道。她二女儿叫张俊香在高邮环卫所工作，住在城南门外，她是到她女儿家来的。最后一次是1995年汪曾祺去世前两年，在大英子弥留之际，汪海珊与妹夫金家渝、时任文联常务副主席的陈其昌等，同乘高邮电视台采访车到界首看她，没有说上话，她已经不省人事了。

汪海珊记忆中的大英子身高1.6米，不算漂亮，因得过血吸虫病显得比较瘦弱。但他记得最清楚的是，他曾见过大英子抱着婴儿时的他拍过的一张照片，后来在他们家影集中突然消失了，估计是被大英子拿走的。汪海珊清楚记得那张照片上的大英子看上去长得很不丑。大英子跟任氏母关系处得很好，来时也忆忆旧，任氏母常拿出照片给她看，因为大英子将汪曾祺的一张青年时的相片保存到终生。

二、庵赵庄究竟在哪里？

汪海珊说听他母亲讲过，他出生的地方不是汪曾祺小说中的庵赵庄，叫慧缘庄，他只知道在原东墩乡政府所在地的东北上，可他从来没有去过。

据熟悉那里的东墩乡人说，还在乡所在地东北8里处，那里有个叫庵赵庄的自然村庄，现属高邮经济开发区昌农村的1、2、3组所在地，离高邮城15华里，一路水泥路面，那带没有慧缘庄，只有个寺庙叫慧园庵。

2009年4月6日，风和日丽，我骑电瓶车沿路询问，找到掩映在漫野黄菜花和绿树丛中的慧园庵。经了解，庵赵庄原先是一个墩子靠一个墩子的自然村庄，经拆迁实行庄台化与慧园庵东边的高林庄合并后，形成了现在的昌农村。原慧园庵拆毁后,在所在地上,曾建过农村供销社,后又改建小学校。1988年这所农村小学校被撤销,昌农村九组法号智隆的出家人赵九海领头,得当地富户谢成忠、王庆松等资助,还有当地村民的集资,利用原有房屋改办成有庭有院的庵子,简易修饰后在门头镶字"慧园庵"。

庵子正面南,门口一条大河,院子东大门有一功德碑上刻有"事由本庙乾隆三年建,毁于民国六十三年(可能年代误),重建于1988年"等字样。问守庙人赵九海妻,她说是"文革"时拆的,其夫出家人智隆出门做法事去了。

三、庵赵庄的人对当年去那里避战火的汪家人还有印象吗?

蒙守庵人赵九海妻的热情,带我找到村里的几个老人,庵子东面自然村的84岁的老村支书、庵子后面自然村的85岁赵德江,当年有十三四岁了,对此没有记忆。90岁的王姓老人虽耳背,听懂我的来意后,也说不清楚。村里几个热心人又带我找到90岁的王元海,王老老伴也91岁了,老两口耳聪目明,精神都很旺盛。老两口都知道大英子,属猴的,大英子长条个子,长得很好看,都是王家人,堂姊妹又同岁数,说知道她做姑娘的时候到高邮帮一个大地主家带伢子,那时他们也刚结婚,还说日本人到高邮,在我们这一带避战火的城里人多呢,但不知道汪家人。

我把带去的新出两期《汪曾祺文学馆刊》彩报给围来的村民们传阅,有个老太婆说她知道汪曾祺呢,她家儿媳妇看过这本书,书面子上就是这个报纸上的老头子,她还告诉我说她媳妇36岁,现在服装厂做工。

四、对赵大伯的原型,当地人有印象吗?

通过大英子的长子张俊生了解到,大英子有兄妹两人,哥哥王福凤比大英子大11岁,大英子有两个侄子还在庵赵庄住。

我在庵赵庄也找到大英子的年已70岁的大侄子王庆云和64岁的王庆霞两老人，我的询访得到他们的热情接待，王庆云农家小楼装饰得也算富丽堂皇，儿孙满堂，王庆霞一直单身未娶，三间小屋很干净，兄弟俩前后相邻。

他们不知道汪曾祺，只听姑母大英子跟他们说过，18岁在高邮一个大户人家带过小孩。当年姑母家境也好，后来嫁的人家也有钱，所以一辈子不大会种田，也没吃过什么大苦。

提到他们祖父（按推理应为赵大伯人物原型），有兄弟四个，分家时没有得到什么家产，但很勤劳，靠自力，生活条件在本村也不算差。他父亲王福凤1952年去世，53岁，母亲周氏1962年去世。

五、小英子的原型后代在吗？

汪海珊知道的是，大英子嫁给了一个姓张的，生的第一个儿子比他小四岁，曾做过界首镇的干部，现在退休了。

我到界首镇没有遇到大英子长子叫张俊生的，两天后经跟张俊生在界首镇一起工作过的诗人后金山先生帮助联系，在高邮城得以与从镇纪委书记位上退休的张俊生见面，张书记在儿子家休息，接受了我的采访。

他母亲10岁就与他父亲定下了亲事，两家相隔20多里，有点老亲，他的祖父在广东海关工作，家庭也殷实。

他生于1942年，兄弟三人，还有四个妹妹，大妹20岁生养时难产去世，其他六兄妹健在，除三弟还在界首镇老人桥村务农外，其他兄妹分别居住在上海、扬州和高邮等地，现母亲的孙辈11个，算是儿孙满堂。

他小时候就常听他母亲说过汪家的情况，也提到过汪曾祺，母亲跟汪曾祺的继母任氏很要好，叫她三少奶奶，上城到汪家就像走亲戚，但不知汪曾祺在外面做什么。

他说，日本人轰炸高邮，汪家就避难在我外婆庄子上，我外婆家境不错，有个大11岁的哥哥，所以对我母亲很娇惯。1980年我父亲去世，62岁，我母亲1995年去世时高邮电视台去录过相，母亲是得肝病死的，跟1959年得血吸虫病，1963年开刀去脾有关。

他还说，他曾在高邮中学读到高一，因那时生活特别困难而辍学，他退休后写了记述他父母的文字有几万字了，没有时间改。

我约他把写母亲的部分抽出来，可以在高邮文联办的文学季刊《珠湖》上发，他答应抽时间试试。

六、小英子子女读过或知道《受戒》吗？

张俊生是1979年从村会计调到镇政府工作的，因为听说汪曾祺这个名字，1980年他得到一本《北京文学》第10期，上有《受戒》小说，当时就读过并收藏着，那时在界首办公室任文书的卜宇（现任扬州市委常委）很喜欢文学，还跟他谈过读后感，卜宇指着上面的一首民歌说，"姐儿生得漂漂的，两个奶子翘翘的"这个刊物连这个也敢登。所以读时的印象很深，后来又读过一遍。他不认为小说中的小英子是他母亲，只不过用了个相同的名字，小英子作为一个文学形象跟我母亲没有任何关系，我母亲很本分，作风很正派，这个我知道。

汪曾祺的作品他看过不少，现藏有《梦故乡》《汪曾祺散文集》等好几本呢，都是在新华书店买的。张俊生说，汪曾祺最后一次回高邮，我知道，有人跟我说，你跟汪曾祺有关系，上高邮找他写点字，画点画什么的，我没找过他，我们张家后人一个也没见过汪曾祺的面。

作者简介

夏涛，曾就读鲁迅文学院作家进修班，江苏省作家协会会员，《珠湖》副主编，高邮市作协副主席，出版长篇小说《烟花》、小说集《乡村旧事》、民歌集《寻找远去的歌声》。现供职于高邮市财政系统。

汪曾祺访谈录

陈永平

时间：1995 年初秋
地点：北京蒲黄榆汪曾祺寓所
采访人：陈永平
受访人：汪曾祺
摄像：刘军

陈永平：汪先生，我们从家乡给您带了一样礼物：两只野鸭。您写了许多跟水有关的作品，对野鸭一定不陌生。

汪曾祺：是。《大淖记事》里不是有个沙洲吗，沙洲上面可以拾到野鸭蛋。野鸭在美国很受尊重的，过马路，车都停下来，让它过去。

陈永平：这是家养野鸭。养鸭子的很厉害，把野鸭放出去养，晚上唤回来上窝。

汪曾祺：野鸭拔毛是个麻烦事。野鸭皮嫩，不能拿开水烫，一烫皮就掉了。高邮人卖野鸭子，代人拔鸭毛，干拔，弄个麻袋，（做手势）这样薅。

他不收薅毛钱，鸭毛值钱。杀鸽子是用铜钱，就是制钱，往嘴上一套，——憋死了。

陈永平：把这些写下来就是文章，像陆建华先生说的：动人的风俗画。

汪曾祺：第一次提出风俗画的，是老作家严文井。他说："你这种写法是风俗画的写法，这种写法很难。"因为几乎都是白描。

陈永平：所以高邮有一句话：古有秦少游，今有汪曾祺。

汪曾祺：文游台四贤祠里头，有一位孙莘老，黄山谷（庭坚）的老丈人，是很有名的大人物啊，高邮没人研究他。这几年对王西楼（磐）比较重视了，以前高邮人不知道。我也觉得是个谜，王西楼写散曲，散曲是北方话，他是高邮人（南方人），怎么能写散曲呢？他不去押那个韵，我不知什么道理。现在高邮就知道那句话："王西楼嫁女儿——画（话）多银子少。"他是南曲——实际是北曲——之祖，南（方人制北）曲之冠。

代表高邮学术水平的，有一个叫孙云铸，他是搞古生物的，三叶虫之类，有些地质上的命名是由他定的。我考上大学时，他已经是教授了；还有一个是我的堂弟，叫汪曾炜。他在沈阳军区医院，是全国有名的胸外科专家，经常参加国际会议。小时候皮得不得了，老挨高（北溟）先生打手心。他贪玩啊，什么都玩！掏蛐蛐，抓叫油子——蝈蝈，放风筝。他踢毽子比赛得过高邮冠军。他后来发奋读书，立刻改变形象。

陈永平：我们回忆儿时的经历，总是经久不忘，历历在目。

汪曾祺：小时候最兴奋的日子是"迎会"。把城隍菩萨抬出来，热闹地转一个圈儿，安置在另一个庙里，他们叫行宫，再用八人抬的大驾接回城隍庙；泰山庙现在没有了，就在文游台前面。好多地方对泰山非常敬畏，我写过《泰山片石》，泰山神就是《封神榜》上的黄飞虎，黄飞虎管人的生死，具体是管人的死的，人死后得先得吊销户口（笑），人的善恶，一生的所作所为，他清清楚楚。所以香火很盛。

陈永平：您提到文游台。您曾经引用鲁迅的话，调侃国人有"八景"癖，您还是写了高邮八景，《文游台》《露筋晓月》《耿庙神灯》。

汪曾祺：高邮八景里最有名的当然是文游台。八景里有些故事本来很美的，高邮人把它传讹了，就是"鹿女丹泉"，我发表时把故事重新处理了。我跟朱延庆（文学评论家、鉴赏家、高邮籍）说，我对"露筋晓月"的故事最没兴趣，这是一个非常残酷的宣传贞操观念的故事，而且从宋朝就有人怀疑，蚊子是吸血的，又不吃肉，蚊子叮，你拍打拍打嘛，没听说把筋咬露出来。

陈永平：您写几十年前的故事，把过去的生活积累，通过回忆，再加工，再创作，最后以文字的形式表现出来。就像牛反刍，不停地咀嚼。

汪曾祺：有些是生活积累，更重要的是对生活本身思索的结果。我觉得，作家对生活要有独特的感受、独特的认识，对生活进行不断地再思索，看看这段生活到底有什么意义。

我写作品的题材以几个地方为背景，一个家乡的，一个昆明，另外张家口，还有北京，上海只有一篇。一家出版社要出我的所谓作品精选，我写了个自序，我说我写的篇数最多，写的时间跨度比较长的，是以家乡为背景的作品。现在看，写得比较多，而且写得比较好的，还是写高邮的东西。

我生活最久的，高邮人称"东头街上"，就是东大街，人民路。我们家大门和后门都开在科甲巷。

陈永平：那个巷子应该有人出过功名。

汪曾祺：小巷子，也没人出过大功名。我的曾祖父是举人，祖父是拔贡，我家算是个科甲门第。也可能原来就叫科甲巷。

陈永平：那一带还有一个汪家巷，应该跟您有关。

汪曾祺：汪家巷是我们家祠堂所在的地方，后来由我的叔祖父两房住，四房和六房。

我流连得比较多的，是从草巷口到新巷口，我每天上学放学都要经过这儿。我有一个特点，喜欢东张张西望望。有人问我："你怎么成为作家呀？"我说就是东张张西望望成为一个作家。也的确是这样，所谓东张张西望望，说明你对生活充满了兴趣，生活本身是很有意思的。

你说得对，对自己童年时候的生活，回忆起来总是很生动。我十七岁以前在家乡，没想过以后会写作，会写以家乡为题材的作品。有人问我那儿子："你爸爸是不是随身带个小本儿,有什么事记下来,不然他怎么记得那么清楚?"那时候没带小本儿的习惯,那时候的小本儿,是作文本儿,毛边纸,怎么能揣身上呢。用不着记,就是忘不了。我对家乡的记忆,有一点是别的作家不太多的,我写了很多市民层、小人物的生活,一般都是店员啦、做小买卖的啦、和尚道士。当时我不感觉这些人有多大缺点,当然今天看市民层,它有很大的封闭性。到后来,《鸡鸭名家》以后,我有意识从这些人身上发现美,不把市民写成市侩,这些人有他非常可贵的地方。

要能记住当年的生活,记住你的生活原型,首先要接触生活,从生活中感受吸引你的东西。我在台湾发表小说《仁慧》,写尼姑的。那是观音庵的尼姑,有这么个人。观音庵管事的尼姑无能,仁慧把观音庵管起来,让一个没落颓败的庵振兴起来。我跟她比较熟,我祖母经常上观音庵去,观音庵好像我们家的家庙似的,我祖母上观音庵都是我陪,能记不住吗?仁慧非常漂亮聪明,过去尼姑只念经,她学着放焰口,学成了。越塘到科甲巷之间,有一个侉奶奶,靠纳鞋底子过日子。她种了十来棵榆树,她不卖,结果她死以后,——她也没什么亲人,别人还是把树卖了,替她打了一口棺材。这看起来是很普通的生活,但内在有悲剧性,这就是能够吸引你的地方。我根据那段生活写了小说《侉奶奶》。

陈永平:您执笔改编了京剧《沙家浜》,恕我直言,那是"三突出"的东西,很难想象,《沙家浜》的作者会写出《受戒》。

汪曾祺:这有个大的政治背景。十一届三中全会以后,四次作代会上有一个祝词,鼓励解放思想,鼓励创作自由,许多作家已经开始摆脱样板戏的影响。在这样的大背景下,我写出了《受戒》。我的同事也问我怎么写这么一篇小说。

陈永平:已经发表了吗?

汪曾祺:还没有。我为什么要塑造小英子这个形象?我感觉农村的小姑娘,在思想上比城里富庶人家的女儿少一点束缚,比较爽朗,她另有一种健康的美。我的表姐表妹、女同学,都忸怩作态。农村的女孩儿没这一套。我说我要写,我要把她写得很健康,很美。发表以后人们问,你这篇小说写的是什么,我说,就是写的人的美,人的健康的美。

陈永平：《受戒》里的庵赵庄我知道，在东墩乡，现在叫昌农村。

汪曾祺：庵赵庄有点特别的，是因为有和尚庵。很小，当时就住了两家人，一家是我们家，一家住着沙铁汉的儿子。沙铁汉也很怪，他每天喝那个回龙汤，就是自己的尿。沙铁汉留一把胡子，精神很好。

《受戒》里老和尚住的禅房刻了一副对联："一花一世界，三藐三菩提"。"一花一世界"的哲学感，我小时候就有，一朵小花里一个世界，但是，"三藐三菩提"我就不懂。直到新中国成立以后，遇到武昌归元寺的方丈，这个和尚读过三个佛学院。我请教他"三藐三菩提"什么意思，他说这是个咒语——和尚不是念咒吗——你不能用汉语去写实。

陈永平：您在《受戒》的最后，注上年月日，特别加了一句："记43年前的一个梦。"这个梦是否指您的一种朦胧的情感？

汪曾祺：就是我的初恋感情，或者说是爱情的初步萌发。我住那儿的时候，也就是《受戒》里明子那个岁数，跟她（小英子）一起去打场，一起插秧，"崴"荸荠。

陈永平：您在文章里说，您作品里的人物几乎都可以找到原型。

汪曾祺：让我（凭空）编出个人物、编出个故事来，我没这个本事。当然虚构的成分可能比较大，《大淖记事》很多地方属于移花接木。我上次回去，到大淖看过，我写的沙洲，可以上去捡野鸭蛋的沙洲已经不存在了。大淖河水污染得一塌糊涂，很难想象，那河水已经不是黄的了，像一条流酱油的河。大淖原来有几个炕坊，包括我写的浆坊，后来没有了，——现在谁还浆衣服。从大淖河边往上走，有一条小巷，还有当年的痕迹，没弄清具体哪儿像，感觉那儿的空气跟过去像，呼吸带着原来的味儿。

陈永平：大淖原来跟澄子河通，所以才可以到一沟、二沟、三垛。我老家在农村，我小时候回去，走水路也从大淖乘船。

汪曾祺：《大淖记事》里有些不完全是大淖的生活。那个锡匠被保安队打死过去，巧云拿尿碱汤（救锡匠十一子），这个事情有，当时比较轰动。

陈永平：锡匠们把担子挑着，不声不响地在大街上走，像带有中世纪色彩的群众游行。

汪曾祺：不知道怎么一个风俗，认为老百姓有冤屈，县政府不管，他们闹几天，可以把县大堂烧掉。

巧云这一家倒是生活在大淖，我小时候特地去看这个女的，去的时候，她家里黑乎乎的，她一个人在床上坐着，也没看个所以然来。她那种坚强执着的性格，不是那个女的，不是那个原型。我们家这边过来（做手势）不是越塘嘛，越塘起头的地方有一家人姓戴，丈夫是个轿夫，他后来得了血丝虫病——象腿病。靠腿脚吃饭的人，腿脚不灵了。轿夫的老婆平常看也不怎么精干，她当起挑夫。女挑夫跟男挑夫挑一样多。我把这两个故事结合到一起了。

陈永平："移花接木"，大概是您小说创作的常态。

汪曾祺：《岁寒三友》的故事是三合一，靳彝甫、王寿吾、陶虎臣，这三个人跟我父亲是朋友。我父亲跟王寿吾、陶虎臣特别好，陶虎臣在草巷口拐弯的地方开店卖鞭炮。陶虎臣的原名叫陶汝，陶汝的女儿卖给人，他自己上吊，这个故事有。这些人里他们的子女，其中一个就是朱延庆。本来这三个人的故事并不在一起，我通过他们的遭遇，特别是通过陶汝女儿的遭遇，把它捏合在一起。靳彝甫这个名字没有改，王寿吾好像也没改。

有的完全是一点印象，就像《八千岁》。八千岁这个人我倒是认识，他的穿戴很特别，穿二马裾的长袍，到这儿（将裤脚撸至小腿部位），他说下边没用（笑）。我经常从他家门口过，（看见他）穿得很朴素，吃得也很简单。不知他怎么发的家，人们认为就是靠八千钱，就是八吊钱，靠八吊钱发家不可能啊！叫他八千岁带有很大的贬义。《八千岁》没有现成的故事，八太爷敲他的竹杠，也没有。

陈永平：您仅仅认识这个人，然后就能"敷衍"出一篇故事来。《八千岁》是高邮几十年前的生活，《皮凤三楦房子》是今天的生活，您怎么写了高大头？

汪曾祺：我回乡在高邮"一招"住，每天出来遛弯，都要经过高大头的门前。

陈永平：您跟他聊天？

汪曾祺：没聊过。他告房管局的局长，局长给撤掉了，这个事儿是高大头干的。他还给我寄材料，希望我写个续篇，我说这个事儿不能干。他在高邮大家对他都很关注，他的女儿是个体户中的劳模，人家介绍她，说她的父亲就是汪老所写的高大头（笑）。

陈永平：有的作品里有您自己的影子。比如《云致秋行状》里的老汪，《昙花》里的李小龙。

汪曾祺：李小龙就是上初中时候的我。

陈永平：我认识一位老太太，年轻时候在你家做过事。她印象最深的是，您的一个亲戚的房里，珠子灯的珠子往下掉。您的小说《珠子灯》是写实。

汪曾祺：我写的我的二伯母，她那盏灯是真有。我二伯比较革命，他崇拜的革命人物不是孙中山，是黄兴。他那个脾气！有次上历史课，教员批评了几句黄兴，他走上去"咣咣"打了教员两耳刮子（笑）。他的死跟他性格有关，镇江码头敲竹杠很厉害，他一赌气，把几个箱子挑上肩，受了内伤。对传统礼教下的妇女来说，丈夫去世，她也就死了，双重悲剧。

陈永平：您小说里人物的生活原型大多不健在了。

汪曾祺：小英子还在（小英子的生活原型于此次专访后一个月去世——作者注）。《徙》里面，高雪是死了，汪厚基还在。高雪小时候长得也不怎么好看，女大十八变，她上师范以后就很好看了。金实秋（文学评论家，楹联专家）听说汪厚基还随身带着高雪的照片，他好奇，他还要来看过。汪厚基80多岁了，比我大几岁。

陈永平：看您的小说《金冬心》，光看里边的菜名，就已经垂涎欲滴了。

汪曾祺：（大笑）我们原来的邻居，父亲是新华社记者，也写小说。儿子看《金冬心》，看那么长的菜单儿，对父亲说："瞧，人家汪叔叔能够写出那么多菜，你就会粉条炖肉，那你能写出什么来。"他父亲是东北人，东北人饮食很"粗放"的。我说你们不是"精饲料"喂养（笑）。

陈永平：我听说很多作家喜欢您做的菜。

汪曾祺：中华文学基金会，有个作家出个馊点子，让能做菜的作家轮流挂牌，今天谁主厨，明天谁主厨，第一个就让我主厨。我说："你饶了我吧。"我在美国煮过一次茶叶蛋，后来新西兰的一个诗人问我，那个鸡蛋是怎么做的，他很难想象，茶叶可以跟鸡蛋煮在一起。聂华苓在北京，她说老吃馆子，（腻了），叫老汪做，我给他们做了。其实很简单：煮干丝。北京没有干丝，我就用豆腐片儿做，切得很细，配料很好，聂华苓端起大碗都喝掉了（笑）。你要注意，做的菜要引起他（她）的联想。还有一个作家叫陈怡真，跟陈映真差一个字，她也让我给她做菜，那时正好杨花萝卜——北京叫小萝卜——上市，就是一个烧杨花萝卜，但配料是干贝，煨的汤。

陈永平：这一段您的文章里谈到过，她没吃完，带回饭店去了。

汪曾祺：那是另外一个菜，一个云南菜。

陈永平：您写小说，也写散文、随笔，而您的职业却是编剧。

汪曾祺：编辑梅朵，文艺界人士最怕他：梅朵梅朵没法躲。他盯上你，又是电报，又是长途。他见到我说："我的印象你是写小说、散文的，而且你的小说比较现代派。你一个搞现代派的人怎么搞京剧？"搞京剧是非常偶然的。我在《民间文学》编辑部，下不去。当时要求反映现实，配合任务。所谓反映现实，实际不仅是政治的主题，作品就是政策的体现，图解政策。我下不去怎么写？王亚平——也是我的老师了——他当时是秘书长（北京市文联），他说你下不去就改编个京剧剧本吧。那一年正好纪念吴敬梓诞辰，我就写《范进中举》。我把范进作为一个扭曲的人来写，一个不正常的、变态心理的人。虽然是老形式，思想还是比较现代的。写完了，就放（编辑）那儿了。北京市分管文化的副市长王昆仑，他跟（剧院）创作室的人说："你们老说没有剧本，把你们的抽屉打开，拿几本我看看。"一看之后，他说："这个戏（《范进中举》）就可以演嘛！"然后他约我跟戏的主角奚啸伯见面。奚啸伯是票友出身，唱得很讲究，但那里边要求有舞蹈动作，（奚啸伯不行），演出效果不是我原来想的样子。这个戏在北京市戏曲会演中得了一等奖，朋友跟我开玩笑，说我是斯大林奖金获得者。

我对京剧这种形式是熟悉的。我的父亲拉胡琴，我小时候也能唱几句儿，我是在京剧环境里长大的。1958年我被打成右派，下放到张家口沙岭子劳动，我摘帽子摘得比较早，摘了帽子就想调回北京——我妻子、孩子不是还在北京嘛，原单位不要我。后来，北京市委的一个领导是个票友，喜欢唱戏，他说：

"这个人可以用，把他调回来。"我的户口已经调下去了，调回来很不容易，我当时饥不择食，有个地方安插我就行。后来就搞了京剧。江青从上海带来两个本子：一个是《革命自有后来人》，就是后来的《红灯记》；一个是《芦荡火种》，就是后来的《沙家浜》。江青要抓革命现代戏，那时还不叫样板戏，找几个人，北京京剧团的党委书记、院长，一个主任，还有我，四个人成立一个小班子，改编江青推荐的《芦荡火种》。江青不能说在艺术上完全无知，她看了说："这个唱词写得不错。"问谁写的。然后就由我主写了。

陈永平：其他革命现代戏您有参与吗？

汪曾祺：还有一个《杜鹃山》，别的没有。我有个正统观点：小说才是正统文学，其他都是边边沿沿的东西。

陈永平：但是您写了大量散文。

汪曾祺：我的散文、小品、随笔写得很好的很少。

陈永平：评论界认为您的散文不让小说。

汪曾祺：那怎么认为都行。

陈永平：我们读您的散文作品，包括《七十书怀》《随遇而安》，都有一个共同的感受：淡泊。

汪曾祺：文艺界都说我是个淡泊的作家，包括文风、人品。我也不清楚怎么叫淡泊。不淡泊是很难想象的。淡泊的对立面无非是热衷名利，这个我是不怎么太追求的。

陈永平：（20世纪）80年代以后，您三回故乡。您还有回乡的计划吗？

汪曾祺：如果回去，我想住得时间长一点，写点东西。现在看起来，我的创作源泉还是高邮，而且还不到枯竭的时候，还有得可写。

陈永平：谢谢先生接受我的采访。

作者简介

陈永平,前记者、编辑、播音员,现从事纪检监察工作。业余写作,部分作品在国内报刊发表,有作品被国外中文报刊转载。

第三辑
文学印象品读

斯人也而有斯文

杨 早

汪曾祺先生说过,中国有新文学以来的散文(或美文),大致分为两路:鲁迅为代表的峻急和周作人式的冲淡。说的是文章风格,其实不妨扩大为做人的态度。21世纪中国的知识分子,来来去去,也不过这两路。以鲁迅传人自拟的见得多了,再无一个略微神似的。周作人一派,在激荡变迁的大时代里,自然更容易花果飘零,知堂老人自己,结局也不过如此。真正能够一生恂恂,不屈不折,为文为人,替冲淡一脉存留一份气韵的,怕也只有沈从文和他的学生汪曾祺,二人而已。

汪曾祺跟老师沈从文的风格也不大一样。沈先生常常自称"乡下人",初成名时也确乎有一点草野之民狂激躁厉的气质,他主持《大公报·文艺副刊》时对"海派"的大力攻讦,字句间很能见出少年人砥砺天下的豪气。沈从文的冲淡风格,是在岁月里"磨"出来的,让人想起杜诗里的"庾信平生最萧瑟,暮年诗赋动江关"。汪曾祺则几乎从一出道起,就以冲淡见长。他早年作品中,固然有《牙疼》《绿猫》一类吓人一跳的怪异之作,但《邂逅》《老鲁》的文字,已与老时几无二致。归有光《寒花葬志》《项脊轩志》中那种沉痛抑郁反以轻言淡语出之的写法，青年汪曾祺就已化用得水乳交融，也从此奠定他一生的文字风格。

汪曾祺受传统文化影响极深，甚至有"最后一个士大夫"之称。他的文字体现出的是宋明理学中不动声色的明心见性功夫。他的《七里茶坊》，通篇写几个农科所职工掏粪，直到快结尾了，才很不经意地写：

老刘起来解手，把地下三根六道木的棍子归在一起，上了炕，说：

"他们真辛苦！"

过了一会，又自言自语地说：

"咱们也很辛苦。"

老乔一面钻被窝，一面说：

"中国人都很辛苦啊！"

小王已经睡着了。

读着这段文字，前面絮絮叨叨写的破冰粪、吃莜面、讲故事、凑结婚份子，一众细节，才突然涌到眼前，那种感喟，那种悲凉，那种和沈从文先生一样，对下层人民"不可言说的温爱"，都从字里行间慢慢地渗了出来。我记得我第一次读到这里，就让书在手里停着，久久地说不出话来。对我来说，文字的魅力，于斯为最。

汪曾祺写故乡高邮的文字，最为人称道。之所以能用文字描绘出那一幅幅的江南风情画，自然也得益于他超乎常人的细节记忆和情绪记忆能力，但真正能打动人的，还是他对那些平凡劳动者的关切，对那些纯真感情的赞颂，对细微情趣的描摹。《大淖记事》，写挑夫人家的勤快；写锡匠手艺的精巧；写小锡匠十一子和巧云好，月光下在芦苇荡相会；写巧云被刘号长污辱后，十一子和巧云反而更相爱了；写刘号长把十一子打得快断气了，也无法逼十一子"认错告饶"；写锡匠们顶炉告状，终于将刘号长逐出了大淖。让作者自己都"流了眼泪"的地方是为了救活十一子，巧云喂他喝尿碱汤：

巧云捧了一碗尿碱汤,在十一子的耳边说:"十一子,十一子,你喝了!"

十一子微微听见一点声音,他睁了睁眼,巧云把一碗尿碱汤灌进了十一子的喉咙。

不知道为什么,她自己也尝了一口。

"她自己也尝了一口",是神来之笔,里面凝注了汪曾祺对少年男女之间纯净爱情乃至人类所有美好情感的钟爱和礼赞。汪曾祺小说和散文中的"恶"大都是隐在后面的,他不屑,也不愿,去过多地描写它。但已经够了,他笔下这种极致的"美"更有力地把破坏它的"恶"钉在耻辱柱上。而那些美的礼赞将穿越一切的时空,穿越无穷的变迁,依然照耀我们栖居的大地。

写任何一个人,汪曾祺都牢牢遵从老师沈从文的教诲:"要'贴'着人物写。"我曾经问他,为什么没有将《骑兵列传》《王四海的黄昏》这两篇小说收入《汪曾祺自选集》,他毫不犹豫地回答:"那里面虚构的成分太多。"

这个回答给那些以为小说便是生安白造的人看到,一定会笑掉大牙。但汪曾祺确实不认为散文与小说之间有什么明显界限(这一点似乎是受阿左林和弗吉尼亚·伍尔芙的影响),就算有,也不过是一道薄薄的篱笆。我敢说,不论是在小说还是散文里,汪曾祺大概从未写过自己没经历过的事。他并不是现实主义作者,他用作品为自己构筑了一个世界,一个拥有现实中不可能的明净,但却可信可爱的世界。

和他的"京派"前辈一样,汪曾祺极为崇尚宽容与自由。他最喜欢讲两个故事,一个是他在西南联大的时候,翠湖边一个图书馆的管理员,每天早上来上班,把墙上挂着的钟"格勒勒"拨到八点,上班,他觉得差不多了,把钟"格勒勒"拨到下午六点,下班。汪曾祺说:"这样的生活才叫写意!"另一个是沈从文出国访问,专门研究西南联大的汉学家问他为什么当时条件那么差,环境那么苦,西南联大八年出的人才,超过战前北大、清华、南开三十年出的人才的总和?沈从文回答了两个字:自由。

汪曾祺喜欢，或者说，习惯，用叙述来说话，很少写带有明显价值判断的文章，但破例为《读书》写过一篇《使这个世界更加诗化》。他认为这是一个知识分子天然的职责。

汪曾祺谈文章结构，两个字：随便。林斤澜就抗议，我讲了一辈子结构，你却说：随便？汪曾祺只好改说是"苦心经营的随便"。然而"苦心"易致，"随便"难求，他悼念沈从文先生的长文《星斗其文，赤子其人》，是我见过的最好的祭文。那支笔犹如踩了凌波微步，在前尘旧事，文心琴胆之间随脚出入，写得一个谦谦儒雅的沈先生活活地如在眼前。最后突然收煞：

  我走近他身边，看着他，久久不能离开。我想，这样的一个人，就这样地去了。我看了一眼，又看一眼。我哭了。

而今汪曾祺先生自己也去了。这样的人，这样的文字，从此竟再也不得见了。

汪曾祺先生一生住得最长的地方有三个：小时候的高邮，西南联大时的昆明，新中国成立后的北京。他对前两个地方大约都很怀念。前年他给我写过一幅字："邗沟杨柳仍依依，问君何日归去。"邗沟是扬州的代称，高邮地属扬州，这幅字恐怕是自况的成分多。去年他又送我一帧画，飘飘洒洒满天的绣球花，题："绣球花云南谓之粉团花，以粉团花形容阿妹之美，似他处未闻。"

汪老先生，您这是要回哪儿去呀？

汪曾祺早期小说的两种调子

杨鼎川

　　曾经有论者认为汪曾祺的"早年小说与现在的调子不同,那是很青春很现代的,现在却变得从容平和,日趋淡泊了"(汪政、晓华《小说的调子》)。汪曾祺"早年小说"当指20世纪40年代写的小说,而以"很青春很现代"概括之,似有些偏颇。其实,当时汪曾祺的一些艺术手法运用较为娴熟老到之作,倒是显得平实从容,"处处都合京派的气度标准"。汪曾祺自谓:"虽然我写小说不拘一格,其实无非是两大类,一是空灵的,一是平实的。"这两类调子的小说不是一前一后出现,而是从早年起便同时出现在汪曾祺笔下。

　　汪曾祺的第一本个人作品集《邂逅集》于1949年4月由文化生活出版社作为巴金主编的《文学丛刊》第十辑之一种推出,集中收八个短篇:《复仇》《老鲁》《艺术家》《戴车匠》《落魄》《囚犯》《鸡鸭名家》和《邂逅》。集外还有《小学校的钟声》《异秉》《绿猫》《三叶虫与剑兰花》等短篇小说和《牙疼》《礼拜天早晨》《疯子》等几篇散文,大多发表在朱光潜主编的《文学杂志》、郑振铎和李健吾主编的《文艺复兴》、范泉主编的《文艺春秋》等刊物上。大体而言,《老鲁》《戴车匠》《落魄》《鸡鸭名家》《囚犯》《异秉》属平实之作，可与作者80年代的大多数小说对接，提到汪曾祺的早期作品，人们首先想到的大抵是这些篇；而《复仇》《绿猫》《小学校的钟声》《艺术家》和几篇散文则走了空灵的一路，可见到较多西方现代派影响。

京派创作在题材上的追忆往事模式在汪曾祺的作品中得到最充分的体现。迄今为止他的绝大多数小说都是写记忆中的生活。汪曾祺喜欢在小说中回忆故人与故事（而且他的记忆力——尤其是细节记忆力和情绪记忆力——又异乎寻常的好），他说："我以为小说是回忆。"还说："我很同意一位法国心理学家的话：所谓想象，其实不过是记忆的重现和复合……我有些作品在记忆里存放了三四十年。"然而小说又非回忆录，写进小说中的故事已非现实生活中的"本事"，而是经过了作家的艺术变形，成为小说的情节。从这个意义上讲，怎样写比写什么更重要。对这一点汪曾祺早已了然于心，在27岁时所写的一篇题为《短篇小说的本质》的论文中他写道："日光之下无新事，就看你如何以故为新，如何看，如何捞网捕捉，如何留住过眼烟云，如何有心中的佛，花上的天堂。"诸多"如何"，说到底是如何对生活"本事"进行艺术变形。正是这一点最终决定了小说的调子。

汪曾祺的第一类小说显然偏重的是人物。引发这类小说的创作契机，是对作品人物的原型及其生活方式和技艺的"向往和惊奇"，老鲁、王二、戴车匠、余五、陆鸭，都是他异常熟悉且觉得"怪有意思"的人。在"趋向农村或少受教育分子或劳力者的生活描写"这一点上，京派作家有着惊人的一致。不过，汪曾祺不像他的老师沈从文擅写乡下人尤其是乡村少女，他最熟悉的是市镇小市民："我小时候的环境，就是生活在这些人当中，铺子里的店员、匠人、做小买卖的这些人。""好些行业我真的非常熟悉。像《异秉》里的那个药店'保全堂'，就是我祖父开的，我小时候成天在那里转来转去。写这些人物，有一些是在真实的基础上稍微夸张一点。""一个人能不能成为作家，童年生活是起决定作用的。"他对他们——除了老鲁——的怀想无疑牵连着对自己童年的温馨回忆，所以他写这些人物，总是情不自禁地将他们浸泡在儿时故乡由种种人情风俗和生活、劳作方式所构成的那种"辛劳、笃实、轻甜、微苦"的特有气氛之中，成为他每天都要看的一幅画的一部分。

数十年后汪曾祺谈自己的小说时说："写风俗是为了写人"，"（我的小说）有时只是一点气氛。但我以为气氛即人物。一篇小说要在字里行间都浸透了人物"；"小说应该就是跟一个可以谈得来的朋友很亲切地谈一点你所知道的生活"；"小说结构的特点，是：随便"。这些意识，汪曾祺一定是早就具有的了。他的萌发得很早的自觉的艺术意识使他不能忍受那些教条式的创作理论的束缚，虽然他自认他基本遵循的是现实主义，却对当时现实主义作家奉为圭臬的"典型化"理论和非常流行的戏剧化小说模式完全不感兴趣，且有一种似乎是天生的排拒心理。他批评说："时下的许多小说实在不能令人满意……一般小说太像个小说了，因而不十分是一个小说"，"我们宁可一个短篇小说像诗，像散文，像戏，什么也不像也行，可是不愿意它太像个小说，那只有注定它的死灭"。在创作实践上，他的这些京派风作品确实做到了不"太像个小说"，散文成分很重。这不单指题材的平常、结构的松散与节奏的舒缓从容，更是指它们那种由乡风乡情和闲适恬淡意味的语句中散发出的"陈酒的醇味"。读这样的小说，即使从不曾到过旧时的高邮和战时的昆明，也会生出一种怀旧情绪，仿佛看到、听到、嗅到、触摸到、感觉到了某种场景、声音、气味、实体与氛围。你不能不认为，"只有在这样的环境中，才有可能出现这样的人和事"。这些小说里也有诗的成分，那些以工笔或写意手法绘风俗、以白描手法写人物的劳作的文字，简直就是生活的抒情诗。人们说老舍是北京市民社会最好的表现者和批判者，说陆文夫是擅长于反映苏南市民生活的市民小说家，但未见说汪曾祺是苏北高邮市民社会的最好表现者，倒说他是出色的风俗小说家，我想大概与他的小说细节重于情节、气氛重于人物有关。

再一点是，汪曾祺从来是从文人角度、以文人眼光去观察和描写他认为是"怪有意思"的各类市民的，这样，他就有意无意地将他们文雅化了——他写的平民，差不多都具有自己那个行当的"异秉"：这些人物或是技艺已达出神入化境界的工匠技师（如戴车匠、余五、陆鸭）；或是真正的民间艺术家（如哑巴画家、盲卖唱艺人）；就是卖腌卤的王二，也有他人所不及的高招。汪曾祺像沈从文对农民、士兵和手工业者一样，对他笔下的人物怀有

"不可言说的温爱"，对他们在劳动中表现的技艺美和创造的艺术美有一种发自内心的钦佩和赞叹，而对于他们技艺的即将失传，又表现出惋惜和惆怅。这些情绪，在小说中便形成一种充满"怀想"的温婉情调。

朱光潜说："第一流小说家不尽是会讲故事的人，第一流小说中的故事大半只像枯树搭成的花架，用处只在撑持住一园锦绣灿烂生气蓬勃的葛藤花卉。这些故事以外的东西就是小说中的诗。"在汪曾祺这类以平实之笔讲述关于一个人的故事的小说中，真正具有审美意义的首先不是那"枯树搭成的花架"，而是被故事支撑起来的那些葛藤花卉。然而"花架"也决不可少。锦绣灿烂的葛藤花卉由枯树的架子支撑起来，这才是京派风小说的真正魅力所在。

另一类小说是通过一点点小事，写人的感情、感觉、情绪。这类小说中当然也有人物，但大多并非实体，而只是一个用以寄托作者某种情绪或思想的符号。如果说前一类小说汪曾祺是"贴到人物"写出来的，那么这一类小说就不是了。比如《小学校的钟声》这一篇，写的是青年男女间的一种含含糊糊的情愫。小说中的"女同学"可能实有其人，但这是一个什么样的女性已不重要，重要的是作者十九岁时对初恋情感的体验。《艺术家》写了昆明市郊一个乡村哑巴画家，但作者无意为他立传，而是着意于写出一个艺术家面对完美的艺术品和对于自身某种嗜好——例如抽烟——的感受："抽烟的多，少；悠缓，猛烈，可以作为我的灵魂状态的记录。在一个艺术品之前，我常是大口大口地抽，深深地吸进去，浓烟弥漫全肺，然后吹灭烛火似的撮着嘴唇吹出来。夹着烟的手指这时也满带表情"，"……我走近，退后一点，猿行虎步，意气扬扬；我想把衣服全脱了，平贴着在地下……我想一下子砸碎在它面前，化为一阵青烟，想死，想'没有'了ừ。"抽烟虽只是一种个人嗜好，但在作者的体验里，却成为深达灵魂的情感状态。

《复仇》是一篇比较特别的小说，汪曾祺认为可看作他早期小说的代表作。作为一篇寓言体小说，《复仇》显然具有对于现实的反复指涉与多重指涉功能。其表层指涉是中国 40 年代中期的时局，或如杰姆逊所说的"以民族寓言的形式来投射一种政治"；而其深层指涉则是一种宗教意识。小说中的老和尚可视为佛教教义的一个语义符号，他以"冤亲平等"的佛家思想化解了一段江湖仇怨。无论被复仇者或复仇者，最后都在宗教精神引导下以人性中的善战胜了人性中的恶。仇杀双方放下屠刀，拾起锤凿并肩开凿山洞且终于凿通，第一线希望之光照射到他们身上，这是一个极富象征意义的结尾。读这篇小说，不能不联想到鲁迅先生以《复仇》为题的两篇散文诗和以复仇为题材的小说《铸剑》。鲁迅声言他的"思想上，也何尝不中些庄周韩非的毒"，因而虽然在有些方面——比如对待死亡——很是随便，但一涉及斗争则总是持峻急和不"费厄"的态度，甚至在死前还表示，宁让仇敌永远怨恨自己，也一个都不宽恕。汪曾祺所持的当然不是这种峻急的立场，他是主张"费厄泼赖"的。汪曾祺式的宽容平和其实也是他的老师沈从文和京派作家们共同的人生态度。鲁迅《铸剑》中的眉间尺和汪曾祺《复仇》中的复仇者都是失去了自我、在别人（母亲）意志支配下行动的被动者，他们的复仇使命是先定的，即与生俱来的。眉间尺因不愿听母亲失望的叹息而从淹死水缸中老鼠那一刻起使自己真正变成了"非我"，最后为了复仇毅然献出了自己的头颅；汪曾祺笔下的复仇者却在复仇过程中逐渐找回了自我，而追求到了他作为一个独立的人所必须具有的心灵自由。作者写复仇者正当拔剑之际，"忽然他相信他的母亲一定已经死了"，这是一个意味深长的象征，母亲之死意味着复仇的先定使命的取消。"复仇者"与眉间尺从相同的地点出发，最后走向了人生的两极。"母亲"是否死去，是一个重要关键。

至于《绿猫》，汪曾祺自谓："这是一篇很怪的小说。即使在当时看起来，人们都觉得这个小说太怪了"，"《绿猫》象征什么，很难确指"，"把猫染成绿色，这本来带有荒谬的意味"。《绿猫》的确不是一篇很纯粹的小说，或者说，作者有意不把它当作小说写。意识流，夹叙夹议，很多的对话、引文和互文，很像是由叙述、议论和一些材料构成的一个拼盘，给予读者一种奇特的阅读感受。抗战胜利后，汪曾祺自昆明辗转去到上海，因为失业曾想过自杀，沈从文知道后写一封长信将他骂了一通，说他没出息。抗战当中盼胜利，盼来胜利却没有老百姓的份，那么希望在哪里？出路在哪里？当时国统区许多知识分子都堕入茫然。《绿猫》写的便是这种于茫茫然中以调侃的、带点玩世不恭的态度对待生活的青年知识分子的无奈感、荒谬感，表现了作者的寂寞和苦闷。

"很青春很现代"当指此类作品。与前一类小说相比，它们有另一种调子：空灵、话语破碎，甚至略显荒诞。这是作者视角由外向内转，并较多运用了象征、暗示、意识流等现代派手法表现情绪、感觉的结果。

汪曾祺的两类不同调子小说，在40年代中后期交替问世，其间并无绝对界限。平实之作中偶见运用现代派手法与奇崛语句，空灵之作中也不乏传统笔法。《邂逅》《三叶虫与剑兰花》两篇，则介于平实空灵之间。

作者简介

杨鼎川，1946年生，籍贯高邮。文学硕士，曾任佛山大学中文系教授、文学院院长。现居成都。退休前致力于现当代文学教学和鲁迅、茅盾、汪曾祺研究，论文发表于《中国现代文学研究丛刊》《文艺争鸣》等刊物。

汪曾祺和京剧的恩恩怨怨

陆建华

1992年下半年,在江苏文艺出版社的大力支持下,我与汪曾祺商定,由我主编,为他编辑出版一套四卷五册的《汪曾祺文集》。他特地为文集写了《文集自序》,从小说、散文、文论和戏剧四个方面,对自己多年来的写作做了全面概括的回顾。让我深感意外的是,最初我向他谈文集内容设想时,他对戏剧单独列卷十分高兴,但在自序中,谈到戏剧时,却仅在文末写了这样短短几句话:

京剧原来没有剧本,更没有剧作家。大部分剧种(昆曲、川剧除外)都不重视剧本的文学性。导演、演员可以随意修改剧本。《范进中举》《小翠》《擂鼓战金山》都演出过,也都被修改过。《裘盛戎》彩排过,被改得一塌糊涂。我是不愿意去看自己的戏演出的。文集所收的剧本都是初稿本,是文学本,不是演出本。有人问我以后还写不写戏,不写了。

表面看来，汪曾祺生气的原因，是"导演、演员可以随意修改剧本"，而且剧本"被改得一塌糊涂"，其实，深层次的原因，是他努力提高京剧文学性的理想受到很大的挫折。对传统京剧，汪曾祺爱过，甚至迷恋过。因为爱，他曾经花费很大精力，特别在提高京剧的文学性上下过一番苦功夫，他十分渴望"把京剧变成一种现代艺术，可以和现代文学作品放在一起，使人们承认它和王蒙的、高晓声的、林斤澜的、邓友梅的小说是一个水平的东西，只不过形式不同"（《从戏剧文学的角度看京剧的危机》）。可是，汪曾祺的这个美好愿望，最终并未能实现。汪曾祺是1997年5月16日因病在北京去世的，在他去世前几年，他已经明白了自己关于改造旧京剧的夙愿难偿，他遗憾，甚至恼火，并一直积压于心，到了写《文集自序》时，就很自然地借这个难得的诉说渠道爆发了。

在当今中国文坛，以独特风格的小说、散文名于世的汪曾祺可谓遐迩闻名，影响深远，但在新时期到来之前的介绍中国当代文学家的书籍中，是找不到汪曾祺的名字的。直到新时期之初，人们才好不容易在上海辞书出版社1981年9月出版的《中国戏曲曲艺辞典》一书中见到他的踪影，也仅寥寥数语："戏曲作家。江苏高邮人。生于1920年，西南联大中文系毕业。曾任中学教员、职员。新中国成立后历任《北京文艺》《说说唱唱》《民间文学》编辑，写过小说、散文、诗歌以及研究民间文学的文章。1955年起从事戏曲创作，京剧《范进中举》《沙家浜》（根据沪剧《芦荡火种》改编）等影响较大。"

新时期到来后，随着改革开放的飞速发展，汪曾祺的声名渐渐响亮起来，但不是因为戏剧，而是由于他那些大量用独特手法写独特题材的别具风采的小说和散文；而随着思想解放运动的不断深入，人们又进一步了解到：在将沪剧《芦荡火种》改编再创作成京剧《沙家浜》的过程中，汪曾祺是主要执笔者。从此，提起《沙家浜》，人们就会自然地想到汪曾祺。对中国广大普通老百姓来说更是如此，他们可能不知道汪曾祺，但他们不可能不知道京剧《沙家浜》。

汪曾祺多次在不同场合、不同文章中用幽默文字郑重说明："我是两栖类。写小说，也写戏曲。"他出生在一个传统文化氛围浓厚的家庭，自幼随着祖父、祖母、父亲读诗、学画、练书法，这就对他后来在文学道路上取得重大建树有决定性的影响。值得注意、更不一般的是，汪曾祺还从幼年起就跟随着长辈们沉醉于对京剧的欣赏迷恋之中，听戏、学唱、甚至演戏。他不止一次在散文中兴致勃勃地回忆说，父亲是个多才多艺的人，会玩多种乐器，尤擅拉胡琴，"他拉，我就跟着学唱。我学会了《坐宫》《起解·玉堂春》《汾河湾》《霸王别姬》……我是唱青衣的，年轻时嗓子很好"（《我是怎样和戏曲结缘的》）。这样的家庭艺术氛围，自然培养起汪曾祺对古老京剧的浓厚兴趣，他这种对戏曲非同一般的爱好，从小学、中学一直到西南联大，都一直保持着，并由于热爱而引起对京剧进一步的深刻思考，直至后来产生试图对京剧进行一番改造的壮志雄心。

长期的耳濡目染，让汪曾祺既深刻体会到京剧之美，也逐渐发现古老京剧的种种弊端，他认为主要表现在四个方面：陈旧的历史观，人物性格的简单化，结构松散，语言粗糙。（《从戏剧文学的角度看京剧的危机》）汪曾祺指出："京剧文化是一种没有文化的文化"，"京剧演员大都是'幼而失学'，没有读过多少书，文化程度不高，裴盛戎说他自己是没有文化的文化人，没有知识的知识分子"。（《〈中国京剧〉序》）看准了这些弊病，汪曾祺便有意从提高京剧的文学性和思想性入手，试图对京剧进行一番变革和改造。他清醒地认识到，这是一场非同寻常的战斗，所以他曾在给朋友徐城北的信中略带自嘲意味地称这场战斗是"想和京剧闹一闹别扭"。

1954年是《儒林外史》作者吴敬梓逝世200周年，国内举办各种活动纪念这位世界文化名人，汪曾祺在朋友们的建议下，写下他生平的第一个京剧本《范进中举》。最初无人过问，被搁置一边，许久之后被时任北京市副市长的王昆仑先生偶然发现，十分欣赏，于是推荐给与马连良、谭富英、杨宝森同为"四大须生"的奚啸伯演出，获得1956年北京市戏曲会演的剧本一等奖。由此，汪曾祺写京剧的才能便为人们所知晓。汪曾祺写《范进中举》不是与戏曲的偶然邂逅相逢，更非一时心血来潮，这其实是自幼埋在他心中的热爱戏曲的种子，在合适的外界条件诱导下终于发芽生长了，更是他对旧京剧实施改造的第一次尝试。1962年初，汪曾祺结束张家口的下放劳动重返北京后，有关方面正是因为他写过《范进中举》而将他分配到北京京剧团任编剧。如果说，写《范进中举》是汪曾祺小试牛刀，那么，到了北京京剧团、特别是随着他很快投身到将沪剧《芦荡火种》改编为京剧《沙家浜》的创作实践之中，以及此后他在不断写出的京剧本中，他对京剧进行改造的思想就更加明确了。汪曾祺在改编写作《沙家浜》时兢兢业业认认真真，这固然是因为那个特殊的年代的政治压力时刻在包围着他，督促着他，警告着他，他不敢有丝毫懈怠。但无可否认，他显然也想抓住这个难得的机会，借助《沙家浜》这个平台施展其创作才能，抓住这个机会，努力实现他改造旧京剧的理想。

由于痛感青年爱看戏曲的很少，京剧太陈旧，汪曾祺决心从提高京剧的文学性和思想性入手，以求把更多的青年观众吸引到戏曲剧场中来。他说："我搞京剧，有一个想法，很想提高一下京剧的文学水平，提高其可读性，想把京剧变成一种现代艺术。"（《我是怎样和戏曲结缘的》）他还说："我们的青年，是一大批青年思想者。他们要求一个戏，能在思想上给予他们启迪，引起他们思索许多生活中的问题。因此要求戏曲工作者，首先是编剧，要有思想。我深深感到戏曲编剧最缺乏的是思想——当然包括我自己在内。"（《应该争取有思想的年轻一代》）

就这样，从进入北京京剧团的最初时刻开始，汪曾祺就踌躇满志地脚踏实地不声不响地干起来了，他几乎是以一己之力向既陈旧落后却又影响巨大的京剧发起挑战。进团不久，他就写出了第一个剧本《王昭君》，后来又写了《凌烟阁》，又过了不长时间，他与薛恩厚合作写了聊斋戏《小翠》，还曾根据浩然的一篇小说写了现代京剧《雪花飘》。除《凌烟阁》外，其他三个戏都上演了，著名京剧演员李世济、裘盛戎等都曾扮演了剧中的角色。这些戏有一个共同特色，文学性高，其剧本可演可读；思想性强，那一个个戏中人物，不仅个性鲜明，而且在他们身上清楚地寄托着作者爱憎分明积极向上的思想。汪曾祺在这些剧本中着力加强的文学性和思想性，如同一缕春风，又像一抹朝阳令观众精神为之一振，耳目为之一新。

平心而论，为改变京剧缺乏文学性和思想性的陈旧落后状况，汪曾祺长期坚持不懈地努力过，也已经取得一定的成绩。《人民文学》从不发表京剧剧本，但却在 1989 年 8 月号破例全文发表了汪曾祺改编创作的传统戏《大劈棺》，此举可看作是对汪曾祺多年来为提高京剧文学性和思想性所付出的心血和汗水，给以权威的肯定与表彰。但汪曾祺想从提高京剧的文学性和思想性两方面着手，以期实现他对旧京剧改造的目的和想法，最终并未能完全实现，甚至还遭受到严重挫折。其主要原因固然在于如他所说的那样"京剧传统比城墙还厚"，改造它非一日之功；也由于他把剧本中的文学性强调到过于重要的地步。他说："决定一个剧种的兴衰的，首先是它的文学性，而不是唱做念打。"（《从戏剧文学的角度看京剧的危机》）这种绝对化的论点就很值得商榷。纵观汪曾祺生前所创作的剧本，有个现象发人深思。他所写剧本的文学水平之高，得到普遍的赞扬与肯定，但除了《沙家浜》外，上演情况都不尽如人意，大多数剧本未能搬上舞台，或虽排练却公演不多。根据《聊斋志异》同名小说改编的剧本《小翠》，由于剧中所写的不少场面不宜用京剧形式表现，后虽由中国评剧院搬上舞台，只演了不长时间就停下了。《擂鼓战金山》是汪曾祺在"江青反革命集团"倒台后写的第一个本子，最后两场写韩世忠和梁红玉夫妇性格冲突的戏，虽然写得生动，但却压不住场，而汪曾祺自己又舍不得改，只好搁下。

如何实现文学性与戏剧性的和谐统一，始终是汪曾祺剧本写作中一个突出的矛盾，也是一个未能完全解决好的难题。这个矛盾和难题在他刚到北京京剧团任专职编剧后不久就初见端倪。他到剧团后写的第一个戏是《王昭君》。据汪曾祺的好友、同事杨毓珉回忆："戏写得挺秀气，特别是刻画昭君离别故土，踏上风沙漫漫的胡地征程时的心理状态，如泣如诉，哀怨动人。配以李世济婉转细腻的程派唱腔，感人犹深。可是情节过于平淡，很难抓住观众，上座不高，上演四五天后停演了。这个戏至今未留下本子，很可惜。"本人也是京剧界资深编剧的杨毓珉直言："戏剧是不能没有情节的，它必须有矛盾的产生、发展、激化、解决，前有伏笔，后有高潮，否则抓不住观众。"（杨毓珉《往事如烟》）对此看法表示认同的大有人在，阎肃这样评价汪曾祺："他不擅长结构剧情，长处在于炼词炼句。写词方面很精彩，能写许多佳句，就是在夭折的剧本里也有佳句。"（陈徒手《人有病，天知否？》）汪曾祺在谈论小说创作时说过:"我要对'小说'这个概念进行一次冲决:小说是谈生活,不是编故事;小说要真诚,不能耍花招;小说当然要讲技巧,但是:修辞立其诚。"他以这样的认识写出独具一格的小说,取得了成功;但当他在写剧本时也以写小说的观点进行冲决,就很难不碰壁了。

汪曾祺一生写下的作品总共 300 万字左右,其中,戏曲剧本作品占他一生创作的十分之一,他为此付出生命中最为宝贵的 20 年。回顾汪曾祺为推动京剧改革所作过的努力,无论是他取得的成功,还是遭遇到的挫折,对我们今天仍在继续进行的京剧改革,都是一笔宝贵的精神财富,值得我们认真借鉴和记取。

作者简介

陆建华,中国作家协会会员,汪曾祺研究会会长。专著《汪曾祺的春夏秋冬》获第三届紫金山文学奖,另著有《汪曾祺传》《私信中的汪曾祺——汪曾祺致陆建华三十八封信解读》《汪曾祺与〈沙家浜〉》《陆建华文学评论自选集》,散文集《不老的歌》《家乡雪》《爱是一束花》等。

汪曾祺笔下的高邮风情

张文华

20世纪80年代初,汪曾祺以一篇《受戒》重返文坛,此后,《异秉》《大淖记事》《岁寒三友》等一系列故乡怀旧作品相继问世。这些文章以温婉朴实的语言,娓娓道出了苏北水乡独特的风土人情,其清新秀丽、生趣盎然的风俗画描写风格得到了文坛的普遍赞誉。

汪曾祺作品擅长着眼于小场景、小叙事,着力写凡人小事,写油盐酱醋,写一地鸡毛,通过对小人物的形象的刻画,竭力挖掘人性美和人情美,展现故土故乡的人情世态和生活习俗,于不经意中设传神妙笔,以含蓄、空灵、淡远的风格,去努力构建作品深厚的文化意蕴和永恒的美学价值。在表述方式上,他多用方言俚语穿插于作品之中,想到即写,意尽即收,所写之景,所状之物,充满乡情雅趣,令人耳目一新。

汪曾祺始终把关注的目光投向生活在小城里的普通百姓,他曾说过:"我的相当一部分小说是写我的家乡的,写小城的生活,平常的人事,每天都在发生,举目可见的小小的悲欢。"(《谈谈风俗画》)只是因为"这里的颜色、声音、气味和街里不一样。这里的人也不一样。他们的生活,他们的风俗,他们的是非标准、伦理道德观念和街里穿长衣念过'子曰'的人完全不同。"(《大淖记事》)他的作品始终有一种弥漫于生活之中,却又为一般人所不容易察觉的氛围,从而使它与生活在其中的人形成了有机的整体,浑然天成,意蕴深浓。

如果说故乡传统的道德观念赋予汪曾祺作品中的人物与众不同的特质的话,那么,里下河秀丽的风光则更令他笔下的环境充满诗情画意。由于对故乡的风土人情深藏于心,作者在叙述中显得游刃有余、潇洒自如,在常人眼中司空见惯了的事情,到了他的笔下却又常常生出神奇的魅力,清新的环境承载着原始的乡土气息,激起读者一种超自然的美的享受。

汪曾祺曾经说过:"我对风俗有兴趣,是因为我觉得它很美。"(《谈谈风俗画》)他的作品运用了大量的风俗描写,从而引发读者去寻找、去发现、去领略其中简朴的自然美。在他的作品里,诸如过年时的敬神、清明时的祭祖,以及婚丧嫁娶、四时八节、看戏唱曲等风俗习惯的描述比比皆是,还有秦老吉的馄饨担子、王二的熏烧摊、阴城的焰火、泰山庙的戏,无不显出小城特有的风韵。作者以散文化的笔调,把它们作为产生人物特殊风俗习惯的背景,以环境美来突出人性的美和人情的美,使得他的作品始终为一种古朴淡雅的民族色彩所笼罩,形成了一幅幅气韵生动的民俗风情画。

汪曾祺在很多文章里都描述了高邮的自然风光,正如他自己所说:"我的家乡是一个水乡,我是在水乡长大的,耳目之所及,无非是水。水影响了我的性格,也影响了我作品的风格。"(《我的家乡》)因此,他的作品总能结合水乡的特征,蓄意铺开,巧妙点染,一展千里风光。这其中最为令人称道的是在小说《受戒》中的最后一段,寥寥数语,将水乡常见的芦苇、浮萍、野菱角等几种植物一一点出,风情摇曳,美景如画;在《大淖记事》中,也仅在开头写了沙洲上的春、夏、秋、冬,不加修饰,不作铺陈,却让人读来意蕴无穷,心驰神往。

汪的作品中对故乡风物的描写,看似信手拈来,实则别具匠心,这使得他的作品在充满知识性、趣味性的同时,始终散发着纯朴而又浓郁的乡土气息。在《故乡的食物》中,他写炒米和焦屑,道出这"是和我家乡的贫穷和长期的动乱是有关系的"；写鸭蛋，就写"我的家乡是水乡，出鸭"，"鸭多，鸭蛋也多"，"高邮人也善于腌鸭蛋。高邮的咸鸭蛋于是出了名"；写咸菜茨菇汤，开门见山"一到下雪天，我们家就喝咸菜汤"，在文末意味深长地写道"我很想喝一碗咸菜茨菇汤"；写鹦，"我一辈子没有吃过比鹦更香的野味了"。他善于用心去描摹风土人情，不惜大量笔墨，但绝非停滞于风物志、风情志的叙述，而是有其深刻的人生内涵，景美，文美，情更美。

汪曾祺曾说过："我的家乡，宋代出了个大词人秦观，明代出了个散曲家王磐。我读他们的作品，有一点外乡人不大会有的兴趣，想看看他们的作品里有没有高邮话。"（《词曲的方言与官话》）汪文里运用了大量的方言和俚语，不仅精到地刻画出人物内心世界的微妙变化，同时也展示了语言中的诗意美和节奏、色彩、音乐的美。这种语言表达方式，是在其思想感情与语言形式的统一融合中所获得的完美表达，是来源于他对高邮风土人情的深刻理解，这种情愫，与故乡须臾不可分割。

汪曾祺曾经说过："我是一个中国人。一个人是不能脱离自己的民族的……一个中国人，即便没有读过什么书，也是在文化传统里生活着的"，"作家和常人的不同，无非是对生活想得更多一点，看得更深一点"。他的作品中，无论人物景致、花鸟虫鱼，还是风情习俗、柴米油盐，都有着极为生动的精神气质和艺术神韵，从中我们不仅可以看到归有光、桐城派以及沈从文等大家的流韵，也可以看出故乡厚重的传统文化对他产生的深刻影响，读来使人终觉有如归故里、如遇故人之感，因此当他这一系列小说刚出来时，引起了整个文坛的轰动，可谓一枝独秀，占尽风骚，同时也奠定了他在中国当代文学史上不可替代的地位。

作者简介

张文华，女，70后，业余写作二十余年，喜欢干净的文字，崇尚简单的生活。

汪曾祺的酒气

周寿鸿

"很多歌消失了。"

这是汪曾祺小说《徙》开头的一句话。

很多人也消失了,包括这个叫汪曾祺的老头儿。

但是,他的文字却没有消失,如同穿透岁月的歌声,回荡在中国当代文学史中,回荡在一代代读者的心里。"汪味"作品似佳酿玉液,醇厚绵长,历久而弥香。

汪曾祺的爱酒,也是出了名的,在中国当代作家中难出其右。作家陆文夫称他是"酒仙",夫人施松卿生气时骂他"酒鬼",而孩子们则称他"泡在酒里的老头儿"。汪曾祺在十几岁时就和父亲对坐饮酒,一起抽烟;有人怀疑他的飞天也是凭借酒力,他在参加五粮液酒厂的笔会后过了几天溘然仙逝。酒是他一生的伙伴,有了酒,他文思泉涌,妙笔生花,生命色彩斑斓。如果没有了酒,汪曾祺还是汪曾祺吗?

一

可以说，汪曾祺的爱酒之习，早在少年就已养成。做过清朝末科"拔贡"的祖父，没事爱喝点酒，一只咸鸭蛋就能喝上两顿，喝得兴起，一个人躲到房间里大声背唐诗。他的父亲更是多才多艺，金石书画、笙箫管笛、足球体操，样样在行。多年后，汪曾祺回忆说："我十几岁时就和他对坐饮酒，一起抽烟。他说：'我们是多年父子成兄弟。'"

宽松而有情趣的家庭环境，深深地影响了汪曾祺的个性。水乡的滋润、家学的传承、诗酒的熏陶，造就了汪曾祺的文学气质，还有他的隐逸、散淡而又富有才情的名士范儿。

初读似水，再读似酒，这是不少人对汪曾祺作品的评价。汪曾祺对旧高邮风物人情的描写，看似散淡的笔触中，流溢着温馨的悲悯情怀。他以一颗温热的心讲述故人旧事。在他的笔下，多是名不见经传的小人物，无论是闾巷平民、贩夫走卒，都人性淳朴、人格正直，闪烁着人性的光泽。

生逢国乱民艰之世，酒是对岁月苦难的叙述和消解。在汪曾祺笔下，酒不仅是慰藉风尘、寄情托怨的饮品，更是生命的咏叹，半醉半醒间，一世悲情随酒香飘散在历史尘埃里。

在《钓鱼的医生》中，他这样写乐善好施的王淡人：

> 他搬了一把小竹椅，坐着。随身带着一个白泥小炭炉子，一口小锅，提盒里葱姜作料俱全，还有一瓶酒。……钓上来一条，刮刮鳞洗净了，就手就放到锅里。不大一会，鱼就熟了。他就一边吃鱼，一边喝酒，一边甩钩再钓。

有人说，写一位仁心医者，为什么要写他钓鱼、喝酒？其实，这正是王淡人散淡不羁的人生姿态，世俗与困厄也无法销蚀的名士之风。王淡人的形象有汪曾祺父亲的影子，也有他自己的情怀。

在《岁寒三友》中，王瘦吾、陶虎臣的生意破产，家徒四壁。靳彝甫变卖了三块祖传的视若性命的田黄石，去救济两位友人。小说最后写道：

靳彝甫端起酒杯说："咱们今天醉一次。"
那两个同意。
"好，醉一次！"
这天是腊月三十。这样的时候，是不会有人上酒馆喝酒的。如意楼空荡荡的，就只有这三个人。
外面，正下着大雪。

天寒地冻，时乖运蹇，但友情至真至纯，送来了一股浓浓的暖意。岁寒三友的多情重义，在"醉一次"的慨然之言中升华。

二

汪曾祺爱酒，甚至于贪杯。没有酒，他无精打采；有了酒，他神采飞溢，率真可爱得像一个老顽童。

刘心武发现汪曾祺有个规律：平常时候，特别是没喝酒时，他像是一片打蔫的秋叶，两眼昏花，心不在焉，你跟他说话，或是答非所问，或是置若罔闻。而"酒后的汪老两眼放射出电波般的强光，脸上的表情不仅是年轻化的，而且简直是孩童化的，他妙语如珠，幽默到令你从心眼上往外蹿鲜花"。

汪曾祺在西南联大读书时，就经常去小酒馆喝酒。他有一次失恋了，不吃不喝，睡在房里两天两夜不起床。好朋友朱德熙来了，敲门说请他喝酒。汪曾祺听到酒，一骨碌从床上爬起来。朱德熙卖了自己的一本物理书，把汪曾祺请到小酒馆。喝了酒，浇了愁，没事了。

抗战期间，朱德熙一次从昆明带回一只宣威火腿，说晚上请汪曾祺喝酒。没想到汪曾祺中午就来了。朱德熙找出半瓶洋酒和大半瓶茅台，切了一大块火腿。汪曾祺也不客气，三下五除二全进了自己胃里。新中国成立以后，有次汪曾祺酒瘾犯了，到朱德熙家找酒喝。主人不在，他自己打开酒瓶边喝边等。

结果喝了半瓶，还不见朱德熙回来。汪曾祺丢下半瓶酒，对朱德熙儿子说："这半瓶酒留着我下次再来喝——我走了哇！"

汪曾祺与朱德熙相交一生，情同手足。朱德熙去世不久，有一天晚上，他在书房一边自斟自饮，一边作画，突然放声大哭。家人吓坏了，进门一看，只见桌上刚刚画好的一幅画，已被泪水浸透，款落："遥寄德熙，曾祺作此，泪不能禁。"

感情最贵莫过于真，莫过于诚。汪曾祺笔下的人物多情重义，他自己又何尝不是有情有义、至真至诚呢？

从20世纪80年代起，家人怕他喝坏身体，对他喝酒有了限制，经常召开家庭会批判老头儿。汪曾祺抗议说："如果让我戒了酒，就是破坏了我的生态平衡。"他就像一个孩子，贪婪、调皮、可笑，想方设法喝酒。早上出门买菜时，他偷偷带个杯子，买完菜到酒店打二两酒，喝完了再回家。

京剧团组织体检，医生看了一位老演员的化验单后说："您老身体不错，只要戒烟断酒，再活20年没问题！"老演员说："不抽烟不喝酒了，那活着还有什么意思？"汪曾祺向朋友讲了这件趣事，他是欣赏这位老演员的烟酒观的。

汪曾祺去世后，家人为他设了一个简朴的灵堂。肖像前放着一包香烟，还有他生前用过的小酒壶。

三

《菜根谭》描述饮酒之佳境，是"花看半开，酒饮微醺"。

汪曾祺喝酒，就是这种状态。他的多篇文章在描写心境时，经常出现同一个短语：看天上的云。有时说别人，有时说自己。在《花园》里，他写童年："（草）在我的耳根伸起腰来了，当我看天上的云"，"当然我的嘴里是含着一根草ول"。1958年，汪曾祺被补划为右派的罪证，就是他写的鸣放小字报《惶惑》："我愿意是个疯子，可以不感觉自己的痛苦……我爱我的国家，并且也爱党，否则我就会坐到树下去抽烟，去看天上的云。"

看云是"悠闲"的，人却付出了痛苦的代价，他被戴上右派帽子，下放到沙岭子马铃薯研究站，负责画马铃薯图谱——他画一个，吃一个，自得其乐："我敢说，像我一样吃过这么多品种马铃薯的，全国盖无第二人！"

画土豆时，是不是旁边搁着个酒瓶？汪曾祺没说，不过理应少不了酒的。

汪曾祺嗜酒，但从不酗酒。邓友梅说："四十余年共饮，没见他喝醉过。他喜欢边饮边聊，但反对闹酒。如果有人强行敬酒、闹酒，他宁可不喝。"大家不管他，他反倒喝得最舒服、最尽兴。

汪曾祺的酒气，氤氲着艺术的醇香。作家多是性情中人，有情才饮酒，杯中起风云。文借酒气意相连，汪曾祺酒后吟诗作文，每有佳句华章，一部《汪曾祺文集》，几乎页页都飘出酒香。喝酒让他聪明、快活，是他"闪光思想的灵魂的催化剂"。他做酒仙时，散淡超脱，才情四溢，文与酒、诗与酒、书画与酒相融与共，是酒气氤氲下的艺术结晶。

汪曾祺的酒气，散发着人性的醇香。他没有烂漫长醉的狂放，也没有借酒消愁的颓唐，他总愿意做平淡的百姓，过平淡的生活。他一生以酒为伴，有菜则饮，无菜也饮，非醉非醒，且饮且乐。《安乐居》描写的小酒馆，也是他的乐园，他就是我们平日常见的一个爱喝两杯的可爱的老头儿。他喜欢世俗生活，愿意融入其中，随遇而安，乐天知命。

他学贯古今，半生坎坷，但无论记四方旅食，还是忆故人旧事，处处流露出"赤子其人"的率真、坦诚，还有悟透人生的豁达与随意。他曾经为自己的一幅画题名《人间送小温》，他的文字带给人间温暖，但不是轰轰烈烈的大热，而是熨帖人心的小温。

汪曾祺之于酒有名士风度，或许是受到闻一多先生的影响。在西南联大，闻一多讲《楚辞》，手拿烟斗走上讲台，开篇即诵吟"痛饮酒，熟读《离骚》，乃可以为名士"。汪曾祺其人其文，既有明清士大夫的精神，也有魏晋的名士风骨。

酒气冲天，飞鸟闻香化凤。汪曾祺给我们留下了可读、可亲、可叹的文字，也留下了饮酒的风度。他的充满人间烟火的文气、酒气，将永远弥漫在不朽的作品里，氤氲在我们的心里。

作者简介

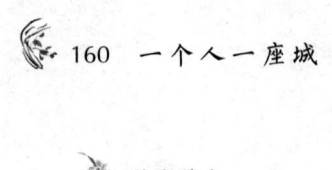

周寿鸿,扬州报业传媒集团编委、《扬州时报》副总编辑。

汪曾祺的乡愁

许伟忠

乡愁这个题目用在汪曾祺身上，好像不怎么妥帖。

汪曾祺1939年避战乱离乡求学，直到1981年高邮市政府正式邀请他回乡探望，其间四十二年。四十二年啊，他一直没有踏上过家乡的土地，与高邮的亲戚也来往甚少。离开家乡的日子，他有过颠沛流离、辗转南国求学的艰难历程，有过被打成右派、流放塞北劳动改造的坎坷遭遇。但是不管境遇如何，他似乎都能随遇而安、安之若素。阅读他的作品，似乎感觉不出缠绵悱恻的离情别绪，倒有那么一份出家无家、四海为家的豁达。有人也许会问：这样一位达观开朗的人，也会与"愁"字结伴呢？

回答是否定的。汪曾祺有着丰富的人生阅历，以他的达观，懒得说愁，耻于说愁，更不会"为赋新词强说愁"。他远离家乡，缕缕乡愁，魂牵梦萦，欲说还休。在余光中先生的诗歌中，乡愁可以是一枚小小的邮票，一张窄窄的船票，一方矮矮的坟墓，一湾浅浅的海峡，那么，汪曾祺的乡愁是什么呢？

汪曾祺的乡愁是一个梦。

天南地北，关山阻隔，家乡恍若隔世，乡愁只能埋藏在心底，出现在梦中。

汪曾祺"走红"之后，江苏电视台拍过一个介绍汪曾祺的专题片《梦故乡》，片名由汪老亲笔题写，大约算是一种默认吧！

那是一个绵长悠远的梦。1980年8月12日，小说《受戒》杀青。汪曾祺按惯例在末尾署上了日期，似觉意犹未尽，又添上一句：写四十三年前的一个梦。四十三年啊，一个好深沉、好绵远的梦！那是一个十分美丽动人却又略带惆怅意味的梦。美丽动人者，是那纯真无邪的初恋之情。那梦里有小英子的脚印，那留在柔软田埂上的、搅得小和尚心里痒痒的一串美丽的脚印；那梦里有小英子的身影，那飞快地划着桨，消失在芦花荡深处的矫健身影……惆怅者，时光流逝，佳人不再，佳人的情影只能复活在梦中。四十三年前，汪曾祺17岁；四十三年后，竟然记忆如同昨日，可以算得上刻骨铭心了。什么事情能让一个17岁的少年如此地刻骨铭心呢？除了初恋还会是什么呢？对此，汪曾祺毫不掩饰。"小和尚那种朦朦胧胧的爱，是我自己初恋的感情。"（《〈菰蒲深处〉自序》）显然，作者把自己"编"成了一个小和尚。如今，故乡在何方？初恋的情人在何方？那份思念、那份惆怅只能诉诸笔端了。

那是一个汪洋恣肆的梦。从《受戒》始，汪曾祺以家乡高邮为背景的小说、诗歌、散文便一发而不可收。这个时候的汪曾祺，似乎找到了表达其乡愁最佳的途径——写文章。他对故乡的记忆不是用笔，而是用心记。故乡熟悉的一切，始终窖藏、存活在他的梦中。如今，好像一泓蕴藏地层深处的泉水，有了一个喷发的泉眼，带着浓浓的热量喷发而出。家乡的一人一景、一草一木，纷纷涌向他的笔端。《异秉》《大淖记事》《岁寒三友》等新作迭出，频频获奖；还有一批直接写家乡的散文《我的家乡》《故乡水》《故乡的野菜》《故乡的食物》《文游台》《草巷口》等问世，"汪味小说""汪味散文"成为新时期文坛一道引人注目的亮丽风景。从文学的意义来说，这一组作品奠定了汪曾祺在文坛独树一帜的地位；从家乡的意义来说，是汪曾祺向家乡父老抛出的一个个绣球，委婉地传递了思念家乡的情怀：我想家了，我想回家了！

汪曾祺的乡愁是一个绚丽多彩的童话。

在《大淖记事》中，他带着几分童真，用近乎童话般的笔调，描写了梦中的大淖：

春初水暖,沙洲上冒出很多紫红色的芦芽和灰绿色的蒌蒿,很快就是一片翠绿了。夏天,茅草、芦荻都吐出雪白的丝穗,在微风中不住地点头。秋天,全都枯黄了,就被人割去,加到自己的屋顶上去了。冬天,下雪,这里总比别处先白。化雪的时候,也比别处化得慢。河水解冻了,发绿了,沙洲上的残雪还亮晶晶地堆积着。

就像一幅缓缓展开的色彩绚丽的四季画屏。有评论家说,汪曾祺笔下的大淖像个世外桃源,是为故事的两位主人公——巧云和十一子,一对金童玉女精心描绘的华美婚床。这篇小说写成于1981年2月4日,作者唯恐这个日期不能抓住读者的眼球,特为注明是"旧历大年三十"。除夕夜,一个特殊的日子,一个亲人团聚、万家欢乐的日子,一个"每逢佳节倍思亲"的日子,而此时的汪曾祺,正凝眸沉思,一支烟,一壶茶,一支笔,面对一沓稿纸,一张大大的写字台。"今夕是何夕,他乡说故乡",家乡远在千里之外,他的思绪在故乡神游,在与大淖的男男女女神聚,在为巧云和十一子的命运起落揪心。除旧爆竹燃响的时候,小说脱稿,不禁自得其乐。他在另一篇散文中描写了这种自得其乐的情怀:"写成之际觉得不错,提刀却立,四顾踌躇,对自己说:'你小子还真有两下子!'此乐非局外人所能想像。"(《自得其乐》)我读《大淖记事》,感觉是在读中国版的《水晶鞋与玫瑰花》,美丽而略带感伤。美丽自不待说,感伤也是有的。尽管作者安排了一个近似于喜剧的结局,我理解,这和作者那个时期"美化"生活的创作主旨有关。用他儿子汪朗的话说,"爸爸都是虚化苦楚,渲染真情"(《老头儿汪曾祺》)。

汪曾祺作品极少有伤感失落,而对于大淖,似乎是个例外。他对大淖,尤其对大淖那儿的人是偏爱的,这种偏爱在他读小学的时候就形成了。因为好奇,他专门去看过"巧云","没有看清她的模样,只是无端地觉得她很美"(《〈大淖记事〉是怎样写出来的》)。大淖的景物大体就是小说中描写的那样,但作者承认"多少把它美化了一点"。大淖是汪曾祺作品中最具代表性的高邮景观,在汪曾祺心目中,家乡是抽象的,而大淖则是具象的。对大淖的美化,渗透着他对家乡的挚爱和思念。文艺界似有这么一种认同:大淖就是高邮,就是汪曾祺的家乡。近年，许多来高邮的"汪迷"，首先要去、必定要去的就是大淖。汪曾祺内心其实容不得任何对大淖的冷落或轻慢。1981年10月，汪曾祺回到了阔别的家乡，小时候喜欢到处走，东看看、西看看的习惯一点没变。他谢绝了家乡父母官甚至亲友们的陪同，一个人四处转悠。他去了运河堤，去了高邮湖，还去了泰山庙、文游台，一个一个踏访梦中故乡的痕迹。去得最多的当然是大淖，却没有找到梦中的大淖。他没有掩饰自己的失望："大淖已经完全变样了。一个造纸厂把废水排到这里，淖里是一片铁锈颜色的浊流。"那个沙洲，巧云和十一子幽会的地方，现在成了一个种鸭场，"我对着那一片红砖的建筑（我的家乡过去不用红砖，都是青砖），看了一会"。轻轻的一句"看了一会"，传达出的是难以言表的惆怅。星星还是那个星星，月亮还是那个月亮，可是大淖，已经不是四十年前的大淖，也不是他笔下的那个大淖了。汪曾祺是宽厚的，他只是意味深长地"看了一会"，没有批评谁，没有责难谁。世事沧桑，能怨谁怪谁呢？

汪曾祺的乡愁是一首旋律优美的歌：

我的家乡在高邮，风吹湖水浪悠悠。
岸上栽的是垂杨柳，树下卧的是黑水牛。
……
我的家乡在高邮，女伢子的眼睛乌溜溜。
不是人物长得秀，怎么会出一个风流才子秦少游？
……

这是电视片《梦故乡》的主题歌，由汪曾祺亲自作词，作词的时间是在汪曾祺重回故乡之后。歌词仍然是那种田园牧歌的风格，仍然是那么一种世外桃源的景象，汪老仍然保持了那么一份童真。从这一点看，汪曾祺是执拗的。他执拗地认为，他的家乡应该永远美好。至少，在他的笔下、梦中。

作者简介

　　许伟忠，曾任高邮市文联主席，业余从事文学创作，发表散文、小说50多万字，有中篇小说被《中华文学选刊》选载，作品曾获"汪曾祺文学奖"和扬州市"五个一工程"奖等奖项。

青天一鹤

吴毓生

汪曾祺的小说，娓娓道来，清新朴实，在中国当代文坛上自成一格。《异秉》《受戒》《大淖记事》这些脍炙人口的名篇自不待言，即使像《职业》《晚饭花》《王四海的黄昏》这些篇章也叫人回味无穷。记得我第一次读《王四海的黄昏》，就为王四海对爱情的执着感叹不已，更为汪曾祺对这种执着的别致写法感叹不已。有人说汪曾祺的小说诗化、散文化、说明文化，其实都和这些小说在叙说人物时，洋溢着人情美、风俗美、景物美分不开。汪曾祺的小说真是美啊！

爱屋及乌，由文及人，我不知不觉就对汪曾祺充满了敬意。汪曾祺在江苏文艺出版社出版的《汪曾祺文集》上有许多照片，其中有一张手夹香烟，头微微扬着，明亮深邃的目光凝望着远方，就很让我凝视了一阵。汪曾祺究竟在思考什么呢？我怎么被他那深邃的目光感动了？难道他吸引我的仅仅是因为他的小说在文体上给人以耳目一新的感觉吗？

近日读贾平凹的长篇小说《高老庄》，很自然地又读了它的《后记》。我不知道别人读这篇《后记》的感觉如何，反正我很赞赏贾平凹在这篇《后记》中所亮出的许多关于小说的新观念，尤其是在当今这个文坛上有许多人离开内容而大讲所谓"小说技巧"的时候。贾平凹在《后记》中说:"当我以前阅读《红楼梦》和《楚辞》,阅读《老人与海》和《尤里西斯》,我欣赏的是它们的情调和文笔,是它们的奇思妙想和优美,但我并不能理解他们怎么就写出了这样的作品。而今重新捡起来读,我再也没兴趣在其中摘录精彩的句子和段落,感动我的已不在于文字的表面,而是那作品之外的或者说隐于文字之后的作家的灵魂!偶尔的一天我见到了一副对联,其中下联是'青天一鹤见精神',我热泪长流,我终于明白了鹤的精神来自于青天!"读到这段文字的时候,不知为什么,我的眼睛一亮,脑子里立即跳出了汪曾祺,跳出了汪曾祺的小说《昙花·鹤和鬼火》。那里面关于鹤的一部分,实在是写得太美了,太感人了——

  有一天早晨,李小龙看到一只鹤。秋天了,庄稼都收割了,扁豆和芝麻都拔了秧,树叶落了,芦苇都黄了,芦花雪白,人的眼界空阔了。空气非常凉爽。天空淡蓝淡蓝的,淡得像水。李小龙一抬头,看见天上飞着一只东西。鹤!他立刻知道,这是一只鹤。李小龙没有见过真的鹤,他只在画里见过,他自己还画过。不过,这的的确确是一只鹤。真奇怪,怎么会有一只鹤呢?这一带从来没有人家养过一只鹤,更不用说是野鹤了。然而这真是一只鹤呀!鹤沿着北边城墙的上空往东飞去。飞得很高,很慢,雪白的身子,雪白的翅膀,两只长腿伸在后面。李小龙看得很清楚,清楚极了!李小龙看得呆了。鹤是那样美,又教人觉得很凄凉。

  鹤慢慢地飞着,飞过傅公桥的上空,渐渐地飞远了。
  李小龙痴立在桥上。
  李小龙多少年还忘不了那天的印象,忘不了那种难遇的凄凉的美,那只神秘的孤鹤。

这是一幅典型的"青天一鹤"图。李小龙在那一瞬间,显然是被那只凄美的孤鹤感动了。或者还可以这样说,由于汪曾祺的小说一般都是回忆,李小龙就是汪曾祺，汪曾祺也看到了那只孤鹤，汪曾祺在那一瞬间也被深深地感动了。如果再进一步讲，汪曾祺正是因为有了这种感动，才写出了这些让人感动的文字。探究汪曾祺被感动的原因，不正是前面贾平凹所说的"青天一鹤见精神"吗？而汪曾祺能把这种鹤的精神通过文字生动形象地描绘出来，又深深地打动了我们，是否还可以说，汪曾祺深得"青天一鹤"的精神呢？贾平凹称汪曾祺为"汪是一文狐，修炼成老精"，我想既然是修炼成精的老狐，一定是会千变万化的，谁能说我们哪一天在秋日的蓝天下看到一只孤鹤，不会认为那就是汪曾祺呢？

汪曾祺确是"青天一鹤"！

贾平凹读到"青天一鹤见精神"时热泪长流，贾平凹也是"青天一鹤"。

经贾平凹《〈高老庄〉后记》的指点，我如今再读汪曾祺的小说时，在那字里行间就时时看到"青天一鹤"的影子。汪曾祺说："我写的是美，是健康的人性。美，人性，是任何时候都需要的"（《关于〈受戒〉》），"我相信我的作品是健康的，是引人向上的，是可以增加人对生活的信心的，这至少是我的希望"（同上），"我觉得我还是个挺可爱的人，因为我比较真诚"（《〈汪曾祺自选集〉重印后记》）。于是在王二、明海、巧云、靳彝甫、高北溟、金冬心……这些汪曾祺小说人物的身上，我确实读到了这一隐于文字后面的灵魂，读到了真、善、美。这也是汪曾祺的灵魂！汪曾祺的小说能获得许许多多读者的喜爱，除了文体上的独树一帜外，其本质上恐怕还是这个灵魂在吸引着我们。

"青天一鹤见精神"！敬爱的汪老，如今您已驾鹤西去，翱翔蓝天，但是您的精神、您的灵魂将永存于您的作品之中，永存于千百万读者的心中！

作者简介

吴毓生，扬州教育学院教师，江苏省作家协会会员，有小说被《小说选刊》《中华文学选刊》等文学期刊转载。

重读汪曾祺

孙生民

　　大约在十年前，我曾经在《汪曾祺的意义》里预言说，汪曾祺的文学价值远没得到重视，将来我们会有重说汪曾祺的时候。时间果然是伟大的魔术师，近年来，汪曾祺研究持续升温，汪曾祺作品一版再版，"汪迷"们甚至按图索骥寻找汪曾祺笔下的地方与人物。有的论者甚至认为，汪曾祺的《受戒》在当代文学史上与鲁迅的《狂人日记》在现代文学史上地位一样，开始了一个文学新时代，让文学从政治束缚中解放出来，回到了文学本身。现在，汪曾祺在中国现当代文学中已经经典化、固定化，逐步形成了一个符号象征："最后一个士大夫"，承接了现代文学中周作人、废名、沈从文等为代表的"京派小说"断续了多年的抒情传统，使中国现代文学与当代文学形成了一个不可分割的整体。

　　一个优秀的作家总不会是如此单一的面孔，一个拥有如此众多读者的作家恐怕也不会是如此简单明豁。汪曾祺丰富的创作一定不是什么流派所规范了的，他的作品意义也一定是多元的，不同的读者可以从中读出不同的况味来，正是"一千个读者就有一千个哈姆雷特"。汪曾祺先生生前就十分反感某些评论家将他划归为"乡土文学"流派。其实,划归某种文学流派很容易明晰一个作家的创作特征,但从某种程度上来说,也很有可能削足适履,遮蔽了作家创作的独特性与丰富性。

一般论者谈论汪曾祺的文学创作,主要是以新时期以来"复出"的创作为主,如《异秉》《受戒》《大淖记事》《岁寒三友》《寂寞和温暖》《故里三陈》等,这些故人往事,反映一个已经消逝或正在消逝的时代。从这些怀旧的小说里,人们容易看到汪曾祺"四十三年前的一个梦",看到汪曾祺"回到民间""回到传统""沉入于国民中"的姿态,看到闲适、淡定、从容、随遇而安的汪曾祺,一个传统的"士大夫"的形象。

也许,人们对汪曾祺这样的定位也与他夫子自道有关。1986年他在《汪曾祺自选集·自序》里说,"我的朴素的信念是:人类是有希望的,中国是会好起来的。我自觉地想要对读者产生一点影响的,也正是这点朴素的信念。我的作品不是悲剧。我的作品缺乏崇高的、悲壮的美。我所追求的不是深刻,而是和谐。这是一个作家的气质所决定的,不能勉强"。

同一年《晚翠文谈·自序》又说:"我的气质,大概是一个通俗抒情诗人。我永远只是一个小品作家。我写的一切,都是小品。就像画画,画一个册页、一个小条幅,我还可以对付;给我一张丈二匹,我就毫无办法。"

1991年他在散文《随遇而安》里又说:"随遇而安不是一种好的心态,这对民族的亲和力和凝聚力是会产生消极作用的。这种心态的产生,有历史的原因(如受老庄思想的影响),本人气质的原因(我就不是具有抗争性格的人),但是更重要的是客观,是'遇',是环境的,生活的,尤其是政治环境的原因。"

其实,考量汪曾祺新时期"复出"以来的创作,也不是他自己所说的"和谐""随遇而安"所能概括了的,他还有许多其他创作,如《天鹅之死》《云致秋行状》《皮凤三楦房子》《尾巴》《迟开的玫瑰或胡闹》以及对《聊斋志异》里许多短篇创造性的现代改写等,更何况还有他在四十年代的大量创作呢。我在《汪曾祺的意义》一文中就曾这样说过,如果说汪曾祺先生八九十年代以来的小说创作体现的是一种"和谐",那么,他在四十年代那些带实验性质的现代派小说创作便体现了"深刻"的一面。

更何况汪曾祺的创作历程与体裁并不是如此简单，他是一个跨时代的作家，四十年代、六十年代、八九十年代三个创作阶段都有代表性作品，考察其文学价值与创作特征，也不能仅仅只考察他的小说创作，他还有大量的散文、戏剧、诗歌、文艺评论、书信、书画等，只有这样我们才能面对一个真实的汪曾祺，才能面对汪曾祺这样一个丰富的存在。

即便如此，就是在面对八九十年代备受大家喜爱、体现其闲适风格的《受戒》《大淖记事》这样的作品，如果我们细读一下也不难发现，在洋溢着生之欢乐的田园牧歌式里，遍布现实的却是人生之困顿。《大淖记事》里巧云平日的辛劳，兴化锡匠们为十一子挨打头顶香炉到县衙请愿；《受戒》里农人、和尚日常生活的匮乏，小英子对明海庄严受戒的不屑。也许大家感觉到小英子与明海爱情的纯洁与两小无猜，其实这爱情懵懵懂懂，多少有点如梦如幻、不太真实。十一子与巧云的爱情，也许浸润在中国传统文化的文人读到了秦观佳期如梦的意境，但其实现实更多的是十一子与巧云的艰难处境。小说总是虚写爱情的遇合，实写尘世的困苦。汪曾祺小说里的人物其实大多是困顿的，只是作家以梦幻的爱情或者人物相互之间的情义与节操为我们提供了心灵伊甸园，只是这尘世上的天堂是脆弱的。

我们不妨回到新时期之初，回到汪曾祺创作这些作品的"现场"：

> 1977年4月，爸爸又一次被贴了大字报，当然是有人组织的，以后又被宣布为重点审查对象，被勒令交代和江青、于会泳的关系，交代是不是"四人帮"留下的潜伏分子。这是他始料不及的。"反右"和"文革"初期，倒霉的人有千千万万，他只是其中一分子，受苦受难好歹还有不少人陪着；如今，大家都已翻身解放，心情舒畅，他却要再吃二遍苦，这使他十分委屈，更十分恼火。
>
> ……
>
> 爸爸受审查，上班时老老实实，回家之后脾气却不小。天天喝酒，喝完酒就骂小人，还常说要把手指头剁下来以"明志"。
>
> ……

> 他多年来已很少画画,这次可是一发而不可收。他画的画都是怪里怪气的,瞪着眼睛的鱼,单脚独立的鸟。画完之后还题上字:"八大山人无此霸悍",压在书桌的玻璃板下面。他是借画画抒发自己心中的闷气。

这是他儿子汪朗回忆汪曾祺当时的情景。这个日常生活里的汪曾祺,苦闷、悲戚,在严酷的政治生活里茫然四顾,承继了故乡先贤"扬州八怪"及晚明清初文人抒发"不平之气"的方式。他自己就曾写诗明志说:"坐对一丛花,眸子炯如虎。"汪曾祺就是在这样的心境下开始新时期文学创作。边缘化的实际处境,被压抑的心绪,于是四十多年前的梦悄然出现了,慰藉着怵意丛生的汪曾祺。这样的处境与心绪使得汪曾祺的创作远离了当时喧嚣的政治与文坛,回到了文学本身。

其实,汪曾祺始终是以一种知识分子的姿态来描写乡村生活的,他笔下的靳彝甫、高北溟、王淡人、季匋民这些"士大夫"生存境况,正好与当下知识分子生存境遇有了某种程度的暗合。这些人物身上洋溢的重义轻利、急公好义、安贫乐道、甘于淡泊、注重心灵自由与宁静、追求独立的文人品质,也为知识分子建构一种自己的身份认同提供参照。汪曾祺的作品迎合了新时期以来知识分子对于自我身份的重构——自我精神的独立性。事实是,"最后一个士大夫"这一称号就面临着自身无法解决的矛盾或者悖论。平心而论,汪曾祺身上的"传统",有些是被重新"发现"的,如他身上儒道互补的人文传统,以及归有光及桐城派等作文传统等,有些是在当下语境中被新近"发明"出来的,意在借他的创作来对传统与现代发声。所以说,汪曾祺创作或者说汪曾祺热,某种程度上曲折反映着新时期以来人们对于传统或者说对于现代的暧昧态度。

然而,我需要说的是,汪曾祺热的背后有可能遮蔽了真实的汪曾祺。记得沈从文先生在谈到自己创作时曾说过:"我作品能够在市场上流行,实际上近于买椟还珠,你们能欣赏我故事的清新,照例那作品背后隐藏的热情却忽略了,你们能欣赏我文字的朴实,照例那作品隐伏的悲痛也忽略了。"作为沈从文先生的高足,汪曾祺早在1982年写的《沈从文的寂寞》里就引用过这段话,并且还说:"沈先生的重塑民族的思想,不知道为什么,多年来不被理解……'寄意寒星荃不察',沈先生不能不感到寂寞。"我们真的读懂汪曾祺了吗,我们是否忽略了汪曾祺作品里隐藏在文字背后的东西呢?也许真实的汪曾祺正等待后人深入全面的解读。

作者简介

孙生民,南京师范大学中文系毕业,北京大学访问学者。在省级以上报纸、杂志上发表文学评论、诗歌、散文、随笔等160余篇(首),从事现当代文学及思想史研究,主持六项省、市级重点课题。

乐观主义的苹果
——关于汪曾祺的文学记忆

宋丽丽

"中国现代小说家中,大概只有四个人凭着自己特有的性格和对道德问题的热情,创造出一个与众不同的世界。他们是张爱玲、张天翼、钱锺书、沈从文"。很遗憾,夏志清的这个论断有些武断了。沈从文之后有他——汪曾祺。

十数年前,有两个少女彼此很要好,看同样的报纸和杂志,有相似的审美口味和兴趣,她们课余笑闹的时候经常互相蹂躏,揪着对方的衣角或者弄乱彼此的短发,叫着:虐猫!虐猫!那是表达她们少女时期最稳固友情的密语。其中一个少女现在已是一个五岁女孩的母亲,另一个是我。"虐猫",则来自当年的《语文月刊》高中版的佳文赏析类的栏目中的汪曾祺的短篇小说《虐猫》。

再往前十数年,一个小学五年级的小孩,偶然读到了沈从文的小说《边城》,茶峒的溪水、翠翠的故事直接流进血液里。那样不可思议的具有长远指向的感情,还不能被一个小学生给予精准分析。那个小学生是我。使一个人折服的最初阅读，直接导致了对于这一类文字的执拗，那就是"所有能发生的关系都要发生"——要读遍他们所有的文字，要吻遍他们所有的思想。

等到我真的遍读了他们所有的文字之后，再次看到沈从文晚年照片上孜孜给别人讲解丝绸的样子，他比所有人瘦小，花白头发，笑容拘谨恭谦，泪水突然不可自抑。那种带着深沉痛苦的美好、天真情怀，那种对于各种优美事物和盘托出的赤诚热爱，直到他老去也一丝一毫没有损耗过。再看汪曾祺的老年照片，老头儿的眼神锐利凛然，甚至可以说那是一种一眼戳穿脊梁骨的逼视，里面透出一股难以说尽的沧桑和世故，即使有的是会心一笑的样子，那眼神也还是"冷光乍出"。

沈从文和汪曾祺，在两个不可预设的时间点，两个文学史上的人物进入我的生命里，而他们竟然是师生关系。一切的解释来自于两个字：机缘。

翠翠越走越远了，"虐猫"却经常上演。

《虐猫》篇幅极其短小，写作年代很晚，远不如《受戒》《大淖记事》那么为人熟知，却被汪曾祺本人选入《汪曾祺自选集》里，虽然作者自谦自选像"老太太择菜"，但它有独特的价值。他以三个小学三年级的儿童为主角创作，以蒙太奇式的快速转换，简洁地描绘了一朵文化浩劫的恶之花。走资派和造反派的孩子没有人管了，他们"玩猫"——虐猫，"玩死了拉倒"。剪猫胡子，尾巴上点鞭炮，四个猫爪子上粘药瓶盖，最后是直接把猫扔到六楼下摔死，然后大笑。他们是天真未凿的处子。但，无意的罪恶也是罪恶。当不自觉的罪恶发展到自觉的罪恶，人已经不可救药地扭曲了。这种大规模的人性破坏，看起来是偶然的，却有致命的必然性，渐渐使人发冷，带有中世纪的阴毒之气。

汪曾祺来自可以吃到流红油的咸鸭蛋的鱼米之乡。看他的文字，有一种吃他们当地水芹的口感。但是鸭蛋和水芹之外，我印象中却永远只有"虐猫"！倒不是因为对悲剧的偏爱——"当罪恶被视为可完全依赖人类的努力与决心来克服的时候，我们就无法体验到悲剧的境界了"。

但他却可以写得这么轻松随意，像在讲邻居家孩子们的恶作剧。到底需要什么高度的克制与内敛，才能做到这么随意呢？太多人写起来用力过猛，痕迹笨拙。收起这样的大力，像小猫的爪子在纸上轻轻跳过，这样小幅的腾跃又需要有多大的世故和智慧！"感情过于洋溢，就像老年人写情书一样，自己有点不好意思"，这是汪曾祺对于散文创作的主张，也同样适用于他的小说。他的小说和散文，都是恰到好处的，珠圆玉润，炉火纯青，适宜、稳妥，不芜杂，不掺水，已经不必再去"抻一抻"，好比他自己比喻的"苹果"，既不能把它压小一点，也不能把它泡得更大一点。

汪曾祺自己说自己的一部分作品的感情是忧伤，一部分有一种内在的欢乐，一部分是一种有苦味的嘲谑，但总起来说"我是一个乐观主义者"。那么《虐猫》里，一定杂糅种种，更多的是苦味。三个孩子把猫摔死取乐是高潮，其中一个孩子的造反派父亲不堪折磨，像猫一样从六楼跳下，此为反高潮。作者一双逼视的大眼睛，会不会浸出泪水？孩子们最后放了另外的猫，给我们些许的安慰。

我的少女时代好友，重逢时还会不会和我笑闹"虐猫！虐猫！"？对她的孩子，她肯定不会再有这样的身教。我也嫁作高邮妇，成为汪曾祺旧居的近邻，再次感叹因缘和合的奇妙。当然，世间还真有经常发生的虐猫事件，不是天真儿童，而是成人。汪氏那枚乐观主义的苹果，不是时时有，也不是人人有。

我们郑重怀念一个人，是因为他的不可多得和不可复制。这种怀念里，投入了我们对于当下种种的审慎对比之后的缺憾。我们的需要是因为缺乏。我们呼唤翠翠来洁净灵魂，也需要《虐猫》的深刻洞察和悲悯来揭示疤痕。

作者简介

宋丽丽，山东人，嫁到高邮。中国现当代文学专业硕士，北京市作家协会会员，现就职于北京市某政府机关，曾获台湾第35届联合报文学奖。

钓鱼的医生
——人淡如菊

金传捷

  1981年，汪曾祺在《雨花》文学杂志发表了一组小说，其中一篇为《钓鱼的医生》。小说中所说的医生果有其人，此公姓汪，字菊生，号淡如，实为汪曾祺的生父，职业是一个祖传的中医眼科医生。而汪曾祺写出这篇小说与我给他讲的故事有关。

  汪家是高邮本地的望族，除在县城有百余间房，还在城内开有一家布店、一家米店和两爿药店，药店分别叫万全堂和保全堂，一在城中，一在城北。城北的药店是城里的老字号药店，柜台的台面不下有三寸厚，已被磨得光可鉴人。台面靠左的内角处是放置捣筒的所在，已见圆溜溜的一个洞——是捣筒捣药所致。店堂三面全是带有抽屉的药架，药架顶端一字摆放着许多青花小瓷坛，上贴蜡笺，有"九一丹""大金黄散""七厘散""冰片"等；还有大大小小的乳钵、药碾子、药臼……汪淡如一年中难得到这爿药店来，全交由管事的去掌管，也从不清查账目。只有每年开春，他才去一趟药店，按自己开出的药单，逐一秤取配制眼药所需的药材。

汪淡如配制眼药极为讲究，他在汪家花园内独僻了一处专门配制眼药用的房子，每次配药虽不沐浴戒斋，但任何一道制剂过程都必亲手完成，谁也不让帮忙。眼科用药大多是散剂，俗说"药面子"（因使用时是点于眼睛里的，所以要研得极细，还要经水"飞"）。眼药里有许多贵重药：犀牛黄、珍珠、熊胆、麝香、冰片……一般人家的药店，是不舍得把这些贵重药材用足的。所谓"丸散膏丹，神仙难识"，任你是再有经验的药工也分辨不出其真伪来。但汪淡如却是认真得很，不光药味齐全，剂量准确，他还讲究非道地药材不用。有一年，他配制祖传"八宝"眼药，去药店未找到上好的珍珠，于是他跟母亲协商，把母亲帽子上的珍珠取下来用以配药。因珍珠质地硬，难以研磨成粉，他便将珍珠与豆腐同煮数小时，使之软化，再予以研磨。

有一年夏天，城西有个姓从的穷人家，孩子10岁时得了眼疾，双眼肿得跟桃子似的，眼珠通红，已难见物。家里大人用澡盆抬了来，求汪淡如救救孩子。汪淡如看了看孩子的双眼，搭了孩子左右手双脉，说："不用急，我能看好。"便取出他自制的"八宝"眼药，用铜鼓把研得极细的眼药吹进眼里，嘱咐孩子的父亲回家捉两只大的活田螺，扣在孩子的双目上，说田螺是凉性的，能拔孩子眼睛里的"火毒"，又送了一支鹅毛管装成的"八宝"眼药，让孩子的父亲带回去。当天，这孩子就能见光了，孩子告诉父亲，田螺扣在眼睛上，真凉快，真舒服，并惊诧道："咦，天怎么是绿莹莹的呀？！"田螺死了，孩子的眼睛好了。

汪淡如从来都是免费为人治病的，倒不是因为汪家家底丰厚，瞧不起这点钱，而是因为他心地善良，富于同情心。病家经汪淡如治好病后，总会表点心意送来一些礼物：鸡蛋、水果等。乡下人看病，遇有困难，什么也拿不出，就让儿女趴下来磕一个头，汪淡如送药不算，还常常外送点钱给病人回家去补补身子。

有人问汪淡如："你干吗这么傻，哪有看病不收钱？"汪淡如对这些话似有不解，说："我只知道治病，我若不给治，人家会受苦一辈子的。"

本地人都敬称汪淡如谓"汪善人"。善人，不仅指他免费为人医疾，还指他每年冬天大雪纷飞的时候，拿出钱来，买二百担大米，接济附近的贫民，如草巷口、大淖河边船民、挑夫等。汪淡如一生工书画、篆刻，筝箫管笛无所不能，尤其胡琴拉得很好。善厨艺，常常亲自下厨做两三样佐酒的菜肴。

汪淡如的医室里挂了一副郑板桥写的对子：

一庭春雨瓢儿菜
满架秋风扁豆花

他很喜欢这副对子。这点淡泊的风雅，和一个不求闻达的医生是非常配称的。

我讲给汪曾祺听的故事，是当年患眼疾的从姓孩子亲口告诉我的。从师傅在高邮傅公桥下开了家理发店，店很小，店中只有他一个人。因傅公桥离我家很近，我便时常到他的店里理发。从师傅身体硬朗，天天早晨打太极拳，虽年近七旬，然耳聪目明，记性特好。他知道我是谁家的人，所以在为我理发的过程中，每次都与我谈起他所知道的过去有关汪家的事情。1986年秋汪曾祺回到高邮，在一次家宴中，我向他说起外公汪淡如过去为从师傅治疗眼疾的故事，他听得很仔细，说有时间，定也去找从师傅理一次发。我受从师傅之托，请汪曾祺为其理发店题写"傅公桥理发店"的店名，他沉思了一下，说这条路过去叫科甲巷，就给他写个"科甲巷口理发店"吧。从此，傅公桥下便有了一家"科甲巷口理发店"。

从师傅说，至今，高邮仍有不少人能记得他——汪先生，汪医生。

家乡在心灵回归的路上

吴 静

汪曾祺自十九岁负笈昆明求学,至1981年重归故里,其间整整暌隔42年之久。汪曾祺生前对故园旧土一往情深,以高邮为题材的文学作品,已成为当代文学的经典之作。

一、元宵佳节,酉时之子

民国九年(1920年),正月十五。这天是元宵节,高邮城处处挂起了红灯笼,满眼都是舞龙、荡湖船、送麒麟等民俗喜庆节目。当人们沉浸在新年的祈福之中,城北科甲巷汪家大院诞下一男婴,这个孩子便是日后在中国文坛享有盛誉的汪曾祺。彼刻正是日落时分的酉时,一声响亮的初啼,划破初春的暮霭,似乎兆示着这个甫降人间的孩子,将有一个不同凡响的未来。而这一天,也是唐代诗人白居易的诞辰日。

汪家似与节日有缘。汪曾祺的姐姐生于七月初七乞巧节,而其生母,生肺痨离世那天,是七月十五,即民间的"鬼节"!不知其间有何玄妙?汪曾祺既生于元宵节，自然对这一天格外钟情。汪老至晚年仍记得，小时候这样过生日："到了那天，总要鼓捣一个很大的、下面安装四个轱辘的兔子灯，晚上牵了自制兔子灯，里面插了蜡烛，在家里厅堂过道里到处跑，有时还要牵到相熟的店铺中去串门。"（《我的家》）家乡上元夜摇曳的烛光，一直映照在他记忆的深处。

汪曾祺在写高邮时说，"江浙一带人见面问起我的籍贯，答云高邮，多会肃然起敬。曰：你们那里出咸鸭蛋"。好像我们那里就只出咸鸭蛋似的！作为汪先生的故乡人，我读到这样的文字不禁莞尔。这样的经历，外出的高邮人几乎都曾遇到过。高邮咸鸭蛋之声名在外，诱人可餐，实在因为那里的水荡多，高邮麻鸭本品种优良，再兼以螺蛳和小鱼虾为天然饲料，营养丰富，下的蛋自然也好。不过，让我倍感荣幸的是，今日提及高邮，人们除对咸鸭蛋赞不绝口，还会对汪曾祺肃然起敬，会说，哦，汪曾祺也是你们那里的！就连国家领导人，在提到高邮时也说："高邮还有个汪曾祺。"许多人正是通过汪曾祺的作品，认识了高邮，并了解那里韵味十足的风土人情。秦观是高邮最大的文人，此后虽有明代散曲家王磐、清代训诂学家王念孙、王引之父子，终究名家、大家为数不多。当代有了汪曾祺，"风流不见秦淮海，寂寞人间五百年"的慨叹就此可以休矣。

除江阴高中三年，汪曾祺在家乡只生活了十六年。但这十六年的记忆，对汪曾祺的一生却有着深远影响。他的女儿犹记得这样一件事，"文革"结束后，电视里播映大量的老电影，有一天是《柳堡的故事》。"插曲一唱，爸马上竖起耳朵听，继而放下手里面文章，兴冲冲地奔向那台九吋的电视机。他端坐在那儿，聚精会神，那里平平淡淡的情节竟使他感动不已，眼中炯炯地射出亮光……"并且铁口直断："这是我家乡的事！"柳堡在宝应县，与高邮比邻，其自然风貌大类相似。"你看河边的大水车，那是我们家乡最典型的风景，那支歌是怎么唱的来着？"汪曾祺不禁哼起插曲，"十八岁的哥哥哟，惦记着小英莲……小英莲！这是我们高邮姑娘的名字，我们家乡的女孩子，尽是小名叫作莲子的，大莲子，小莲子……即使不是高邮的事，也一定是在那儿拍的！"

后来，由陆建华先生策划，江苏电视台为汪曾祺拍了一部专题片，片名即《梦故乡》，大部分镜头采自高邮的风光。汪曾祺把这部片子看了一遍又一遍，儿女逗趣地说，"表现不俗，可以评一个最佳男主角"，汪曾祺竟未回话，女儿猛回头，一下子惊呆了：父亲直直地盯着屏幕，泪水顺着面颊直淌下来！

能不忆家乡！家乡的风物景致，其一草一木，抑或一人一事，不由分说地成为汪曾祺小说中最为让人津津乐道的细节。原来，他是在以另一种方式重返家园，梦回故乡。

二、名士风度，父子相沿

著名作家叶兆言曾说："和汪曾祺接触过的人，都应该有这样的体会，那就是他确实有本钱做名士。"是真名士自风流，做名士的第一个本钱是要博学多才。汪曾祺的文学成就时人尽知，除了这个，他还有别才，琴棋书画，起码占了三样，汪老的书画多有示人，其功底和韵味，自不待言。一般人想不到的是，他亮开嗓子、摆起阵势即能昆曲，拿起笛子、看着工尺谱能亦能伴奏。他嗜酒到了不要命的地步，曾自撰藏尾联"断送一生唯有，消除万虑无过"，后头藏着个"酒"字。落拓江湖载酒行，好喝酒、能喝酒是做名士的第二个本钱。其实汪曾祺的这些"本钱"都是打从他父亲那里一路相承而来的，也可以说，是19岁外出求学前在高邮打下的"底子"。

汪曾祺的父亲汪菊生当年就是高邮的一位名士。其一生风流俊雅，擅长治印与绘画。别人画画是消遣，汪菊生画画则不惜工本，花费惊人。扬州画家吴笠仙的菊花有名，菊图按朵论价，每朵大洋两元，汪菊生竟请他画了一套菊谱，花了几百大洋。受父亲影响，汪曾祺自小即喜画画，不过汪菊生并不指点儿子，只在一旁观看。倒是父亲收藏的画谱让汪曾祺受益不小，从小翻来翻去，然后胡乱涂抹。幼学如刻，贯穿一生，晚年汪曾祺以书画为乐，甚至下面条等水开的工夫，也能画一幅荷花。有内行说汪老的字比画更胜一筹，这也是小时候在父亲的建议下写"张猛龙"的结果。汪菊生还会摆弄各种乐器，弹琵琶、拉胡琴，笙箫管笛，无一不通。常带了一帮同好在大花厅里吹拉弹唱。汪曾祺初中时即爱唱戏，父亲拉胡琴，儿子唱。儿子学校开同乐会，他到学校去伴奏。汪曾祺在西南联大参加学生剧社，再后来到北京京剧团做编剧，尽管前者出于爱好，后者为命运的安排，但倘若不是自小受其父亲的影响，在梨园里亦未必如鱼得水。汪菊生还喜欢养花、养蟋蟀、养金铃子。这些都是名士的"时尚"。汪曾祺与汪菊生是"多年父子成兄弟"的那种，这一"家风"传了下来，汪曾祺家里也是"没大没小"，儿女们甚至孙女外孙们，都可以直呼他"老头儿"。多才多艺，热爱生活，为人善良，处事随和，这些方面，汪家父子庶几相似。一次，单位联欢，互赠礼物，一般人都是带点家中闲置物品或随便买点什么，汪曾祺却带了一只上好的砚台，直让同事们怀疑他家里"老货"多得很。他的字画，也是随手送人，从不吝惜。如此种种做派，让人无不忆及当年，每到寒冬腊月，或者灾荒无收之年，汪家便要发放数百担米筹子，让那些饥寒之人直接到米店兑付，此等义举传赞至今。

三、三位母亲，宅心仁厚

汪曾祺幼年失恃，虽有父亲宠爱，生活无忧，其内心毕竟多了一层悲苦。好在两位继母对他视如己出，至仁至爱。

汪曾祺曾说，生母去世时，他年方三岁。而据他的大姐巧纹说，母亲去世时，汪曾祺应是五岁。其实三岁离娘与五岁离娘都是一件让人可惜可怜之事。生母杨氏出自高邮城望族，外公杨菁曾任试用知县，杨家一向注重子女教育，后人多有成就。杨氏娘读过书，练过字，是位闺秀，惜乎体质羸弱，不幸染上"痨疾"，即肺病，娘家、婆家为她四处寻医，终究不治。汪曾祺断奶后，杨氏即坚决独住一隅，自动与家人隔离，尤其不让家人把儿子抱去见她，以至汪曾祺对生母几乎一点印象都没有，甚至连她的名字都不知道。杨氏娘生前每天写一张大字以自娱，直到卧病不起。汪曾祺看过厚厚一摞母亲留下的大字习稿。

汪曾祺的第一位继母姓张，张家是高邮南乡张家庄的地主，后来迁居于高邮南门。张氏也是自幼失母，父亲再婚后，对她关心甚少，她是跟着姑妈长大的。也许是自己有着刻骨的丧母之痛，张氏嫁入汪家后，将心比心，对杨氏留下的孩子倒是十分怜爱。有一年冬天，汪曾祺将大便拉在裤子里，张氏二话不说，赶紧打来热水给他擦洗，然后抱他上床，替他围上棉被。旧时高邮有个风俗，姑娘从娘家回婆家，要让孩子手里拿着两根点着的安息香。70多年后，汪曾祺依然记得，"拿着两根安息香，偎在娘怀里。黄包车慢慢地走着，两旁人家，店铺的影子向后移动着，我有点模糊。闻着安息香的香味，我觉得很幸福"。可以说，张氏给了汪曾祺亲生母亲般的爱。可惜的是，张氏继母也因肺病而去，刚刚得到母爱的汪曾祺又成了没娘的孩子。

第二位继母任氏进门时，汪曾祺已17岁，在外读高中。两年后，汪曾祺远赴昆明，嗣后长达40多年未曾回家，所以与任氏娘在一起的时间并不长。不过这不影响他们母慈子孝。任氏娘比汪曾祺大不了几岁，对他很客气，称他"大少爷"，汪曾祺则对其敬重有加，因为她陪着他的父亲走过了漫长的沧桑岁月。在20世纪50年代，汪曾祺每月会寄60元回家，相当于高邮老家两个人的工资。"反右"以后，汪的工资连降3级，仍然一次寄40元给家里，虽不再是按月寄，但这勉力挤出的钱却亦可见汪曾祺夫妇的一片孝心……即使父亲去世，汪曾祺对任氏娘与弟妹亦常有接济，尽其长子、长兄之责任。

1981年，离乡42年的汪曾祺终于回到阔别已久的家乡，一到高邮，他即提出，要回去看娘。当时任氏娘住在竺家巷，汪曾祺见面就欲行大礼，被身旁亲友拉住，乃改为向娘深鞠一躬。1986年第二次回乡，晚宴后夜已深，汪曾祺坚持回家看任氏娘。陪同他一起回家的高邮学者陈其昌先生至今犹记，顶着满头白发、已有满堂儿孙的汪曾祺固执地在任氏娘房前的台阶上长跪不起，其情其景令人动容。任氏拉他起来，他说，我是出远门常年不归的人，这是汪家规矩。任氏90大寿时，汪曾祺写信回来，嘱弟妹们一定要代他向娘磕头祝寿。

生母的过早离世固然给汪曾祺造成终身的遗憾，两位继母的慈爱却也让他有了另一番人生体验，收获了更多的亲情，使他在长长的漂泊岁月里始终心存几缕温暖。

四、桑榆之年，梦回高邮

　　科甲巷向北通向高邮东大街，那是旧高邮的一个繁华处所，街边店铺一家挨着一家。科甲巷的西边还有一条与之平行的巷子叫竺家巷。汪曾祺的祖父在高邮开有两家药店，汪家家境不错，宅子的气魄也不小，前门开在科甲巷，后门则在竺家巷。诸多的堂屋、房间、套房间，有四个天井，一大家子人住着仍显宽敞有余。宅子的北边，是两间大花厅，南边一溜的大玻璃窗，阳光明媚。汪曾祺的父亲时常邀请一些新知旧雨在此喝酒唱戏，吹弹歌舞，这种雅致的情调，或许使汪曾祺自小耳濡目染，成为他文学开蒙之内因。再北边，还有一个大花园，园中有蜡梅四株，主干粗如汤碗，近春节时，繁花满树。汪家大院与东大街之间是临街的店铺，从科甲巷到竺家巷，有豆腐店、南货店、剃头店等九家店铺。汪氏两家药店之一的保全堂，就在这条街上。少年汪曾祺经常在此玩耍，在他的故园记忆中，这里无疑是最清晰的一段，以至他以高邮为题材的《受戒》《异秉》《故里三陈》《侯银匠》等小说，都可以在这条街上找到原型，或成为其经典小说的文本源头。

　　这些年，汪曾祺故居不时有远道而来的造访者，他们多多少少带有一种朝圣般的心情。王安忆夫妇去年悄然去高邮，出租车复三轮车，七拐八拐，一路打听到汪曾祺的故居，如此虔诚，只因为那里曾有汪老的足迹与身影。不过，今日所见的汪曾祺故居仅为60平方米，乃当年汪宅后门旁的小偏屋。其胞弟汪海珊曾绘制汪宅的平面图，从图上看，现存的这几间偏屋应是当年的柴草房，而正屋早在私房改造时即归了公。汪曾祺晚年曾希望房管部门能归还一点祖屋供其回乡暂住，他在信中说："曾祺老矣，犹冀有机会回乡，写一点有关家乡的作品，希望能有一枝之栖。"然此区区愿望，直至汪老去世，终未能实现，想来不胜凄然。于今"死者常已矣"，憾事终成过去，后人缅怀汪老，也只有"生者当勉力"了。

　　又是花灯满街的元宵节，九十年前的今天，高邮城里有幸诞生了一个名叫汪曾祺的孩子。尽管汪曾祺在家乡不过16年，但他日后在文学艺术上的成就，却给高邮带来意想不到的荣誉。对于汪曾祺来说，童年以及少年时代的生活是其文学创作的一个源头,而在更加漫长的外乡生活中,家乡则成为心灵的最后归宿。出发即回归,汪曾祺时刻走在归乡的途中,在他精妙绝伦的小说中,我们可以找到最好的印证。

作者简介

吴静,女,70后,古文献专业毕业,就职于扬州市新闻媒体。作品散见于各报纸、杂志,曾入选多部散文年选、排行榜。

传 人

居永贵

一

好几年前,我在天涯论坛的"闲闲书话"版块玩得欢。发帖,跟帖。贴自己的文字,转他人的文章。指点文坛,臧否前贤。那时候还没有微博、微信,博客没有论坛发帖交流迅速便捷,因而玩论坛的人多。"闲闲书话"便是一个人气爆棚的文人聚集地。不仅是我这样的无名之辈或小有名气的文学新星,就连知名作家陈村、梁由之,出版界大佬沈昌文、俞晓群,都在此出入频繁。华语文学的大师级人物王鼎钧先生,也用网名"一勺金",常在此版块与网友互动。

网友们经常聊到的作家之一,是汪曾祺先生。"汪迷"真是遍天下啊,我常常读帖时感慨。而且,网友比许多的"汪研专家""汪氏传人"读汪更透彻,对汪更理解,学汪更传神。我更加坚信,那些把汪曾祺大旗猎猎高举的专家、学者中,多有以旗作伞的钓誉客、势利人;那些四处显摆"我的老师汪曾祺"、

一口一声"老头儿"叫着的,都不是"嗑这棵树的虫子",都不是"汪氏传人"。且抄录一个网友的几段帖文,以证我言非虚:

> 汪曾祺写文章有两个偏好。一是喜欢写别的名家写过的名篇,如《故乡的野菜》,如《桃花源记》,如《岳阳楼记》。一是喜欢自己的同一篇小说重新写过,如《复仇》,如《异秉》,如《戴车匠》。于此可见,他是多么的自信,又是多么的自负。

> 善感物态,善阐物志,让人感叹汪曾祺体察物理人情的敏感精微和他状物传神的精妙。张兆和说汪曾祺下笔如有神,信不诬也。

> 小说中汪曾祺是擅用闲笔的。也最能见出他的文章之美。周作人认为缺少文章之美,乃是新文学之最大缺陷。把小说当作文章苦心经营的,废名算一个,孙犁算一个,再就是汪曾祺了。

一天,我偶然在电视上看到一个黄永玉先生的访谈,他在说汪曾祺先生。节目未看完,我即在"闲闲书话"发帖——《说说汪曾祺和黄永玉》:

> 刚才无意中在广东卫视看到黄永玉老在谈他和我的乡贤汪曾祺的交往,有话要说。不是写文章,词不达意处望见谅。
> 黄和汪的文字我都很喜欢,二老的书基本都有,他们的大致生平也略知晓。因是汪的家乡人,对汪了解得更多些。
> 新中国成立前在上海,他们二位和黄裳先生过从甚密。他俩无业,黄先生有稳定且颇丰的收入,吃喝玩乐基本都是黄先生掏银子;偶尔也去汪的同学萧珊处打秋风。这些,两位黄先生的文字都有较详细描述,汪好像没有写过文章,但和黄裳先生的书信中不止一次提到。
> 新中国成立前夕,黄永玉去了香港,汪则参加共产党的工作队,随"四野"南下。后来汪先到北京,给黄写信介绍北京情况,建议

他回来。这信的大致内容黄曾在他当时所在的《大公报》副刊的一个汪的小说前的"编者按"里说到,这报纸的复印件去年汪逝世十周年纪念活动中我见过。当然,沈从文先生也给黄写过信。黄后来回来了,汪没几年又在运动中被下放张家口。据汪的同事杨毓珉《往事如烟——怀念故友汪曾祺》一文,汪是他找北京京剧团的负责人薛恩厚、肖甲帮忙调回京城的。这事还有其他文章可证。

新中国成立后,汪黄交往不多;黄裳先生在上海,与黄有交往,与汪也好像交往甚少。黄裳先生有文章为黄永玉跟汪曾祺没有再继续深交而叹惋,认为继续交好对他俩都有好处。黄裳先生又说,可能是他们交往的圈子不同而疏远了吧。但也语焉不详。

今见黄永玉老在电视上侃侃而谈,说,汪曾祺是他帮忙调回北京的;说,汪在京剧团工作,黄的孩子找他要戏票,汪不搭理,黄生气了,就不来往了;说,"文革"后,汪想巴结他,送了他一卷字画,他没搭理;说,八十年代初,他见汪装老资格,就请他的婶婶张兆和带信给他:不要这样,太低级趣味了;说,他不想写关于汪的文章,写不出来,等等。

听人转述过汪生前的一个话:汪的公子结婚,告诉黄,黄说我画了一张画,要汪朗来拿吧。汪放下电话说,我儿子结婚,你送一张画,又不送来,还要他去拿,不去!后来就不来往了。

有一件事倒是千真万确。汪去世后,家乡建汪曾祺文学馆,请诸多有交往的名家题词、林斤澜、王蒙、邵燕祥、铁凝、贾平凹等,凡是发出邀请的都写了,独黄永玉先生泥牛入海……

发帖子,多是兴之所至。我当时见此访谈,心情激动,更是一气呵成。所写也都来自读书和听人讲述,只是作为一个"汪迷"见不得别人对汪曾祺先生说三道四、"委屈"了他罢了。现在来看,汪曾祺和黄永玉惺惺相惜,知己知音;只是世事难圆满,人生多误会,留下遗憾,令人感叹。

想不到,帖子甫发出,跟帖者众,且颇多见地:

我总觉得他们对彼此并非"无情",只是一些结无法解开。两者心底都是孤傲(没贬低之意),或许从表面看黄更加孤傲。结越扎越紧,唉……

文人自尊心都强,感情容易外露,汪老已经驾鹤了,黄老还耿耿于怀,应该是心中留有很深的不能相知到底的遗憾。

黄永玉的文章真正可读的只有一篇《太阳下的风景》,其中,写得最好的段落正是描写他和汪曾祺在上海交往的那一段。在那段文字中,他好像变成了他描述的汪曾祺,充满了巧思。至于文字造诣,当今恐怕没人超过这个汪老头了!汪曾祺两个好朋友朱德熙、李荣都是中国第一流的语言文字学家,朱德熙是北大副校长,哈佛还是耶鲁的访问学者,李荣是主编《现代汉语词典》的。尤其是李荣,最推重汪曾祺,认为用真正的现代汉语写文章,汪曾祺是最高境界。

我坚信喜欢汪的、懂汪的人,都是可以做朋友的。那种情怀只有"善良、天真"的心才可体会。——面对这个社会,我甚至强迫自己拒绝读他。因为我明白:"汪先生的作品里充满安逸和温暖,他描绘一个美好的梦,让读者沉醉其中。他也写罪恶,却是为了把美好反衬得更美好。——这是生活的表面,是一种不较劲的态度。心怀浪漫,感受生活、享受生活,不深入、不追究。以出世之心入世,安心于琐碎的温馨。懂汪先生的人容易感受快乐,也容易丧失斗志。——有野心的人感受不到汪先生的美,他们也不需要。"

能写出这些帖子的,都是汪曾祺先生的知音;某种意义上,也可以说,都是"汪氏传人"。

二

我喜读闲书杂书,"孔夫子旧书网"(下文简称"孔网")是我购书的重地之一。2012年初,汪曾祺先生的子女汪朗、汪明、汪朝合著《老头儿汪曾祺——我们眼中的父亲》由中国青年出版社再版。居然,"孔网"首发,并请汪先生长子汪朗签售毛边本。我这个"汪迷"兼"毛边党",何其欣幸也。

《老头儿汪曾祺》早在2000年即由中国人民大学出版社出版。我亦及时藏读。汪曾祺先生三子女人人能文,且不做作、不"八股",格调高。在现当代文化名人的后辈中,绝对出类拔萃。这不是我的妄言。只要看看那些名门之后的回忆文章,便能得此结论。作家陈村曾说,某"语言大师"之子,文章不甚通,他老子看了,会气得从地底下爬出来,扇他两个耳光的。而汪家三兄妹的这本大著,一版再版三版,畅销热销大销。不是靠炒作,完全凭质量。作为读者,最有发言权。或说,那是沾了汪曾祺先生的光。不久前,一作者出版《我的老师汪曾祺》,沾汪先生光大了,有几个读者买他的账?

尤其是汪先生长子汪朗,传父亲衣钵,做得美食,作得美文。其连续几本美食散文集,有汪氏遗风,却又与父亲迥异。我见一本,买一本。

让我喜出望外的是,汪朗先生不仅在"孔网"签售,还做客"孔网",参与"夫子访谈",与书友一起回忆老头儿汪曾祺。

"孔网"事先发布消息,并征集书友问题,供汪朗先生在线作答。书友们纷纷从汪曾祺先生的文学成就、人生境界、子女教育等诸多方面提问。我也提了两个问题。

3月15日下午,汪朗先生在"孔网"与书友在线交流两个多小时,谈吐冲淡旷达,认真幽默地答书友问。

书友问:汪朗先生,您自费印刷的《汪曾祺书画集》现在网上炒到2000元一部,我实在买不起!请您提高印数、降低定价大量发行,我敢说,热爱汪老的读者太多了!不多印,10000册,肯定销得出去!

汪朗答:我父亲生前曾经说过想出一本《汪曾祺书画集》,他去世以后,我们想实现他的遗愿。北京师范大学出版社出的《汪曾祺全集》给了十万块钱左右的版税,我们拿这个钱给他自费出了一本《汪曾祺书画集》。当时家里是想了了他的心愿,因为他的书画作品大量是在外面,他写字、画画比较得意的都送人了,他不像专业的画家把好的留下来卖钱,他是作为一个自娱自乐的事情。那时候有一些文艺青年或者记者、编辑到家里,跟他要书他都一般比较小气,反过来说,"你要不要画?"他觉得自己好玩儿的东西也没太当回事,大量的全送走了。我们当时把他留在家里的画,没有太当回事,觉得太占地方了,卷起来包在包裹里。后来,我和妹妹汪朝(我们俩不太懂)将包裹里觉得比较顺眼的就挑出来编了《汪曾祺书画集》。这个只是他生前有这个想法。给他老家送了300本左右,给中国作协送了一二百本。那个印数大概一千册出点头,还留了一些给我父亲过去的一些老朋友、老熟人。就是一个纪念作品集。

至于现在出不出"书画集",我们就不好说了。(出版社盈利)这是一个现实的问题。我们那时候没有考虑到成本,他的钱给他出一个东西,我们觉得可以。现在大量的他比较好的东西在其他人手里,还有怎么征集的问题。他几次回老家,给老家人画的东西都很不错,他们还不高兴,说,你们出这么好的东西怎么没收进去。但是有好多人不愿意把他的那些东西拿出来。

书友问:汪老先生有没有专门指点您看什么书?

汪朗答:没有,他持比较开放的态度:你们自己选择。

经常有些文学青年拿东西来看他,他对这些人表面上还可以,回来就说,他这个人一辈子写不出像样的东西,他就不是这棵树的虫子。我们想,想嗑这棵树得是专门的虫子,所以我们也不做这个虫子了。

书友问:请问,老人家是如何修炼出如此儒雅闲适的心境,以至能够深深影响他的读者?

汪朗答:我觉得这不是有意的修炼,实际上还是生活环境的塑造。他年轻的时候狂着呢,谁都不放在心里,包括西南联大好多的老师,他都不是太看得上。他比较看得上的是沈从文、闻一多,他看得上和看不上,跟这些人对他好不好有关系。

我坐在电脑前,认真地读屏幕上一段一段跳出来的文字。同时在想:多年父子,知子莫若父,知父亦莫若子。血脉相传,传递的不仅是容貌,更有性情、气质、修养。

汪朗先生最后回答了我的问题。

我问:1.汪朗先生,您能谈谈"汪曾祺文学奖"吗?个人感觉这个奖糟蹋了汪老的名声,几届得主全是无名之辈,文章质量差极了,好像就是那么几个人自己颁给自己。"汪曾祺文学奖"应该办成至少全国顶级的短篇小说奖或散文奖!

2.汪朗先生,我期盼汪老能和沈从文先生一样,魂归故里,安葬在家乡。请问您的想法?

汪朗回答了我的第一个问题。他说:这个问题比较敏感。当时文学奖的设立是老头儿家乡父老乡亲的一份情谊。应该说那时候老头儿的知名度和影响力还没有像现在那么高,他们家乡搞了一个文学馆作为一个陈列,另外设一个文学奖,这方面我们是挺感谢的。他们设的时候我们也想,老头儿对家乡一直是怀着特别深厚的感情,我们也希望他能够在他身后给家乡作一些贡献,出于这种考虑,我们认可了他的奖项设立。因为这是老头儿家乡高邮地方办的评奖活动,从各方面的条件不是特别完善,包括这位书友提的问题都是存在的。这方面看有关人员怎么完善提高,扩大知名度,这是他们的职责范围。我们作为子女在这方面不便于过多地评论,特别是不能说三道四,那就有点不近人情了。

汪朗先生之所以把我的提问放在最后回答,且只回答了一问,我是明白原因的。其实,一看到他的回答,我就脸红了。我的提问有点强他所难了!但我不后悔。作为一个读汪曾祺多年的家乡后进,我应该老实表明我的个人看法。想来,汪曾祺先生,汪朗先生,他们不会怪罪吧。

在书本上和电脑里,看到汪朗的照片,他和汪曾祺先生真像。今年4月23日,家乡旅京作家王树兴陪同汪朗先生回高邮,我有幸与汪朗先生接触,更真切地感受到:汪氏父子不仅音容相像,其内在也一脉相承。

23日晚,王树兴先生牵头,家乡的一位女作者宴请汪朗,一众文友二十余人作陪。傍晚时分,我拎着一方便袋汪朗先生的著作,来到古色古香的饭庄。

庭院内，文友正依次与汪朗合影。汪先生颔首，微笑，合影，话很少。然后，大家拿出书来，请他签名。为我签时，他先是有点吃惊。"哈！这书你也有？我可能都找不到了。"及至签到《老头儿汪曾祺》毛边本，更加惊讶。"啊！这书多少钱买来的呀？"这话问得俗，却又俗得好。实实在在，嫡传汪老。在这本"孔网"已签过名的书的内封，他又一次签名，并写下："永贵先生破费。"得知我在报社工作，认真写下"多谢永贵同行"，第三次签名并署上日期。真是性情中人。质朴平易，嫡传汪老。

等到了酒桌上，更是仿佛汪曾祺先生一般。（汪老之饮酒，书本描写，乡人叙述，备矣。）大家纷纷敬汪朗先生，他来者不拒。有女作者敬他，作小鸟依人状，他亲昵而不狎邪。泰然自若，嫡传汪老。他亦出来回敬大家。我好杯中物，一杯便忘形。拉着他在过道开讲。讲什么？当然讲汪老。二人话越说越多，好像也越来越投机。于是便有了第二天早晨的再饮。

家乡的早点确实好，汪朗先生点头称道。我打开酒瓶。"还喝啊？"他笑问。"喝啊。"我笑答。汪朗先生端起酒杯。

汪朗先生继承了汪老酒风，他的为文为人更得汪老真传。

作者简介

居永贵，20世纪80年代毕业于高邮师范，做过教师，现为《高邮日报》副刊编辑。

第四辑

余韵泽被后世

高邮人民路：寻找汪曾祺的精神气息

老 克

1981年6月，我从《小说月报》上读到汪曾祺先生的小说《大淖记事》后，激动得不得了，就和朋友特地去大淖河边转了一圈，结果让人有些失望，当时大淖几乎就是一个死水塘，完全不是童年记忆的场景。

20世纪60年代，我的父母在高邮北乡做教师，那时候外婆带我和妹妹，都是乘一条小船从水路到高邮大淖。记得划船的是一位叫郭贵林的老汉，至今我还记得郭爷爷的个子很高大，身穿破旧的青布棉袍，腰间扎根布条，双手划起桨来从容不迫，"哗——哗——哗"。

那时候的高邮乡村依旧保持农耕文明的格局，真是"清粼粼的水来蓝滢滢的天"，沿途都是一个个土地庙（好像数十四个就到高邮城），最夸张的是河上有些小桥就是树桩做的，可能行走不方便，但从观赏角度来说，真有一种笨拙古朴之美。

小船快到高邮大淖河边时，记得会过一座旧砖桥，外婆指着河边一块褐色的大石头说："这是从天上掉下来的星星（陨石）。"过了桥后水面变宽，码头上有一位洗菜的尼姑笑吟吟地与外婆打招呼——高邮城很小，做佛事的尼姑与大家都很熟悉。

少年时代的我住在民生路10号袁家院子，袁家人经常做佛事，当时只记得两个细节：一是袁家三姑奶奶哭父母时，旁边劝的尼姑眼圈也是红红的；二是做佛事中途，经常有尼姑排队去房间上马桶。上次高邮文友维儒告诉我："文革"期间，尼姑们害怕"破四旧"，偷偷会把金子扔进河里。

如今人民路和北门大街一样，还保持传统两层楼的格局（楼下营业，楼上住人），尽管这些楼房大都已破旧斑驳沧桑，你依旧能从那些不失精美的砖雕门楼，分辨出昔日繁华市井的影子。

当时搬运社"三中队"还未恢复成"高邮当铺"，在我少年记忆里，高邮满街都是拖板车的，"老搬"拖着满满一车的煤炭或面粉，一路喊着"让——靠边站"！当年我不理解，还认为他们粗俗，现在想起来如此重负、汗流浃背，从体力因素、安全角度，他们只能这么喊。那次走进"三中队"，依旧可以看见一排排板车靠在墙上，很有气势。

历史上高邮穷人多、富家少。很多穷人终年过着吃不饱、穿不暖的日子，街上摆摊做小生意的、肩挑叫卖的、挑箩把担的、拉人力车的特别多。他们的俗语是"一天不授，一天不食"。像汪曾祺先生笔下描写的挑夫，大都没有隔宿之粮，汗干钱了。当年高邮"拖板车"现象很大程度代表了高邮平民阶层典型的劳作方式。

有朋友回忆，那些"三中队"搬运工人下了班，就打着赤膊光着膀子，到对面烟酒店买价格低廉的瓜干酒喝。我少年时在高邮澡堂洗澡，也看见有搬运工人在澡堂子里，就一把花生米喝酒。其实这些，不仅仅是解乏，也是一种"苦中作乐"的生活态度。

再向东走就是城北医院，其实高邮上一辈人，依旧会把城北医院称为"十六联"，汪曾祺的父亲汪淡如先生当年就是"十六联"的眼科医生。

记得那年父亲在老家高邮住院，我请假从南京回老家陪护。那几天，每天上午我会拎一只水瓶去这条街上的陈家茶炉冲水，回头顺便在一家面摊上吃碗面。陈家茶炉是这条街上现存的两家老式的老虎灶茶炉之一，人民路有点像民国老电影的场景，铺搭门的店铺，小吃店，卖菜的担子和等客的三轮车。

记得那天我光顾走路，没发现手上的水瓶塞子掉了，当时街上卖菜的、踏三轮车的一起对我喊起来：水瓶塞子掉了！——我们高邮民风就是淳朴，一点办法都没有！

20世纪90年代，我住在东台三巷，与汪曾祺故居的竺家巷只有一条小河之隔，过桥走过去只有几分钟。我经常去拜访汪曾祺先生的妹夫金家渝医师，有时金医师也来我家看我，我们在书房谈论的话题只有一个，就是谈汪曾祺，其中有一次我还提到：我大伯家有汪曾祺父亲汪淡如先生的画。

记得汪曾祺先生第三次回高邮时，那天中午，市文联几位领导陪汪先生回竺家巷老家（我和另一位文友也跟在后面），没想到汪曾祺没走几步就被老街坊们认了出来，其中有位唐四奶奶，一把抓住汪曾祺的手不放。包括后来汪先生经过人民路邵家茶炉，遇到从小一起玩大的户主邵正森老人，以及回家见养母任氏的感人场景，都被我写在那篇《汪曾祺回故乡》的文章里，登在当年的上海《文学报》上。

记得第二天，金医师约我陪汪曾祺先生一起去我高邮大伯家看画，我们先去接正在亲戚家喝酒的汪老，当时汪老脸喝得红红的，听说去看爷的画，放下酒杯就走。同行的还有汪老的镇江大姐汪巧纹。

那天下午，我们四个人从北门大街一路走来，沿街的一切都令汪老非常兴奋，一路上他讲个不停，比如鼎昌南货店、五柳园饭店、王万丰酱园店等。尤其是走在北市口看见几家熏烧摊，汪老还特意停下来指指点点，这些熟悉的小吃，都曾被他写进小说《异秉》当中。当我们经过城北小学时，又勾起他对母校"五小"的回忆。

汪曾祺先生来我家时，我的父母亲和大伯都在家（我父母和大伯住在一起）。我大伯陪汪先生到东首房间看了衣橱上的四幅画，记得汪老一看到画就连声说："是他画的！是他画的！"据大伯介绍，那年我大伯的父亲结婚，作为好友的汪淡如先生就画了几幅画作为结婚贺礼。汪老当时仰起头将四幅画看得非常仔细，睹物思人，看得出来汪老对他父亲有非常深的感情，就像他在那篇《我的父亲》中写道："我很想念我的父亲。现在还常常做梦梦见他。"

那天在我家，汪老就委婉提出用他的画来换他父亲的画，其实当时大伯态度也不错，但不知后来是何原因又犹豫了——大伯可能也是出于对父亲的感情吧。大概是1997年春节，我从广州回高邮过年，大伯主动对我说，汪先生要真是喜欢他父亲的画，我可以送给他！没想到当年5月，汪曾祺先生竟去世了。

汪曾祺先生生前一直有个愿望，想请政府帮他把老家一处房子落实政策给他，他也好回来完成长篇小说《汉武帝》的创作，结果未能如愿。至今为止汪曾祺先生都没能留下一部长篇小说，这也是文学史上一件非常遗憾的事。同样，他也非常渴望得到他父亲的画，最后也没有实现，这也是我人生中非常内疚的事！如今，我家那位大伯也去世几年了，人死了不就是一阵烟么？

10年前，我为了写那篇《汪曾祺笔下的高邮老街》，去了竺家巷拜访了金家渝医师。那次金医师还带我们从新巷口开始，从西向东一路讲解到大淖巷，其中有些老房子还绕到后面，穿堂入室，也让我们真正领略到老高邮的烟火气息。记得金医师一路带我们看了汪曾祺小说中的许多场景的痕迹，像吉升酱园店、恒兴昌、炼阳观、救火会等。

汪曾祺那篇小说《异秉》中提到的保全堂药店，如今已成了百货店、美发店和杂货店，那个叫"陈相公"的学徒晒中药的屋顶还在，只是屋顶上装了太阳能热水器，而店铺却物是人非了。在离保全堂店址不远的邵家茶炉子，我们同当时还健在的邵老汉聊起天来，这位老人一提起汪曾祺就赞不绝口，说汪先生三次回高邮探亲都来看望他这个童年朋友："哪里像个大作家，一点架子都没有！"

据金医师告诉我，汪家的大门原来在科甲巷（现为傅公桥路）。我以前住东台巷三巷，每天早上都要到傅公桥路那家面摊吃面，每月都去傅公桥附近那家理发店，让那位从姓师傅理发。那次汪曾祺回高邮，从师傅请汪曾祺替他写个招牌，没想到汪曾祺回北京后，真给他写了"科甲巷口理发店"，许多高邮人来理发就是为了看这个招牌。

1997年5月，当时我在广州，那天中午我和杂志社的同事开完会去街对面吃煲仔饭，我一眼就看见旁边的报摊上的《南方周末》登了加黑边的汪曾祺先生的照片，说实话这个消息太突然了，当时我感到大街上的人和车仿佛都停滞定格了。那个时候我在异乡已漂泊了四年,人在外面太久太久,许多东西包括故乡、亲情和友情都顾不上,人的心慢慢就变得麻木了。但唯有汪曾祺先生始终像一盏灯,忽远忽近地照耀着我,让我在人世的喧嚣声中坚守内心对文学、对美好的追求。

如今在我们心中汪曾祺先生是世界级的文学大家,汪曾祺最了不起的就是,他是真正意义上的平民作家,这也是那么多高邮人怀念他的原因。其实,怀念汪先生最好的方式是读他的作品,走进他的审美世界,因而改变自己,完善自己。

关于关于寻找汪曾祺的精神气息,我想分享自己的一些体会,并求教诸位文友们:

1. 把自己姿态放低:汪先生从来不把自己当回事,虚心向人民群众学习,因为把自己放低,水才会流到你这里。同样放低姿态,人才会真正放松,放松产生艺术,最好的文字是天然的。同样不把自己当回事,甚至把自己放到人生的边上,拥有悲悯的情怀和怜爱之心,才能真正体察人世间的艰辛和不易。

2. 不被潮流左右:汪先生之所以独树一帜,就是保持可贵的清醒,甚至逆流而上,一切从人性出发,坚持民间立场,不被所谓潮流左右。这一点非常重要,人一直钻在葫芦套里,上帝之光怎么眷顾你?

3. 写作只是人生乐趣:汪先生人生爱好很多(写作只是爱好之一),文化整体打通特别重要,人生的趣味特别重要,写作没有功利特别重要。一句话,把自己还原为人的写作——自己是芸芸众生的弱小生命,为情苦,为衣食忧,为时局困,也软弱,也矛盾和纠结。往往个人的生命样本,也是大多数人的前生来世的生命样本。

记得有一天晚上,我在高邮参加朋友聚会之后,还穿过傅公桥路,借着酒意去大淖河边转了一转。那天晚上,虽然没有月亮,深巷子里狗吠声不断,但我以为只有这样的夜晚,才是我期待的故乡模样!

作者简介

老克，本名徐克明，江苏高邮人，现定居南京。资深媒体人，文化记者，散文写作者。著有《南唐的天空》《南京深处谁家院》。

一枝一叶总关情
——汪曾祺对家乡文学的关爱

陈其昌

在文学界,汪曾祺对文学后辈的深切关爱是有口皆碑的。这种关爱是出于对文学事业未来的期待,也体现了一个长者的仁慈与宽厚。对年轻人的作品,他从不因其稚嫩而嫌弃,而对其作品中的哪怕是很细小的长处,他却总是以欣喜的心情慰勉有加。有一位老作家读了他为一个初露头角的青年作家写的一篇读后感,颇不以为然,说:"有这么好吗?"对这位老作家的态度,汪曾祺也不以为然。他说:"老了,就是老了。文学的希望难道不在青年作家的身上,倒在六七十岁的老人身上么?'君有奇才我不贫',老作家对年轻人的态度,不只是应该爱护,首先应该是折服。"

汪曾祺这种态度,在面对故乡高邮那一大群文学后辈时,表现得尤为强烈和突出。高邮是一个文风很盛的地方,汪曾祺自己多次在文章中以自豪的口吻这样写道:"我的家乡不只出咸鸭蛋。我们还出过秦少游,出过散曲家王磐,出过经学大师王念孙、王引之父子。"因此,在与家乡文学后辈的交往、交谈中,经常挂在他口边上的一句话是:我们家乡是出人才的,希望大家不要自卑。高邮文化部门为了培养、辅导业余文学爱好者的成长，于20世纪70年代末办了一份铅印小报《珠湖》，每出一期，总要寄给汪曾祺以求指正。这本是小事一件，享誉海内外的汪曾祺，每天接到的赠阅报刊不在少数，只因为这《珠湖》来自家乡，汪曾祺不仅及时翻阅，有时还亲自动手修改上面的习作。他在给家乡友人的一封信上这样写道："《珠湖》……作为一个县的刊物，水平还说得过去。总的印象，诗的水平较小说高。有些诗有点哲理，吕立中的《蚕》就颇有意思。这首诗的词句还可调整，我大胆为之改动了一下，录出供吕立中同志参考：

春蚕一口一口地吐丝，
吐出的丝又白又亮；
如果对它施加压力，
得到的只是一泡黄浆。

"大胆"一词显示出汪曾祺虚怀若谷般的谦逊，不乏幽默意味，更表现出汪曾祺对家乡无名文学后辈成长的拳拳之心。

对家乡文学后辈的些微进步，汪曾祺总是欣喜不已，总是给以热情嘉勉。在他生前，曾为家乡朱延庆的《高邮》、金实秋的《对联选萃》和陆建华的《全国获奖爱情短篇小说选评》三本书分别写了序。不是这三本书有多么多么好，而是因为这三本书的作者是他在序言中亲切称呼的"小同乡"。

对高邮广大文学爱好者来说，汪曾祺回乡之日，就是他们的欢乐之时。汪曾祺1939年夏离开高邮外出求学，一别就是42年！1991年9月，汪曾祺又一次回到家乡，这是新时期以来他第三次回乡。在家乡，汪曾祺最喜欢与年轻的文学后辈在一起。这次回乡，汪曾祺似乎更有意一再与文学青年聚会在一起。这位透满性灵的古稀文学老人，总是端坐在大客厅的沙发里，以慈爱的目光，看着他们跳舞、说笑，看着他们尽情地"疯"，尽情地乐！一曲才罢，年轻人拥上来，争着请汪老题词、题字，要求与他合影，还向他提出这样那样奇奇怪怪的问题要求他回答。汪曾祺总是尽可能满足他们的要求，一点也不嫌烦。年轻的文学后辈们最喜欢汪老的题词，因为，他总是那么认真，绝不敷衍，而且尽可能靠船下篙，题上符合个人特点且富有文学意味的词语。他给一个叫月华的女青年题词"银河耿耿月华明"；他给一个16岁的文学少年题词"大好青春"！汪曾祺这些饱含深情的题词，几乎每次总是一落笔，便引起一阵欢呼！人们万万想不到的是，汪曾祺的这些宝贵的题词，竟是他给家乡文学后辈的最后赠言。汪曾祺这一次离开家乡后，就再没有回来。10月7日上午，家乡文学后辈们在高邮北海大酒店广场为汪曾祺夫妇送行，一个有心人特地拍下记录当时情景的照片，现在，这已成了一幅经常在家乡人心头回放的经典照片。

1994年1月5日，高邮的文学后辈们特意找到一家有录音电话的单位，与汪曾祺通电话，向他祝贺新年。汪曾祺第二天就要去台湾讲学，接到这个来自家乡的问候电话，而且又是他一直关心的年轻人打来的，十分高兴。听说家乡将为他刚刚出版的《汪曾祺文集》举办首发式，他连声说：谢谢，谢谢！年轻的文学后辈们围着电话机，听着汪曾祺深情的叮嘱："希望家乡的文化事业能够蓬勃发展，特别希望家乡青年作者能够迅速成长。高邮有很悠久的文化传统，这个文化传统一定要继续下去，发扬光大。希望家乡的文学爱好者们不断增强和提高自己的文学素养，既熟悉文艺传统，又不排斥外来的文化影响，兼收并蓄，不断扩大自己的眼界，要有意识地在作品中表现家乡的特点，让世界了解我们的家乡……"

与汪曾祺通话的前一天，高邮刚下过一场雪，千家万户的屋顶上一片银白。在这样的日子里，听电话中传来汪老苍老、亲切、浑厚的声音，文学青年们心中充满感动，有一种说不出的温暖与温馨。

汪曾祺对家乡的文学后辈关怀备至，家乡的文学后辈们在汪曾祺的关心与鼓励下迅速成长。有一个数字很能说明问题。新时期以来，高邮有15人加入省以上作家协会，其中3人为中国作协会员。王干、费振钟、陆建华、胡永其……这些活跃当代文坛，取得一定创作成果的作家，在回顾自己走过的创作道路时，都忘不了汪曾祺对他们一直深情关注的目光。陆建华是较早被汪曾祺认可和赞许的"小同乡"之一，在汪曾祺新时期复出文坛后，他一直注意循迹跟踪，深入研究，以其独到的见地和精辟的解读，为日益发展的汪曾祺研究竭尽心力。他主编出版了《汪曾祺文集》，写了《汪曾祺传》，还策划拍摄了反映汪曾祺创作生活的电视专题片《梦故乡》。汪曾祺生前写给陆建华的三十多封信函，见证了他们之间的情谊，更反映了陆建华对汪曾祺的敬重和理解。1997年初，步入晚年的汪曾祺曾因京剧《沙家浜》的著作权问题卷入了一场笔墨官司。陆建华在报纸上发表了题为《有必要对簿公堂吗？》的文章，谈了自己的看法，却因此被有关方面追加为第二被告。汪曾祺得知后很是不安，特意打电话给陆建华说："建华，让你受委屈了。"这事，让陆建华很感动。

在悉心研究汪曾祺及其作品的同时，陆建华经常做的工作，是为家乡人与汪曾祺"晤谈"牵线搭桥。1997年5月上旬，《扬州日报》记者高蓓找到陆建华，希望北上首都采访汪曾祺。陆建华马上与汪曾祺热线联系落实。5月11日，这是汪曾祺答应接待高蓓的日子。他不是坐在家中等，他怕高蓓找不着，而是到楼下路口郑重其事地等待家乡女记者的到来。大院的保安人员见汪老一身西装，与往日的不修边幅很是不同，以为他要去参加什么重要会议，及至了解到他是在等家乡来的一位女记者、一名文学后辈，不禁为汪曾祺老人的真诚与热情所感动。对汪曾祺来说，这是他一生中最后一次接受采访，而高蓓则幸运地成为采访文学大师汪曾祺的最后一人。这次采访，仿佛是命运之神的有意安排，让一辈子对家乡魂萦梦绕，一辈子关心与爱护家乡文学后辈的汪曾祺，最后一次在家乡文学后辈的面前敞开心扉。一开始，高蓓有些紧张，慢慢地，汪老慈祥的目光、温和的话语，完全消除了她的拘谨与不安，使采访进行得十分顺利与流畅。这是一位大作家与一位年轻女记者之间的交谈，更像是亲如祖孙的一家人的心的交流。采访结束后，汪曾祺兴致勃勃地为高蓓写了一幅字：细雨鱼儿出，微风燕子斜。画了一幅画，上题"高蓓饰壁"。高蓓接过字画，激动得满面通红……

四天后，汪曾祺遽然仙逝。他关心与爱护家乡文学后辈的故事却成为佳话进一步流传开来。

芳草萋萋，落照昏黄，歌声犹在，斯人邈矣。

高邮城里寻汪老

厉 平

让我走出乡镇到县城工作生活的人是汪曾祺。可以说是汪老改变了我的人生道路。

"结识"汪曾祺,应感谢我初中的语文老师张凤云。他是个儒雅、风趣的人。全班同学最喜欢上他的语文课。张老师出神入化的讲解,常常将我们的思绪引向文字和意境的深处。张老师讲课讲到精彩之处时,常有种身临其境之神态,激动情绪溢于言表。一天下午,张老师讲到小说的写作时,突然略作停顿,清了清嗓子,语调明显提高,激动地说:"同学们,你们知道吗?现在我们高邮出了个全国著名的小说家,他叫汪曾祺,他的小说《受戒》受到全国读者的一致好评,《大淖记事》这篇小说还得了奖,他的许多小说,都是以高邮风俗风貌、乡土人情为题材……"我还记得张老师说到汪曾祺时那带着颤音的激动语调,当然,我更记得自己那充满敬佩和自豪的神情。那时我们还没有什么偶像、追星之说,小镇上没有电视也很少有电影,使我们成为歌迷、影迷的源头严重匮乏。所知道的大名人就是书上写的,以及老师所讲的鲁迅、叶圣陶、冰心等大作家。要说星,大作家就是我们心中的星,是我们只能远远看的、高不可攀而又充满神秘的星。张老师介绍汪曾祺时那亲近之感，仿佛汪曾祺就是我们的邻居，随时可见到。从小就做作家梦的我，那兴奋劲儿不亚于现代青少年要见到赵薇、周杰伦。

因为姑妈在县城，每年的暑假，我都有一次去城里的机会。暑假去高邮，一般三件事：逛公园、逛百货商店、看电影。知道《受戒》《大淖记事》后，原先乐此不疲的三件事，竟一下子没有了吸引力。那个暑假，在高邮的两天里，我第一次没有要表妹陪同。问清了道路方向后，我独自寻找起新华书店。我要去看《受戒》、去看《大淖记事》，那里面究竟写着我们身边什么事呢？终于，我找到了新华书店；终于，我在书架上看到了汪曾祺的一本墨绿色封面封底的小说集《晚饭花集》。手捧着《晚饭花集》，我内心有一种按捺不住的激动，仿佛见到了已寻找很久很久的宝贝。然而，这本书上没有《受戒》，没有《大淖记事》，再看看书架，不仅没有汪曾祺其他的文集，就连《晚饭花集》也是最后一本。买下这书架上唯一一册汪老的小说集，还是让我有一种幸运的窃喜。

1987年，我来到县城高邮工作。此时，《受戒》《大淖记事》依旧还没读到，但《晚饭花集》里的每一篇文章我都熟记在心，那一段段淡淡的描绘、一段段细腻的叙说，都化成了我心里或亲切或忧伤的情绪。于是，读《受戒》《大淖记事》和见到汪曾祺大师就更顽固地成了我的两大心愿。

所幸，我的第一个愿望在工作不到一个月时实现了。这两篇作品是在一个同事家无意中发现的，我立刻追问起汪老的行踪。那同事说，这书是她上大学的哥哥留下的，她也不知道汪老住在高邮哪里，她建议我到高邮文化馆问问。高邮文化馆坐落在高邮当时比较热闹的地段，只要涉及"文化"两字，人们自然会想到文化馆。一个星期天，我拉着那同事壮胆，跑到文化馆寻找汪老。哪知文化馆的人听到我的问话就笑了：你问汪曾祺啊，他是高邮人不错，但人家几十年前就离开高邮了，人家现住在北京呢，我们也没见过……我虽然有些失望，但忽然有一种恍然大悟之感。少小离家的故事太多太多了，数年来我怎么会坚定地认为，高邮的汪老就一直生活在高邮呢？现在想想，那时候的思维简单又单纯。虽然没见到汪老，但我依旧不后悔来到高邮。这一年里，没事我就到高邮城北去，寻找草巷口、寻找大淖、寻找汪老笔下的一切，我为自己找到小说中提到的似曾相识的街和巷而兴奋不已。陌生的环境里，空闲的时间也多，我也开始学着写一些东西。

1991年，是我一生中最难忘的一年。这一年里，汪老回到了故乡高邮；这一年里，我见到了汪老，汪老还亲自为我发奖！

说起来也巧。这一年里的国庆节期间，新落成的高邮市北海大酒店请汪老回乡剪彩，而高邮市文联举办的"春蚕杯"征文比赛也刚刚落下帷幕。文联与汪老一直保持联系并有着深厚的感情，自然请来汪老共同颁奖。一想到快要见到自己敬仰的汪老，我心情十分激动，还刻画起汪老的模样。一赶到会场，我的目光就到主席台上开始寻人。找到了、找到了：蓝色衬衫、米色休闲服，一张古铜色的脸，普通得就像邻家大叔，但他那眼神绝对与众不同！他含笑的面容上，那炯炯有神、充满睿智的目光正不断与大家交流，不断微微点头。颁奖大会开始了，主持人说了些什么，我已记不清楚，让我没想到的是，因为我的散文《无怨的青春》在这次征文中得了一等奖，主办方安排汪老亲自为我颁奖。我也记不清自己是怎么走上领奖台的，只知道按照顺序安排我站到了汪老面前。汪老拿着奖状看看，又盯着我看看，问："你就是厉平？祝贺你，好好努力！"我紧张得一个劲儿地点头。5年后，高邮文联出了一本十年成果集《甓社珠光》，里面有张汪老授奖的照片，细看接奖的人是我，原来当时有人为我们拍照，可我一点都不知道，当时的紧张和激动由此可见一斑。

其实，有时候，一个人就是一个地方的名片。因为鲁迅，人们知道了绍兴、知道了乌毡帽；因为陈逸飞，人们知道了周庄、知道了双桥；自然，运河边的高邮、芦苇荡、草巷口也会因为汪曾祺走进更多人的心中。虽然，到今年5月16日汪老已离开我们9周年，但相信你只要踏上高邮，一定会再次找寻到汪老，于草巷口、于大淖边……

作者简介

厉平，女，笔名陶野。1994年从事新闻工作，曾经是《扬州日报》"陶姐姐伴你行"专栏主笔。苏鲁豫皖地市报小记者发展协作会副会长,现为扬州报业传媒集团扬州时报社副总编辑。

汪曾祺给我的一封信

王树兴

1986年前后,我在一本文学期刊上读到汪曾祺先生的散文《故乡的食物》。在"炒米和焦屑"篇里,有这么一段文字:

小时读《板桥家书》:"天寒冰冻时暮,穷亲戚朋友到门,先泡一大碗炒米送手中,佐以酱姜一小碟,最是□□□□之具",觉得很亲切。郑板桥是兴化人,我的家乡是高邮,风气相似。这样的感情,是外地人们不易领会的。炒米是各地都有的。但是很多地方都做成了炒米糖。这是很便宜的食品。孩子买了,咯咯地嚼着。四川有"炒米糖开水",车站码头都有得卖,那是泡着吃的。但四川的炒米糖似也是专业的作坊做的,不像我们那里。我们那里也有炒米糖,像别处一样,切成长方形的一块一块。也有搓成圆球的,叫作"欢喜团"。那也是作坊里做的。但通常所说的炒米,是不加糖黏结的,是"散装"的;而且不是作坊里做出来,是自己家里炒的。

看到文章中有四个"□",我以为汪老大有深意,就找了原文来看。我的大舅家住兴化竹巷里头,郑板桥的故居在他家门口,说起来我外公家应该是郑板桥的街坊。我在兴化买到过一本《郑板桥文集》,记得里面就收有《板桥家书》。

读了原文,知道"□□□□"是"暖老温贫"四字。

我以家乡文学青年的身份给汪老写了一封信,信的内容大概是请教他留"□"是不是有深意,也说我翻了《板桥家书》,知道这四个字的内容。

信是寄到北京市文联的,我那时候还不知道汪老在北京京剧团,马上得到了他老人家的回信。

王树兴同志:

感谢你的来信。关于炒米的四个字,我确实是失忆了,并非有意不写出,有什么深意。这篇散文将来如果收集子时,当根据你所提供的材料改正。你对我的文章如此认真对待,很使我感动。我因事忙,一般的读者来信很少答复,你的信,我觉得非答复不可。

有时间盼望你来信谈谈高邮的现状。

即问 近好!

汪曾祺

七月九日

汪老的回信是我实在没有想到的,当时高邮市文联主席陈其昌先生将此作为一段佳话传颂。在汪老以后收入集子的"炒米和焦屑"一文中,"□□□□"皆填入"暖老温贫"四字。

此事过去了好多年,给我的印象仍然非常深刻。这是一个文学大家,对一个文学青年的认真,对自己作品的认真。

我对自己在为文方面要求"认真"二字，大概就是从汪曾祺给我的这封信开始的。

这封信现在我已经捐赠给高邮市汪曾祺纪念馆。

作者简介

王树兴，鲁迅文学院高研班学员，中国作家协会会员，中国宗教学会会员。已出版《国戏》《裙带关系》《咏而归》等长篇小说；中短篇小说被《小说选刊》《小说月报》等多家选刊转载。

汪曾祺劝导我写作

张鲁原

汪曾祺是我的良师益友。汪老比我大七岁,我称他良师益友是我敬重他,他是当代文坛大师,他曾热忱指导、帮助和推动我走上创作之路,没有他就没有我今天的成就,他是我的文学引路人。

时光荏苒,一晃三十多年过去了。由于汪老一位近亲在曙光中学做老师,是我的同事,我久仰汪老大名,便在得知他回高邮时赶去和他相聚闲聊。

在与汪老的交谈中,他知道我毕业于兰州大学中文系很惊讶,他说兰州大学中文系有些教授是西南联大的老师或同学,他都熟悉,他们都很有才华。"刘让言、曹觉民我都认识,水平都很高,你既受教于他们,为什么不写作呢。"我说:"我教高中语文并担任班主任工作一直比较忙,没时间写作。还有一点,我曾写过《文游台》《爬山记》《蜡烛颂》三篇抒情散文印给学生作写作文的范文,不料在'文化大革命'中被当作大毒草受到全校大批判,我有些心灰意冷,不想写作了。"汪老说:"嗨,这点小事算什么,我受的苦难比你大得多,我不还是照样写作吗?不要自暴自弃,拿起笔来进行写作,以你的文学功底,是可以成才成名的。"我听了他的劝导,就开始动笔写作,谁知一旦写作，便一发而不可收，退休后竟先后正式出版社科类和文学类著作十部，有的还是畅销书。在高邮本土作家中可算是成绩斐然。我的创作成就的取得自然要感谢、归功于当初激励我写作的汪老。

我喜爱写作民间文学作品，并在汪老积极推助下取得成就。

汪老知道我对民间文学特别是谚语很感兴趣，便鼓励我从事谚语研究和写作。谚语是广泛流传于民间的、劳动人民的宝贵生活经验和哲学思想的艺术结晶，对文学、文化、社会、生产、生活、历史的影响和发展推动很大。万事开头难，我从哪里下手呢？汪老专门写了一封信，叫我到上海复旦大学找民间文学专家赵景琛教授求教。赵景琛热心接待我，给我认真指教，还送给我一本民国初年出版的《中国谚语大全》。我带回来仔细看，知道什么是谚语了，但此书有目无文，只有条目，没有例证说明，还是叫人莫名其妙。我读过很多古籍，知道古籍中记录的古谚语很多，便下决心对古谚语进行深入探索和研究。高邮基本上没有什么古籍，我便趁假期或请假到北京、上海、南京、扬州各大图书馆借阅古籍，抄录条目例证，这中间不知吃了多少苦，饿了啃馒头，倦了睡街头，阅遍"二十四史"、明清小说戏曲、历代古文诗词、农书、医书、游记、经书，抄录的资料堆积如山，所写的卡片、资料、手稿可以从地上摞至屋顶。有志者事竟成，我终于写成了130多万字的《中华古谚语大辞典》，上海大学出版社在封面上赞此书，"是一部优秀的中华民族文化艺术瑰宝"。同时，我先后出版了《常用谚语词典》《中国古谚语辞典》，总共有200多万字。如果没有汪老的启迪和推助，我是不可能取得如此文学创作成就的。

作者简介

张鲁原，兰州大学中文系毕业，曾经担任中学教师，退休后有《武媚娘秘史》等十部作品出版。

汪曾祺：谦和与率真的长者

徐 林

年轻的时候，我非常喜欢汪曾祺的小说，特别是《大淖记事》和《受戒》，甚至还模仿他的风格写过小说。年纪渐长后，又喜欢上他的散文，尤其那些记叙乡风美食的小品文。

汪曾祺的小说，从不以情节取胜。他自己也曾说过："我不善讲故事。故事性太强了，我觉得就不大真实。"（《〈蒲桥集〉自序》）的确，汪曾祺的许多小说，都不像小说，更像一幅幅人物素描，细腻而生动。汪曾祺的小说，有一种美感，一种诗意的美感。汪曾祺的散文，更加质朴无华，即便一些细小琐屑的生活题材，由他的笔端流出，虽慢条斯理，如叙家常，却引人入胜。贾平凹先生对汪曾祺的文笔非常钦服，曾在一首诗中评价："汪是一文狐，修炼成老精。"把汪曾祺比作"文狐"，实在高明。

论述汪曾祺作品妙处的文章很多，从大作家到一般读者，足见汪曾祺作品的魅力所在。倘若让我来写这类文字，自忖未必就能写得透彻。所以，这篇短文，不谈汪曾祺文章，只谈汪曾祺为人，或者说是想让人们了解一下文章之外的汪曾祺。

1991年的秋天，我回高邮参加一次文学征文颁奖活动，没想到会在颁奖会上见到汪曾祺。这是汪老第三次回乡，也是最后一次。这是我第一次见到汪老，感觉汪老居然不似作家，而似一位邻家老父，让人由衷地想亲近他。汪老酱紫的脸堂，重重的皱纹，看上去比实际年龄更大些。颁奖会前，有人作长篇讲话，说的都是他。汪老坐在那儿，跟大伙一道认真地听，好像人家讲的并不是他。颁奖活动结束后，汪老也没急着离去，而是在一旁不停地给大伙签名。不时会有人召唤：汪老，跟您合个影。他总是笑呵呵地走过去，神情如老父般的慈祥。后来听一位获奖的文友讲，晚间他们去旅店看望汪老。开始，大伙显得很拘谨，都不敢开口说话。还是汪老主动打破了僵局，问他们都写些什么，于是有说写小说的，有说写散文、诗歌的。听完各人的陈述，汪老出人意料地说了一句："哦，没人与我同行。"大伙听后，有些摸不着头脑，疑惑地看着汪老。汪老笑着解释道："我的本行，是戏剧嘛。"大伙恍然始悟，不由得为汪老的幽默而会意地笑起来。

　　随和、谦逊，是汪曾祺给人们留下的共同印象。

　　曾在一位作家文章中，看到这样一件趣事。一次，汪曾祺去旅顺参加活动。接待他的主人是大连人，他向别人介绍说："这位是著名作家黄曾祺先生。"大连人"汪"与"黄"一个音，把"汪曾祺"念成了"黄曾祺"。结果，一群人"黄老"长"黄老"短地乱叫，汪曾祺居然一点不恼，依旧与大伙点头应酬、交谈。

　　　　我十七岁初恋，暑假里，在家写情书，他在一旁瞎出主意。我十几岁就学会了抽烟喝酒。他喝酒，给我也倒一杯。抽烟，一次抽出两根，他一根我一根。他还总是先给我点上火。我们的这种关系，他人或以为怪。父亲说："我们是多年父子成兄弟。"
　　　　我的孩子有时叫我"爸"，有时叫我"老头子"！连我的孙女也跟着叫。我的亲家母说这孩子"没大没小"。我觉得一个现代化的、充满人情味的家庭，首先必须做到"没大没小"。父母叫人敬畏，儿女"笔管条直"，最没有意思。

这是汪曾祺散文《多年父子成兄弟》中的两节，尤其第一节，每每读后，总令我忍俊不禁。有一位兄弟般的父亲做榜样，自然也会任凭自己的孩子"没大没小"。汪曾祺的随和，是有家传的。

汪曾祺的谦逊，则是由衷的。对于作家这个头衔，汪曾祺最初并不很认可：近年来有人称我为老作家了，这对我是新鲜事。老则老矣，已经六十一岁；说是作家，则还很不够。我多年来不觉得我是个作家。我写得太少了。(《〈汪曾祺小说选〉自序》)

晚年的汪曾祺，印章总是随身带着，遇到有人求字求画，基本不拒绝。汪曾祺写字作画很随性，不挑笔墨，不挑桌凳，甚至宣纸下面没毡子也不在意，找几张报纸就能对付。我身边的许多"汪迷"朋友，几乎都有汪曾祺的字画。

汪曾祺是一个谦和的人，也是一个率真的人。著名作家徐城北，是研究京剧艺术的专家，著有《梅兰芳与20世纪》《京剧与中国文化》等各类专著。汪曾祺本是徐城北父母的朋友，因为戏剧的缘故，两人经常一起参加活动，久而久之，成了忘年交。一次酒后，徐城北打趣汪曾祺，说他"面如重枣"。汪曾祺听后，笑道："你别捧我，什么'面如重枣'，分明是'面如锅底'。我从小皮肤黑，小名就叫'黑子'。"

汪曾祺被誉为"抒情的人道主义者，中国最后一个纯粹的文人，中国最后一个士大夫"。其实，这不仅仅是对他优美作品的赞颂，更是对他谦和与率真的人格魅力的褒奖。

作者简介

徐林，笔名广陵渔父，高邮人，现供职于扬州发电有限公司。江苏省作家协会会员，作品散见于《人民日报》《文艺报》《杂文报》《雨花》等报刊。

洒脱的汪老

姚正安

我观瞻过多帧汪曾祺老的照片。有扎着围裙下厨的,有伏案作画、写字的,有与友人交谈的,还有那张让无数人为之点赞的、与其夫人泛舟高邮湖的"一对老鸳鸯"照片,但一直存活在我脑海里的还是那帧身体微倚、指夹烟卷、手托额头的照片。

不知道是哪位大师拍摄的,也不知道是在怎样的背景下抓拍的,拍得太生动、传神了。照片上的汪老,神清气爽,淡定自若,指间袅袅升腾的烟雾,顶上稀疏银白的头发,额上数道深深的皱纹,透出十足的洒脱不拘与自足祥和。

1981年,我在高邮师范读书的时候,曾聆听汪老的讲座,那该是老人阔别家乡数十年后的第一次回乡。那时我们对作家对文学全无概念,更不知道台上的老人就是京剧《沙家浜》的编剧。记得20世纪70年代,村上的文娱宣传队上演过《沙家浜》选场,村里有一点文化的年轻妇女大都能哼上"垒起七星灶,铜壶煮三江,摆开八仙桌,招待十六方"。我最早拜读的汪老的作品是《受戒》和《大淖记事》,感觉与自己在高中读过的文章不同,何以不同,不知所以。

我此后一直在乡下的中学教书，很少获得汪老的消息，更没有机会与汪老有过哪怕一分钟的零距离接触。2013年，因工作需要，到河北考察鸡鸣驿建设。组织者行前说，此番还将到汪老工作、生活过的地方看看，我很高兴。后未果，有点失望。

然而，这并不影响我对汪老的认识、了解。我通过拜读汪的作品走进汪老的精神世界；我通过别人的文章和讲述，了解汪老的别样人生。

我心目中的汪老是洒脱的，作为普通人的汪老是洒脱的，作为作家的汪老是洒脱的，作为名人的汪老同样是洒脱的。

汪老的为人是洒脱的。正因为他的洒脱，在家里"没大没小""多年父子成弟兄"，营造了亲情浓浓的家庭环境，甚至在他露出得意的尾巴时，小辈们会浇上一盆冷水。正因为他的洒脱，在下放到张家口农科所劳动后，苦中作乐，边画马铃薯图谱边享受烤马铃薯的美味，能将苦难转化为快意人生者非洒脱不能为。正因为他的洒脱，身边聚集了一大批老老少少的朋友。正因为他的洒脱，人们对他有了新的认识，激起更深的尊重。据说某一次回家乡，一家饭店请其题写店名，要求写某某大饭店，汪老略一思考，说，你这家饭店哪能说是什么大饭店，大字终没写上。此事是否属实，没有考证，但发生在汪老身上是可能的，也是正常的。他于人于事，自有认识，自有理解，不会囿于外界的长长短短。

汪老的为文是洒脱的。他从没给自己的作品贴上什么"主义""流派"的标签，也不刻意模仿某一位或某几位中外大作家的套路创作。他深受恩师沈从文的影响，但绝不在老师后面亦步亦趋，他按照他认识的世界反映世界，他按照他理解的生活讲述生活，他按照他掌握的小说创作小说。诚如他自己所说：我的一些小说不太像小说，或者根本就不是小说，有些只是人物素描。我不善于讲故事，我也不喜欢太像小说的小说，即故事性很强的小说。故事性太强了，我觉得就不大真实。确实，汪老的小说少有激烈冲突的情节，像陈小手身后挨一枪的情节在汪老小说里是罕见的。有人据此遗憾地表示：汪先生的小说难以改编成电影、电视。他以洒脱不羁的为文风格，耕耘出一片崭新的文学田地，给近乎窒息的文学空间吹进清新的空气，赢得众多读者的追捧，直到他离世二十年后的今天，他的各种集子仍在不停地出版，这是其他现当代家们无法比肩的。著名评论家王干先生称汪老为"被遮蔽的大师"是恰如其分的。

名人汪老也是洒脱的。"文革"结束后不久，汪老即推出若干篇"小桥流水"般的小说，在文坛上形成了轰动效应，他因此成为文坛上知名度极高的作家。前国家领导人将其与高邮双黄蛋一起称为"高邮之宝"，可见当时汪老的影响有多大。但是汪老不摆谱、不矫情，一如常人生活在自己快乐的世界里。他回家省亲，仍依旧礼给继母行跪拜之礼。老乡朋友上门，他依然扎起围裙下厨。即使是自家房产没有落实政策，他也没有端起名人架势与政府论理，仅仅写了封寓理于情的书信。有人为此愤愤不平，然而，汪老没有喜怒于声，仍平和如初，一如既往地推介高邮，提携后学。那首由汪老作词的《我的家乡在高邮》，一直在高邮大地传唱。

于一个人来说，洒脱是什么？汪老以他的为人为文告诉我们：洒脱是守得住、拿得起、放得下，不为艰难所困，不为名利所累，不为世俗所左右，活出自己的快乐，活出自己的精彩，活出自己的味道。

洒脱是一种风度，一种胸襟，是底气骨气，也不乏一点点傲气。

我从不奢望通过阅读汪老的作品而成为名人名作家，倒是想通过反复拜读其经典作品，获得一点洒脱的智慧，继续自己的五味人生。仅此一点就足够了，因为写作并不是所有人的营生，更不是人生的全部。

作者简介

姚正安，笔名蒙龙，中国作家协会会员。出版散文随笔集《我写我爱》《记忆》《一种生活》《我的父亲母亲》及长篇报告文学《不屈的脊梁》，获第六届冰心散文奖、高邮市第三届"秦少游文化奖章"。

诗意汪曾祺

苏若兮

做了高邮人,又是从事写作,并以此为职业,不写一写对于汪曾祺的印象是不是枉为他的乡人?

事实上,我读过的汪曾祺的著作不是很多。大多的印象都来自于他人之口的印象。

虽未曾谋面,但能读到他让人闲适,甚至是清心的文字,对我这个爱好写作的人来说已足够。

一直对写出好文字的人感兴趣。尤其是他的人生经历与作文态度。

当年读他的《陈小手》,愣在那儿半天恍不过神来。那样的结尾让人难以接受,却真实地暴露了人性的阴暗。

细细思量,人间人事种种,有多少救人者的良善得到了回报与尊重?

想起小学时读到的寓言《农夫和蛇》,和《陈小手》有异曲同工之妙。而现实生活中,恩将仇报者亦不算寥寥。

也许正是由于有了与美好相冲突的罪恶存在,才使人生有了众多故事和提笔写这些揪心故事的人。

只有深入地读他，才会真正地诚服于他的作文能力。

他的语言是我要追逐且要占为己有的语言。我庆幸我有着和他一样的语言的洁癖。

他的语言看似简单，却鲜活无比。

不仅仅高邮在他的笔下生动。人间事物都在他的笔下生动。

如果要给汪曾祺的写作归类的话，我会称他为原生态写作。自然无饰，浑然天成。

很爱他的散文，简单纯粹而朴素。从淡处取意，能意会出深远的滋味。昔人旧事、名胜古迹，信手拈来，娓娓而述。就如一幅幅写意画，留下让你索出众多意味的留白。他更是个造境能手。读他的文字，每每有身临其境之感。

好多句子，极富诗意：

我每天醒在鸟声里。我从梦里就听到鸟叫，直到我醒来。我听得出几种极熟悉的叫声，那是每天都叫的，似乎每天都在那个固定的枝头。

将它们分行，可不就是诗歌吗？

读他的小说，也是一样别具一格，别有洞天。

他的叙述，不动声色。这种极强的讲故事的能力，我会以为更多的是天赋，虽然身世沧桑和文化蕴藏也是其中的因素。

不知道他洞悉了多少世事。反正读他，先是淡然、亲切，然后唏嘘。

他关注民俗和风物人情。身为高邮人，看到他写高邮里下河的部分，更爱了高邮和写作它的人几分。他写童年、故乡、记忆中的人和事，那么淳朴自然，委婉清淡。着眼独到，而达到了更高的审美体验。凡人小事才更拨动人心。凡人小事的叙述才现一个作家的真实的功力。

深以为，他是个掌握了写作真谛的人。越来越喜欢近距离地阅读他。在午后，在夜晚，他的作品仿如一杯杯越品越出滋味的清茶，一一地爱上它们。

写完这一篇，仿佛看到他闲步于花市、戏园、校舍、乡土，各等人物

——生动跃然于他的画纸上。更觉得"人如其人"这词用在他身上,对极了。

作者简介

苏若兮,原名邵连秀。诗人,中国作家协会会员。作品散见《诗刊》等文学期刊,著有个人诗集《缓解》《扬州慢》等。现居高邮湖西。

做节目做出来的"汪迷"

周 扬

不怕大家笑话,起初我真不知道汪曾祺是谁。第一次听人说起汪老,我一脸茫然,那人见状遂问我:"知道《沙家浜》不?他是编剧。"我立刻肃然起敬,哇,那么厉害!

真正了解汪曾祺及其作品缘于一档广播节目。2010年适逢汪老诞辰90周年,高邮市举行系列纪念活动,《安瑶有约》作为市电台的一档文学节目,自然是要做个专题。彼时我刚进电台不久,该节目也是新开播,一切皆在摸索中,对汪老及其作品一无所知,心里是十五个吊桶打水,委实不知道从何处着手。

想来万分汗颜,作为一名市电台文学节目的主持人,我居然不知道自己的家乡有这么一位文学大家,这是多么荒唐的一件事。可再不好意思,节目还是要做的,无奈只得厚着脸皮学习阿Q精神,偷偷安慰自己:我一个原来一点不文学的人,因为新开这档节目才接触这些阳春白雪,不知道汪老也不奇怪,现在开始了解也不晚。话是这么说,要想做一档关于汪老的专题,临时抱佛脚怎么可能不晚。怎么办?我抓耳挠腮思前想后,最后决定另辟蹊径,既然自己不了解，现读作品又来不及，那就不要不懂装懂瞎折腾了，干脆把节目空间交出去，让汪老的家人和读者们去谈他和他的作品。

于是在古旧狭长的巷子里，我寻访到了汪曾祺故居，听汪老妹夫金家渝先生讲述汪老过往的经历。看到墙上挂着的汪老的照片，和蔼可亲的样子，他的脸上没有一点沧桑凄苦，我不禁唏嘘，这位老人如何在经历种种磨难和失意后还能这般一脸淡然平和？后来我知道，这样的淡然平和也体现在他的作品中，他的作品里从没有声嘶力竭的控诉，也没有悲凉凄楚的呻吟，一切都是平淡而温暖的，当中还不乏活泼和幽默，就连被打成右派后在农业科学研究所"画土豆"的日子也被他写得趣味横生，仿佛是在过什么自在的好生活。

那段时间我走访了很多人，他们中有汪老的家人，有曾经与他有过交集的人，有他作品中人物原型的后人，还有喜欢他作品的读者。我从不刻意引导他们的话题，只认真地听每一个人跟我讲他们心目中的汪老和他的作品。时年79岁的王蔚如老人，是汪曾祺小说《异秉》中的人物王小二的五儿子，同时也是位铁杆"汪迷"。说到《异秉》他就掩不住激动，说那个王小二是他的父亲，说他看这个（《异秉》）是看了又看，因为这个讲的是他父亲的事情。老人说自己不是文人只是劳动者，因为喜欢，他几乎读完了汪曾祺的所有作品，他还清晰地记得很多汪老作品中的原句原词，如数家珍，一一道来。该是怎样的喜欢能让一位年近八旬的老人有如此深刻的记忆，又是怎样的作品能让人如此的喜欢？老人说，因为他觉得亲切，汪曾祺笔下的故事和情景，还有他作品中用到的诸如"滑滴滴""格争争""毛杀子"之类的高邮土语都让他觉得亲切。

和陈其昌先生的交谈是在一个阳光明媚的上午，陈先生是汪曾祺研究会秘书长，那天在他家的客厅我们聊了将近一个上午，说是我们两个人交谈，但其实是我一直在听陈先生讲汪老的作品。按理说，作为采访者，我应该要引导被采访对象的话题的，但我就那么认认真真地听陈先生讲，根本无意打断，因为仅从他的讲述中我已经领略到汪老文字的美，这样的美不是让人怦然心动而是不知不觉被吸引。回来后我禁不住怀疑，并且真的跟人打听："陈其昌先生是不是曾经是语文老师？我觉得我像是在听文学赏析课。"答案是否定的。现在想来，陈先生必也是真正喜欢汪老的作品，才会讲得如此生动，更主要的，汪老的文字就是有这样的魅力，仅仅只言片语便足以深深吸引我。

那档节目里我运用了大量的采访录音，来自不同文化层次、不同身份职业、不同年龄段的人的声音汇聚了丰富的内容，节目播出后收到了很好的反响，我也因此拿到了节目开播后的第一个一等奖。但对于我而言收获远不止于此，因为做这个专题节目我"结识"了汪老并且喜欢他的作品，我有时笑称自己是个做节目做出来的"汪迷"。此后不时读到汪老的文字，总觉得读他的文字像是在听爷爷讲那过去的事，那么朴实那么亲切，一切都是淡淡的，故事是平常的，却让你回味无穷，景色是美丽的，却从不大肆渲染。你听他讲了，会好奇，会向往，会温暖，会喜欢。

如今每每向外地人介绍自己的家乡，我总要提到汪老，若对方如我当年般茫然，我便说："知道《沙家浜》不？他是编剧。知道《受戒》吗？是他老人家写的！"

这时候的我，一脸的骄傲！

作者简介

周扬，女，江苏省朗诵协会会员，扬州市文艺创作研究会会员，高邮人民广播电台文学节目《安瑶有约》主持人，爱好写作和朗诵。

乡人的感激

柏乃宝

作为汪曾祺乡人后辈，我对他充满了感激之情。

高邮是个水乡小城，生于兹长于兹，之前经常陷于无感，还是从他如诗如歌的作品记叙中才印证家乡的美。他的书打开就是一张寻宝图，人人都惊喜并讶异，人人自豪而欢欣，我们高邮还真的这样美！感谢先生。

先生的文章，常读常新，要是我们高邮的游子，读他的书就会自然而然地掀起想家的思绪，家乡的草木枯荣，时令瓜果，河鲜禽味，美味小食，大锅饭，小锅菜，抹不掉的记忆，改不了的乡音，魂牵梦绕挥之不去，会赶快打点行装，踏上归程，回到生我养我的地方，慰藉一下乡愁。感谢先生！

父辈们特别欣赏革命样板戏《沙家浜》，人人热爱阿庆嫂，勤劳持家，吃苦耐劳，机智灵活，心地善良，英气与柔美兼具，也是对家乡劳动妇女形象的一种高度提炼。"垒起七星灶，铜壶煮三江。摆开八仙桌，招待十六方。来的都是客，全凭嘴一张。相逢开口笑，过后不思量。人一走，茶就凉……有什么周详不周详？"这样的戏剧台词，没有对生活的深刻观察和历练是写不出来的，我欣赏这段时，眼前闪现和对照着的就是小城高邮老茶馆的模糊场景，里面的老板娘就是我沾亲带故的三姨娘六舅母，里面的茶客就是我东门大街南门巷子里的熟人。

  我不擅唱戏唱歌，只特爱唱这一出，而且是保留节目，因为必须是三人同时献艺，所以唱时互动的情形达到极致，欢乐的气氛达到高潮。末了还不忘向宾朋说一句：唱的是汪曾祺写的，我与汪曾祺是老乡！感谢先生。

  先生笔下的大淖河，现在已变身为大淖河滨风景区；小城是"不淹不涝，活水绕城"，宜居城市，近日更是荣任全国第一百三十座历史文化名城。人家问我文化名城有什么名人，我能够随口就来——古有秦少游，现有汪曾祺。感谢先生！

  先生念念不忘的野菜——荠菜、枸杞头、香椿芽，"这些野菜是用来荒年充饥度命的，现在是调剂时鲜的美味"，成为广受追捧的绿色无公害食品。土鸡，农家菜，麻鸭，河蚌，鱼虾，蚬子，螺蛳，咸菜茨菇汤，平平常常，家家会做，现在已打造成农家乐餐宴上的品牌菜系，创收红利普惠乡民。感谢先生！

  对于外人来说，汪曾祺作品是现当代文学史课本里的内容，而对于我们，无论过去还是现在，无论是生命体验还是日常生活，都是渗透在同乡人血肉里的幽微联结，每时每刻都有新的生长和升华。

  读您的书，身心受益，唯有感激。

  再说一声——感谢先生！

作者简介

  柏乃宝，爱好广泛，尤其喜爱戏剧、文学，闲时研究《易经》等传统文化。现供职于江苏高邮高新技术产业开发区，从事规划建设管理工作。

回　家

居　田

> 我在家乡生活到十九岁，在昆明住了七年，上海住了一年多，以后一直住在北京，——当中到张家口沙岭子劳动了四个年头。(《汪曾祺自选集·自序》)

我经常不记得有五年多不在家了。到明年初，我必须二十岁。虽然家里人说，出生算一岁，过年二十二。

高中同桌教我唱校歌，"质文竞进，似秦淮江水交流，钟山秀耸"——

"我们初中就唱这个。"

我就给她唱"国士秦郎此故乡，湖山钟人杰"——

"我们校歌是汪曾祺写的。"

因为还要过很久才会读到"质文竞进"的作词者柳诒徵先生，所以，我开心地做了很久受关注的"鸭蛋好吃"新同学，随时解释"茨菇嘴子""吕蒿薹子""熏烧摊子"。

我开始读汪曾祺是在高邮人编的《梦故乡》。小升初暑假要写游盂城驿有感，喝了一点小酒的我爸爸就抱来很多高邮文联出的小册子。第二天小册子全被我还回去，留下一本《梦故乡》，在书橱一层右下角，木门挡得很好——我偷偷拿出来压在作业本下面的书都放到那里。所以，我最初的读后感是"怎么什么都敢写"，而不是"乡土文学"，或者"美食作家"。高中时的"汪曾祺解释者"其实很怕有人问到"小孃孃""薛大娘""鹿井丹泉"……幸而从没有过。

我爸听说我要写作文的时候经常碰巧喝了一点小酒，就要从他书房抱一摞"你早该看看"的书塞到我房间的书架上。我妈妈就喊："不要敷（没有考证是不是这个字）！"因为要是他书架空出来一点，就会再买书而不担心隔板弯、地砖裂、柜门关不上了。后来我书橱下面的柜门关不上了。

爸爸曾经专门送我一本《汪曾祺自选集》。妈妈看穿"就是换个理由腾书柜"。第一次他说："我跟你差不多大的时候写作文得了奖，这本《汪曾祺自选集》是奖品。"第二次补充说明："是一版一印，印数很少哦。"第三次追加："'孔夫子旧书网'上有人出高价买，买不到。我才不卖。"我妈扫地到他脚下，说："等我来卖。"

我不猜爸爸送书给我干什么，我又不喜欢写作文。我也不翻《汪曾祺自选集》，因为我喜欢一边看书一边吃东西，怕吃脏了他的宝贝书。

不喜欢写作文主要因为爸爸编《晚饭花》。《晚饭花》是我们初中校刊。我家阳台上时常堆一麻袋稿纸，那是他遗弃不用的废稿，我很高兴把它们卖掉喂"钱兔"。老师第一次让我打印作文的时候，妈妈很开心。因为构思是我在她电动车后座商量出来的，她一边打字一边对我大发溢美之词。不幸的是，这篇东西很快夹在一摞稿子里放上爸爸的书桌，评语是："书读到皮里去了，节奏都不懂。"

"什么《晚饭花》！"我回自己房间在校刊封底打数学草稿。封底很空，一整页的正中只印着汪曾祺的一节语录：

> 它是几乎不用种的。随便丢几粒种籽到土里，它就会赫然地长出了一大丛。结了籽，落进土中，第二年就会长了更大的几丛。只

要有一点空地,全给你占得满满的,一点也不客气。它不怕旱,不怕涝,不用浇水,不用施肥,不得病,也没见它生过虫。这算是什么花呢?然而不是花又是什么呢……看到晚饭花,我就觉得一天的酷暑过去了,凉意暗暗地从草丛里生了出来,身上的痱子也不痒了,很舒服;有时也会想到又过了一天,小小年纪,也感到一点惆怅,很淡很淡的惆怅。而且觉得有点寂寞,白菊花茶一样的寂寞。——《〈晚饭花集〉自序》(节选)

高中学到《葡萄月令》,才觉得"节奏真好"。接着想到高中作文爸爸看不到了,更好(我在南京读高中,他在高邮上班)。我爸是一个有趣的人。他跟我开玩笑要么是"书非借不能读也"的寓教于乐,要么是这样:

"过了年别人问你多大,说'十五'。"

"啊?"

"你牙丑。汪曾祺说,牙好的人说'十七'。"

"还说'多年父子成兄弟'呢。"

想到我是女的,反正也成不了兄弟,就悲伤地在虚岁十七之前,在自己参与编辑的班刊写了篇稿子:《不想回家》。后来真再难有回家长住的机会。记得比较久的一次还是大学前的暑假。

那次带要好的姑娘回家,吃蒲包肉盐水鹅,草炉烧饼阳春面。姑娘崇拜我妈的厨艺,昂刺鱼汤一喝一大碗。逛过高邮城,她眼睛发光地说:"真有竺家巷、傅公桥啊。"然后开始跟我爸聊汪曾祺。我和妈妈把鱼刺吐在爸爸专为"等鱼卡"编的小报副刊版,一边想起小时候在傅公桥"戳兔子灯"的事情了。"哎,傅公桥大变样了。"

大运河改造,大淖河改造,傅公桥改造,我家和高邮城一起搬到自行车骑不到高邮湖的东边去了。小时候爱吃的摊子牛肉都出了真空包装:"到我这块买了寄外去的家长多呢!"走过傅公桥的李小龙们都跑出去"珍重少年时"了。

也不太想家。北京的中关村和五道口有个"邮子群"。谈起来都有过咸鸭蛋外交，出去自我介绍也总会被接一句"出鸭蛋"。作为一个中文系的小学生，"出鸭蛋"以后，"还出秦少游""还出'二王'""还出汪曾祺"呢。

"邮子"约饭，见面说的都是后鼻音很像样的普通话了。我曾经在普通话和说了十四年的方言之间不知所措。读到汪老离家几十年还能写"三姑娘小凤是个镢嘴子，咭咭呱呱"，很受安慰。过多少年，高邮孩子聚到一起，大概还是"甩吃"，吃到"饱透透"。

有长在大城市的好朋友，近来忧虑地从电影《你的名字》里看出了"现代性"的矛盾。《岁寒三友》《鸡鸭名家》的高邮，我这一代也没见过。随时间活着的人不好对时间有多少要求嘛。汪曾祺先生自己说：

"我不太同意'乡土文学'的提法。我不认为我写的是乡土文学。有些同志所主张的乡土文学，他们心目中的对立面实际上是现代主义，我不排斥现代主义。"

不能向现实要求故事，总感激有过这么好的文字把故事记下来。阅读是最快的回家。离家多远，嘴一馋就想"蟹肉包子、火腿烧卖、冬笋蒸饺、脂油千层糕。还可叫一个三鲜煮干丝，小酌两杯"；雾霾多大，眼睛一闭就有"青浮萍，紫浮萍。长脚蚊子，水蜘蛛。野菱角开着四瓣的小白花。惊起一只青桩，擦着芦穗，扑鲁鲁飞远了"。

汪曾祺先生逝世将要二十年。我希望先生之后，还有人把小城接着写下来，毕竟我和许多人只有一个家乡叫高邮。

我妈妈说她的新年愿望是看到我爸和我写的东西一起登在纸上。我不确定我这么啰唆还能不能上纸。爸爸什么时候出个书，满足她卖书的夙愿吧。不过妈妈看到我们写的东西肯定要读一读汪曾祺啦。

新年汪老又多一个读者了，我又长大了一岁。

作者简介

居田，北京大学元培学院汉语言方向大三学生。

端午，候在竺家巷

茆卫东

这天，在高邮。

想去城外东北角的竺家巷口，候一个人。咱老乡，汪先生。

便起了一个大早，街上行人尚少，先得吃个早饭，便一脚头坐进府前街的红灯笼大堂。老板娘姓谭，地道高邮人，站在柜台内招呼，大少爷呵，家来啦，今天吃什么呵？一边说笑一边点了一盘烫干丝，一只菜包、一只三丁合在一个笼里，还有一碗阳春面，一起三张纸扉子。

包子现下单现包，要等。面条得要自己拿着纸扉子去厨房灶台，看着下面的中年女子操着一双长筷子，将面在汤锅里搂两下，跟着起水，叉进一只配好佐料的搪瓷盆，自己端。

大堂，桌椅排排得紧铮铮的，客人多，男女老少，说着话，开着玩笑，空气跟着暖得哄哄的。

坐的一个靠窗的偏桌。不是怕吵，而是那桌角上已坐着一位老人，面色红润，头发花白却梳得一丝不乱。自己带的玻璃杯，泡着的茶水，叶子正半浮着，汤色还没酽起黄绿。面前搁了一碟烫干丝，堆尖，腾着白气，碟底汪了一圈麻酱油，干丝顶头覆了一转虾米药芹细丁，还没动筷子拆拌。老人安静地坐着，眼睛含着和善，四下闲望。一抹东来的阳光，正好够进窗户来，掀开窗帘，一缕两缕地伏在他的肩上、背后，像他随手搂来的小孙儿，缠着他皮的玩。一两个跑堂上笼的中年女人，偶尔与他招呼一声，四爷呵，马就好，给您端噢。老人马上捧上一脸笑，说小九子，不急不急。

这老人面熟。边回想着，边坐下，便与老人敬烟点火，说，汪曾祺先生写过的"大淖""受戒"，您晓得吧？老人嘿嘿一乐，扬了一下眉毛，说，还有明海、小英子，还有岁寒三友，多是我巷头上的老朋友，打小玩到大玩到老的。

一听这话，来神了。干脆与老人坐到一条边上，细聊。

老人不说了，起筷，拆开干丝，一遍两遍地拌透了，浸着滴滴的佐料汤水，要我一起。

我的烫干丝也上桌了，还是那个叫小九子的女人端来的。还问了一句，你跟四爷一块坐呵？

看来，四爷不仅是老客，而且习惯独坐。我悄悄问，我也称您四爷，可以吗？老人点头。我又说，四爷，挤在您旁边，不犯嫌吧？老人摇摇头。同时，将身子还向里面让了让。

一下子，想起来了，我小时候，马棚巷口有家酱品店，老人是守在店里打算盘的掌柜，过年过节忙起来了，他也会帮着一起打酱油、称酱的那位老太爷。原来叫四爷。

两碟烫干丝捞净了，现出汤水的时候，老人说，汪先生写的那一排边的人物，我差不多都干过、都交往过。跟着放下筷子，扳着指头说，河边上的船上孩子，读书的学生，日杂店的小伙计，乡下赤脚医生，教语文的小学教员，后来又到供销社、酱品店做承包人。家里还有一个做皮匠的兄弟，一个撑船运瓷器的妹妹。再说的远些嗙，北门大街，人民路，草巷口，窑巷口，竺家巷，一条边的老弟兄，炸油条炸麻团、打烧饼下面的，挑担子卖豆腐脑香干茶干的，拉板车送煤球送大菜的，海了。不管哪一个，都跑不出汪先生的那一支笔，那一门乡亲。

四爷点的包子，我点的包子，都上桌了，同是一菜一三丁，合在一只笼里蒸的。四爷又是嘿嘿一笑，这个巧。可高兴了，便招手，喊小九子，把那半瓶酒取来，再配两个口杯。

酒斟满了，溢在杯口笑盈盈的。四爷侧脸望着我，后脑勺倚着一束朝阳，那鼓着的眼泡，那一脸和气的笑意，直接是照片上的汪老的传神闪现。我端起，过双眉，接着一口掀入嗓子眼，还在嘴中回甘了一把，吱出一声昂刺叫。四爷摇头微笑，说，你小子，可以呵。仰头干了。又说了一地的故事话语。

快十点了。窗外的光线，正如开始拖地清洁的服务员泼在地上的水，把整张桌子和我们两个都给淹了。

三杯三口，肯定过了我的量。今天不一样，还得去竺家巷口候一个人呢。汪先生，还有他老人家那一脸憨憨的笑、厚厚的笑。一口烟跟着一口酒，还是嘿嘿地笑。

大概是在北门桥上，四爷说，我来把一条边的老弟兄报给你听。高邮饭店下面的张麻子，前头那个老澡堂子华兴池打毛巾把子的六指子，隔壁篾匠店扎藤椅子的胡七爷，还有敲白铁的、叫什么来的。四爷便歪在一家店门口跟人打听。我顺着北门外街，右拐，进入人民路。

真是第一次到竺家巷，看到草巷口的路牌，便问人，竺家巷在哪块？一个老太，好人，牵着我的两个指头，一直带到汪老故居门口，出来一位白净慈善的阿姨。带路的老太说，问竺家巷，一定是来看汪先生的。阿姨是汪先生的妹妹。她说，汪老先前的故居在东面，变成一家工厂了，现在又倒闭了。说着，把我引入内屋，指着围墙东面一片天空，说，就是那，汪老小时候长大的地方。

围墙上除了一片明晃晃的端午的天空，还有一大捧粗枝大叶，青翠，鲜艳的青翠。一片树叶像是一面镜子，倒映着青翠的阳光。一片天空因此被照得青翠，鲜艳的青翠。

静静地仰望着、伫立着。听到墙头那边有人在说话。说着汪老的散文《人间草木》中的山丹丹。

我在大青山挖到一棵山丹丹。这棵山丹丹的花真多。招待我们的老堡垒户看了看，说："这棵山丹丹有十三年了。"

"十三年了？咋知道？"

"山丹丹长一年，多开一朵花。你看，十三朵。"

山丹丹记得自己的岁数。

我说，汪老，我们也记得您的岁数。

您在天空中，花儿一样，开放了快20年了。汪先生。

巷口歇了一辆旧三轮车，出来后，不想走，便跨上去，靠着墙，坐在车的飞边上，喘着酒气。望着巷口处来往的人。过去一个人，我就点一下手指，报一个名字：明海，小英子，王瘦吾，陶虎臣，靳彝甫，秦老吉。手指再点时，发现汪先生来了，憨憨地笑着，举着一瓶白酒，拎着一袋鸭蛋、花生米、猪头肉，乐呵呵地朝我走来，兴奋而小声地说，端午的鸭蛋，北石桥的猪头肉。

原来是四爷，没走丢的四爷。

走，坐大淖边上，再喝两口，就咱们俩。

边走边回头望望巷口那辆三轮车，原先我坐过的位置，又坐了一人，下颌微含，眼泡微肿。执着一支烟，端着一酒杯，一脸憨憨的笑、厚厚的笑。

再看，那人一口烟跟着一口酒，还是嘿嘿地笑。

我走不动了，站下来回望。

四爷见我站着不动，也收了步子，转过身来，跟我一起向巷口眺望。

望着望着，手上拎着的端午的鸭蛋和熟食，还有一瓶没开封的白酒，竟然散了一地，碎了一地。

端午的阳光，性子多烈呵，往下一照，腾出成片成片的酒香肉香，一下子淹没了一条人民路。

作者简介

茆卫东，江苏省作协会员，扬州市文联委员、扬州市作协理事，电企文学社秘书长。在《人民日报》《文艺报》《青春》等报刊发表作品700多篇(首)，诗歌《一点五平米》入选《诗刊》的《2008中国年度诗歌》，出版中篇小说《呼喊的火焰》。

旨在做人的汪曾祺老

赵德清

关于汪曾祺老，高邮人，特别是高邮的普通人，都能说得眉飞色舞。尤其是说起汪老笔下的人物，大家都能描摹得活灵活现，就连语言的风格都几乎能与作品中一样。因为，汪老作品的语言很多就是高邮地方语言，汪老笔下的人物很多就是高邮的芸芸众生。

但是，汪曾祺老曾经说过，他写的，不能算乡土文学，不能归并到什么流派，写就写了，没那么多讲究。所以，这些年来，品读汪老、研究汪老，持续升温、杂见报刊，只不过目前还没有形成理论体系，也没有真正充分挖掘出汪老的文学价值和人文价值。

作为汪曾祺老的家乡人，一名普通的文学爱好者，偶尔读读汪老的文章，觉得确实有滋有味。虽然非主流、无流派，但也确实有他独特的文学地位。我在年轻的时候，二十五岁的样子，自学考试汉语言文学本科毕业论文，写的也是汪老，课题是《汪曾祺小说的语言世界》。二十多年后，再翻翻看，觉得仍然有现实意义，幸运地被扬州文艺创作研究会的微信公众号采用。结果反响还不错，趁势在微信里建立了"汪迷文学文艺爱好群"，居然能够满额500位。在群友们呼吁下，又建起"汪迷部落"微信公众号，收录一些汪老、"汪迷"的文章以便大家分享阅读。按照汪老的话说，有益于世道人心。

对于汪曾祺老，我想说的，只有两个字：做人。

正如有人说汪曾祺老不是什么"神"，我想说的是，汪老也不是什么"狐"、什么"仙"，而是活生生的有血有肉的"人"！

做这个"人"，大家可知道汪曾祺老有多难？

从那个战火纷飞的大时代，历经抗战、解放、"文革"、改革开放，从水乡高邮走到外面的世界，走上历史大舞台，立足文坛大天地，汪曾祺老他绝对是个有故事的人。但是他的作品，特别是20世纪80年代声名鹊起之后的作品，充满了"人间小温"，讲的都是"如何做人"。

前不久，我参加党校培训，有教授讲，马克思主义研究的就是"如何做人"。从个体到群体，到社会，马克思试图从哲学高度回答"如何做人"。正如《共产党宣言》讲，共产党人"不提出任何特殊的原则，用以塑造无产阶级的运动"，共产党人的理论原理也"决不是以这个或那个世界改革家所发明或发现的思想、原则为根据的"。马克思主义所遵循的是"人的发展规律""经济的发展规律"和"社会的发展规律"，精简为两个字：规律。

万事万物都有"规律"。人有规律，文也有规律。汪曾祺老的文学文艺造诣，就在于把握规律、回归规律。特别是在提倡"如何做人"上，文由心生，文以载道。《受戒》《大淖记事》《鸡鸭名家》《异秉》《羊舍一夕》《岁寒三友》《故里三陈》等，主人公都是些平民百姓，讲的都是家长里短，探讨的也是人性与做人。而且尤为可贵的是，汪老绝不把短篇抻成中篇、长篇，一句话"写了就写了"，让读者总觉得读得不过瘾，意犹未尽，恨不得上前押着汪老的笔头继续往下写。为什么？因为，汪老写的都是真性情，写的是人间文学。而且，更为奇妙的是错觉，读者们都认为这就是自己原本也想说想写的话和事，就好像汪老是读者肚子里的蛔虫一样，痒痒的、咬牙切齿。这就是汪老"把握规律、回归规律"的高明之处。

许多年以来，各种文学流派异彩纷呈，唯独汪曾祺老既不跟风，也不说三道四。汪老曾颇有智慧地说："我认为本世纪的中国文学，翻来覆去，无非是两方面的问题：现实主义与现代主义；继承民族传统与接受西方影响。几年前，我曾在一次关于我的作品的讨论会上提出：回到现实主义，回到民族传统。我说：这种现实主义是容纳各种流派的现实主义；这种民族传统是对外来文化的精华兼收并蓄的民族传统。现实主义和现代主义可以并存，并且可以融合；民族传统与外来影响（主要是西方影响）并不矛盾。21世纪的文学也许是更加现实主义的，也更加现代主义的；更多地继承民族文化，也更深更广地接受西方影响的。"

绕了半天，话归正题，旨在做人，汪曾祺老才得以自由。或者可以说，旨在自由，才得以做人。

汪曾祺老有他许多不得已的苦衷。下笔如有神的他，写不出半个字的病假申请、住房申请。他爱美食，特别是爱家乡高邮的地道食物，常常念念不忘，也常常自己动手来做。在文学天地里，他以独特的方式自由表达出"人之所以为人"的温暖。汪老的书画亦是一绝，但却执拗地不为某领导写"青云直上"四个字，就像他笔下的《鉴赏家》一样，不为利而写，不因名而写，只为真性情而写。

"文如其人"，形容可爱的老头儿，一点不假。改革开放以后，汪曾祺老一直在努力"做人"。在家里，是那么随和。在外面，是那么亲和。他始终笑呵呵的。也曾因房子分小了，调侃长子汪朗"哎，我儿子的官还是做小了！"

很久以前，我还在蚕种场读初中，听老师讲他聆听过汪曾祺老的文学讲座，羡慕得不得了。1991年从高邮师范毕业后，我有幸参加高邮市文联举办的"春蚕杯"征文大赛，颁奖嘉宾是汪老，可惜所得奖项不高，未能近距离接触汪老。再之后，汪老回家乡高邮，也因自己蜷居小镇教书，更无缘以见，甚为遗憾。然而，汪曾祺老的"做人"风范，从笔端涓涓流淌而出，读之大幸。为文，朴素无华，别具匠心，真情表达。为人，和善可近，一片赤心，率性而至。

要求自己，学汪曾祺老之为文，必须首在学汪老之为人。

作者简介

赵德清，高邮师范学校普师专业毕业，自学考试双本科毕业（汉语言文学专业、新闻学专业），历任小学教师、报社记者、政府机关工作人员，受高邮师范文学启蒙，工作之余偶涉文学创作，写有散文和小说作品。

今天,我们为什么怀念汪曾祺

周荣池

汪曾祺辞世十数年之后,他的文字却能够历久弥香,掀起一波又一波的"汪曾祺热",作为他的乡人后学,我以为这是当代文学在经历了思想和经济革新浪潮冲击之后,由暂时的无序走向冷静与理智的一种必然选择。今天,汪曾祺的文字一次次地被重新解读,正是因为其文历经时光考验而成为打动人心的经典,当代文学的读与写也正在受着汪公人与文的召唤,逐渐回归内心的纯净和理性的安静。我们今天怀念汪曾祺,有这样几点值得我们在读与写的过程中予以关注:

真纯的人性之美。汪曾祺曾经这样评价过自己的小说创作:"我写的是美,是健康的人性。美,人性,是任何时候都需要的。"汪曾祺作品中的人性之美出乎本真而带着淡淡的忧伤,这种恬淡怡然的美深深地俘获了读者内心的本真的善良。放眼文学界,我们见惯了那种"不讲人性,只讲异性"的文字,那种将美的人性和尊严用最粗暴的文字进行着践踏,太多的所谓"暴力美学"充斥着文学,构造的是暴露隐私、吸引眼球、刺激感官欲望的所谓文字作品。这些文字有人性,然而是被扭曲的,尽管短时间似乎能够引起一些关注,但是这种关注是消极的，于文学和社会而言都有着巨大的危害。网络兴起之后，诸如"情色""乱伦""血腥"等标签的作品更是有了飞速、广泛传播的空间和速度。

在汪曾祺的作品里人性不是那种轰轰烈烈得失真的叙述，不是那种刀剑相对的血腥，恰是那恬淡忧伤的文字，是人性之美绚烂到平淡至极。在小说《受戒》中，荸荠庵如世外桃源般优美、宁静，庵里的和尚吃肉、打牌、放焰口，享受世俗人生的快乐；二师傅仁山与妻子在寺里安然相守，甚至打牌输了不发脾气；小和尚明海与赵庄小姑娘小英子纯洁的爱情又宣告了佛门戒律的破产，让人性获得了胜利。《受戒》结尾，小明子和小英子关于"我给你当老婆，你要不要？"这个问题的对白像是一股春风吹入人的心田。即便是写人性的残酷，汪曾祺的文字仍然让人感觉到一种美感。小说《陈小手》中陈小手给团长妇人接生后喝了酒，揣上20块现大洋出了天王庙，跨上马。团长掏出手枪来，从后面，一枪就把他打了下来。团长那一句："我的女人，怎么能让他摸来摸去！她身上，除了我，任何男人都不许碰！你小子太欺负人了！日他奶奶！"在成就了小说经典形式之外，更是将人性突显出来，令人感受到凄凉的美感。

温暖的风俗之美。经济社会的发展，城市化进程的加快，生活方式的变迁，许多旧的生活方式被改变甚至被忘却，但我们清楚这些传统的民俗风情是温馨的、有人情味的，这一点并不是速度和效率因素所能改变的。相反，随着生活节奏的加快，我们越发地要在想着"到哪里去"的时候思考"从哪里来"的问题，人们在不断的反思中进行着生存的回望。旧的民俗风情似乎没有了实用价值，但却不断地被记忆所发掘，用以温暖我们快速而麻木的生活，从中找到我们立足现实走向未来的依据和能量。

汪曾祺的文字就有这样的魔力，他往往在乡土风俗的描写之中渗透着传统的文化意识和审美情趣，人与人之间谦和互爱，人与物之间亲切共适，人与环境之间和谐相依，呈现出一派远离喧嚣和纷争，摒弃传统伦理中的狭隘和迂腐后的高远平淡、自然随和的生活氛围。《大淖记事》中，生活是那么的细致："嫁闺女时都要陪送一套锡器，最少也要有两个能容四五升米的大锡罐,摆在柜顶上,否则就不成其为嫁妆。出阁的闺女生了孩子,娘家要送两大罐糯米粥(另外还要有两只老母鸡,一百鸡蛋),装粥的就是用娘柜顶上的这两个锡罐。"有这样的细致的放慢的生活速度,人的心也就能追上放慢的脚步并一起上路。在《钓鱼的医生》中,这种缓慢变得饱含情趣和高雅:这个医生几乎每天钓鱼。你大概没有见过这样钓鱼的。他搬了一把小竹椅,坐着。随身带着一个白泥小炭炉子,一口小锅,提盒里葱姜作料俱全,还有一瓶酒……钓上来一条,刮刮鳞洗净了,就手就放到锅里。不大一会儿,鱼就熟了。他就一边吃鱼,一边喝酒,一边甩钩再钓。这种出水就烹制的鱼味美无比,叫作"起水鲜"。到听见女儿在门口喊:"爸——!"知道是有人来看病了,就把火盖上,把鱼竿插在岸边湿泥里,起身往家里走。不一会儿,就有一只钢蓝色的蜻蜓落在他的鱼竿上了。

经典的汉语之美。我们之所以今天还在怀念汪曾祺,不仅因为他是苏北水乡小城高邮的汪曾祺,也不仅是昆明或者北京的汪曾祺,而是汉语文学的汪曾祺,这正是汪曾祺文字的魅力之所在。汪曾祺不仅打动了某个地域人们的心灵,而且用他的笔打通了整个汉语读者的心灵通道。汪曾祺用自己的叙述勾起了自己的回忆,又为广大读者回顾自身的过往代言。由此,他的文字能够超越时间的界限,从过去走向未来,能够打通地域的阻隔,从此岸走向彼岸。《受戒》的结尾,这种文字之美就像是可以触摸的现实场景,又似乎是每一个人曾有过的梦境:芦花才吐新穗。紫灰色的芦穗,发着银光,软软的,滑溜溜的,像一串丝线。有的地方结了蒲棒,通红的,像一枝一枝小蜡烛。青浮萍,紫浮萍。长脚蚊子,水蜘蛛。野菱角开着四瓣的小白花。惊起一只青桩(一种水鸟),擦着芦穗,扑鲁鲁鲁飞远了。

放眼当下文学界,对于文字的敬重与讲究在一些所谓作家口中似乎已经是一句空话了。这些不敬重文字的人大体有这么几种情况:一是那种本来文通字顺还成问题的人,大概是有了点钱或者揽了点权便附庸风雅不知所以,也捣腾起文学来,这本来也无可厚非,但是这些人是因人及文却又不愿意专心向学钻研,自以为是地摆弄文字,这些人写出来的东西自然没有路数可言,更无法谈及美感了;二是那些掌握了一定的文学功力的人,自以为玩转了文字，对文学有一种轻慢的态度，往往显得随心所欲，甚至有些人刻意地采用粗暴的态度破坏文字之美，以达到吸引人眼球的目的，诸如"梨花体""咆哮体"之流，这种写文章的人也值得警醒；三是网络兴起之后，年轻写手们在基于网络背景下，建立的一种新的语言模式，诸如网络语言、火星文等形式，这些新兴的网络语言虽然充满活力，但是破坏了基本的汉语语法与审美趣味，将汉语的严谨与优美破坏殆尽。凡此种种，造成了当代文学中的许多文字形式平庸无奇甚至错误百出，作为承载文学思想内容的形式——文字都不能优美动人——皮之不附，毛将焉存？

汪曾祺的书写无疑是具有自身的独特个性的，但是其更大的魅力在于他的文字能够打破时空的限制，让读者感觉到这样的文字可以是高邮的文字，也可以是昆明的文字，也可以是北京的文字；可以是昨天的文字，可以是今天的文字，更可以是未来的文字；可以是乡情的文字，可以是异域的文字，更可以是自己的也是大众的文字。所以，我们今天怀念汪曾祺，是因为从过去到现在，汪曾祺的文字一直感动着我们，其作品中文学的人性美、风俗美、形式美是我们永恒的追求，直到遥远的未来也必将如此。

作者简介

周荣池，中国作家协会会员，高邮市作家协会主席，江苏省作家协会签约作家。著有长篇小说《李光荣当村官》《回回湾记事》等，长篇散文《村庄的真相》等，入选江苏省作家协会首批作家深入生活计划。

高邮人心中永远的汪曾祺

子 川

汪曾祺的文字让高邮人延伸了自己的记忆，延伸了自己对这片故土的认知与了解。记忆这东西，像游子的乡思、游子的梦境，将随生命的中止而消逝。

我写这篇纪念文章仅仅因为自己是个高邮人，是汪曾祺先生的同乡。我与汪曾祺只见过一面。1993 年，我在《钟山》供职，杂志社在京召开小说发奖大会，遍邀京城小说名家在新华社礼堂聚会。这种见面或曰认识太寻常了，如果不是晚餐时与汪曾祺坐在一张席面上，有过几句对话，并因为我的一口高邮方言，引得他转头问起我家住高邮哪里？恐怕这辈子只能说我认识汪曾祺而汪曾祺未必认识我吧。

更早些时候，与汪曾祺倒是有过一次间接的联系。提供这次间接联系的人是当时在高邮供职的王干先生。1987 年前后，我在泰州文化馆工作，一帮热衷于文学的青年人聚在一起，想搞一本叫作"苏中文学"的文学期刊，通过王干先生转致汪曾祺先生并请他题写刊名，汪先生当时好像主张刊名宜用"里下河文学"，后来，汪老还应邀寄来一帧刊名题签。

里下河不是一条河。里下河是一个由无数河流组成的水网地区的统称。

也就是说，这一地区的河流都属于里下河，它们中绝大多数没有自己的名字。生活从来就是这样，一代代人从这个世界上离去，能留下名字的人总是很少。里下河还是一些不知道流向的河流，有时，风向就是它们的流向。里下河的河流更像停泊在水洼里的水，有一个基本水位线，在这个标高上基本不流动，雨水多了，水位线提高，会漫出去一些，天旱的时候，圩子外面的水也会流进来一些。里下河的某些区域，水面高程在海平面以下。曾经有一种说法：百川归大海。还有一种说法：水往低处流。里下河的水是不会流向大海的，因为地理上的原因，从里下河流向大海有时就成了水往高处流，这不符合自然规律。

由此可见，这地方的一上一下，差别很大。上意味着外面，下意味着里面；上意味着高处，下意味着低凹；上意味着前，下意味着后；上意味着干，下意味着湿；上意味着富，下意味着贫；上意味着开放，下意味着保守。地处里下河门户的泰州，可能还是觉得"苏中"比"里下河"更符合自己的身份吧。

里下河留给我的记忆，似乎也是与低凹、潮湿、贫困、保守这样一些内容联系在一起。

当我在汪曾祺小说中读到这样的文字："芦花才吐新穗。紫灰色的芦穗，发着银光，软软的，滑溜溜的，像一串丝线。有的地方结了蒲棒，通红的，像一枝一枝小蜡烛。青浮萍，紫浮萍。长脚蚊子，水蜘蛛。野菱角开着四瓣的小白花。惊起一只青桩（一种水鸟），擦着芦穗，扑鲁鲁鲁飞远了。"（《受戒》）我愣住了好半天。我愣住的原因不仅为了汪曾祺的美文，虽然这些文字确实美，而是我在那时想起了里下河，想起那些长满芦苇的草荡……汪曾祺笔下的景致，我见过岂止一次两次，可在阅读汪曾祺的文字前，我怎么就没觉得它这么美好呢？或者说我从来没有想到过，我的故乡在文字里可以这么美！还有，生活与文字，它们到底是一种什么关系？是文字美？是里下河本身美？还是因为汪曾祺有一双发现美的眼睛？我呆住了！

汪曾祺写家乡的文章我都读过，有的还不止读一遍两遍。汪曾祺的文字里有一股水生薄荷的气息，很沁人的那种。开始并不怎么明白为何会这样？后来从他"文中半是家乡水"的诗句中明白，那是因为里下河的气息氤氲在他的文字中罢了。作为一个同乡，我读他文字时，其实也是在一遍遍读自己的记忆。读自己的记忆可以看作是一种内视。内视的"视"，想必也有角度，有感情色彩。汪曾祺的文字以及文字中弥漫的气息，不知不觉渗入我对故土的记忆。汪曾祺以他的美文濡染了我贫瘠的记忆。

不仅如此，汪曾祺的文字还似乎延长了我的生命的长度，使我似乎早生了30年。30年前的人和事，甚至河岸河床，都已天翻地覆。我记事的时候，诸如挡军楼、庙巷口这样一些街区、建筑，以及与之相关的风土人情都被拓宽的大运河挖进河床，留下的只有不知所详的地名以及"人老河宽"那句老话。汪曾祺用他记忆的锹，从湮没的河床中，将它们一锹锹挖掘出土并展现。

从这层意义上来说，汪曾祺的文字让高邮人延伸了自己的记忆，延伸了自己对这片故土的认知与了解。记忆这东西，像游子的乡思、游子的梦境，将随生命的中止而消逝。当我们离开这个世界，那个已经不复存在、仅保留在我们记忆中的故土，如何能够走出地方文献那样枯燥的文本，能够形象地让后人们得知呢？由于汪曾祺和他的那支如椽大笔，我的故土得已永生，在他那些织满乡情的文字中，故乡旧貌得以永存。

对于高邮人而言，汪曾祺的意义远不止于此。他还标志着一种高度。而这种高度的意义不好具体去叙说，有时近乎一种"场"，就像人们说起历史文化积淀常常要说到"人文荟萃"。人文荟萃对于一个地方的意义是不太好说的。然而，它一定有意义！历史上高邮的秦少游，就曾是一种标高的刻度。作为"婉约派"代表词人之一的秦少游，肯定对汪曾祺有过影响，这影响未必是直接的，未必是当事人意识到的，甚至也不体现在受影响的人读过、背下了多少秦少游的诗词。同样，汪曾祺对于今天的高邮人而言，也有着类似意义。汪曾祺生前，就人们常说高邮特产鸭蛋，笑辩说：高邮还有秦少游！汪曾祺说起秦少游，其内心恐怕还不只是"与有荣焉"，就像今天我们说起汪曾祺一样，"与有荣焉"也只是其中的一个层面。

高邮是个著名的凹地。"凹地"其实是一种无意识的意识。汪曾祺，向我们提示有一条通向外面的路。这种提示也是非常有意义的。这种意义只有高邮人才能体会到。就是说，并非有一条明晰的道路在哪里，可让后来人沿着那条路径直往前走，便走出"凹地"。没有那么简单。世界上从来没有这么简单的事。没有。

汪曾祺的提示近乎暗示，但确凿存在着。如果说，这片起始遥远的"凹地"必得有一条可以走出的途径，汪曾祺则提供了这种可能性。总也走不出的凹地。总也得走。许多无奈，许多迷惘，然而，眼前忽然一亮。

在高邮人心中，汪曾祺是永远的。

作者简介

子川，江苏省作家协会理事、专业作家。中国作家协会会员、中国诗歌学会理事，江苏省中华诗学研究会副会长，苏州大学文学院兼职教授。出版九本专著。作品被九十多种年选、选本选载并译成英、法、德、日、韩等国文字。

他，和这座城

张荣权

有人说，汪曾祺是高邮文学的一面鲜艳旗帜，是高邮城的一张靓丽名片，是咱高邮人的骄傲！我很认同这些肯定和赞美，但转念一想，似觉不够。汪曾祺老对于故乡高邮，对于高邮人应远远不止这些。

近日，我参与了汪老生前非常关注并题写刊名的家乡文学期刊《珠湖》三十年精品选的编辑，成书过程中很有感触。编辑过程中我经受了一番取舍的痛苦、纠结，那是割肉般肉疼的不舍。由此我产生了对高邮文学现象的思考。

我首先茫然于高邮文学队伍究竟有多庞大。高邮本土有中国作协会员5名，省作协会员25名，扬州高邮作协会员百余名。然而，这只是纸面上的数字。文人大多个性独特，高邮还有很多不愿用名头而是以作品证明自己的作者，我自天马行空，独来独往。高邮愿意弄些文字的是一支庞大的队伍，这个庞大，没有一个准确的数字。从经常见诸报刊的高邮作者来看，有穿着校服的稚气少年，也有年近九旬的须髯皆白的老者。他们文章一篇篇发，书一本本出，名曰写的玩玩。他们出书你千万不要想到这是时下自己掏口袋买丛书号那种，近年九旬老者可都是应出版社之约出书，一水的单书号。从目前仍很活跃的队伍看，一帮古稀左右的老者们不辍笔耕，他们写人物传奇、研究汪曾祺、秦少游、王磐、张綖、熊纬书，研究"江淮方言"，且成果颇丰；一帮中年人创作势头正猛，长篇小说一部接一部，大散文一本接一本，他们有"我急了"的紧迫感，于是多有焚膏继晷，不出作品寝食难安之徒；一帮青年人正以嗷嗷之声、超越之态发奋前行。这些青年人对现代传媒应用得心应手，显示出无穷的潜能与活力。他们和中年群体既竞争又交流，已然成为高邮文学创作的主体力量。此外，还有不可小觑的更庞大的学生群体。虽然书包沉重，而文学创作依然活跃。临泽的"芦花少儿诗社"，赞化中学的"少游文学社"，高邮中学的"新苗文学社"，城北中学的"大淖河文学社"，开发区的"世纪风文学社"，武安初中的"繁星文学社"等，他们的诗文常得到国家级专家学者的肯定和鼓励。贾平凹就特别喜欢小作者的散文，他主编的《美文》也常登载高邮小作者的文章。一个县级城市，有这么一支队伍应该算得上可观了。

更为可观的是"潜水"者众。看似一个十分平常的工人、农民、教师、职员，什么时候冷不丁就能拿出厚厚一沓文字来，然后信心满满地走入文学队伍。许多新人的出现常让人感到毫无思想准备，我们会常常发出"他（她）也这么能写"的惊呼。还有多少潜水者，我想没有人能说清楚。可以相信，应该有相当一群热心弄点文字的人还不在高邮文坛的视野之内。

高邮弄文字的还有一群行政长官。他们的本职工作大多和文学不搭界，他们就是热爱文字。工作余暇，休息日时间，别人会友喝酒聊天，他们爬格子敲键自得其乐。由于工作经历的关系，他们的文字涉猎的内容有所独到，他们的语言就如做行政时的严谨细密。这个群体中多者已出书七本，与一个作家相比，也不逊色。

高邮这么庞大的写作群体中绝大部分人熬夜带晚并不是朝着功利。他们基本都有一份稳定的收入，也都知道自己不会在未来的日子里成名成家。写点属于自己的文字，完全是记录情感，表达思考，或留住一些往事，或珍藏一份乡愁，或与读者交流对世界、对人生的认识。较多人就把写作当成一件乐事。闲暇时光，弄点文字，心灵就有了依托，精神就觉得满足。这种心态下的文字就很轻松，就有真情实感。

作为文学，我们不能不正视舞台艺术和屏幕文艺样式，从某种程度上讲，电影电视剧因更形象更鲜活而更接近普通百姓。或许正是看中受众面广这一点，高邮有一群人一直对此孜孜以求。他们尝试电影、电视剧创作，有过成功，也有过中途夭折，更有过胎死腹中，但这群人不因失败而气馁，不断自我求索。他们相信，成功是在再坚持一刻的努力之中。

高邮文学的繁荣让久居在外的游子和朋友感到难能可贵。一位定居沪上的乡贤深有感触地说：在上海，朋友相聚都谈生意、谈收入、谈在哪发财，即使一班文人推杯换盏也概莫能外。唯独在家乡，三五朋友相聚，言必谈写了什么、在哪发了什么，这种对文学的痴情无处可比。于是他慨叹"有个老家真好"。

这个城市有这样一个群体对文学钟情肯定是有理由的。高邮是文化名城，与生俱来的有着较多的文化基因，而汪曾祺老又激活了这个基因，使之无限地放大开来，也才有了今天这种繁荣的局面。高邮文学虽然还没有在更大区域内振聋发聩之作，但我相信，有今天的好势头，有汪老的大旗引领，肯定会有人走得很远。

应该说，高邮在创作上有成就的人，大多是受汪老的影响。汪老的创作实践也是给高邮弄文字的人以很强的指导和借鉴，以大淖为例，见过真实大淖的人都还记得，真实的大淖并不完全是这样，朴素原始之外，还有些肮脏的杂乱，而到了汪老笔下，大淖就那么的纯、那么的美、那么的有诗意，所以当外地人来高邮寻找大淖时，是根本找不到的，那个大淖就是汪老的大淖。这种善于发现生活的美的本领是够后来者学习的。

写到这里我依然觉得不够，如果只谈汪老对家乡文学的推动引领那还只是文化人的一孔之见。当贾平凹、铁凝、范小青、王安忆、陆文夫、蒋子龙、高洪波、李敬泽、洛夫、舒婷、刘醒龙、张抗抗、王干、费振钟、毕飞宇、曹文轩、商震、林莽、梁平、邵燕祥、王臻中、夏坚勇、赵恺、孔祥东、叶橹、王小妮等一批批名家为着汪曾祺纷至沓来的时候，高邮作为汪老的故乡是应该感到自豪的；当五湖四海的"汪迷"不远千里怀着朝圣的心情来高邮寻找汪老足迹的时候，作为这座养育了汪老的城市，高邮是应该感到自豪的；当三轮车夫载着王安忆夫妇说我是汪曾祺街坊的时候，语音里是掩饰不住自豪的；当王二(《异秉》中卖熏烧的摊主)的儿子逢人便夸汪先生写得真像的时候，那种作为小说中人物的晚辈也是感到自豪的；当中央领导说到高邮还有个汪曾祺时，高邮整个城市都是感到自豪的。

高邮这个城市除了出过秦少游，出过双黄蛋，现在又出了汪曾祺。提到汪老，提到高邮，许多人会肃然起敬，或感到有亲和力，或感到如江苏省作家协会主席范小青所言，"高邮与文人，几乎就是一个同义词，就是一种共同现象，高邮可以是文人故乡的代称……"

因为汪曾祺，这个城市更加给人惦念的力量，这座古城显得更有文化、更有气质。因为汪曾祺，这座城市增加了更多的色彩和对外吸引力，这是实实在在的。

汪曾祺老留给这个世界以这座城市中人物、事件为背景的文字可谓是无价之宝。他离世二十年，作品一版再版，社会上汪曾祺热一波又一波，正证明着他的价值。目前，社会节奏快、人心浮躁，拜金狂热，信仰缺失，许多人便从汪老的文字里寻求淡定，寻求心净，寻求美感，这大概是汪曾祺热的形成原因之一吧。在高邮也真有人把汪老的书放在床头枕边的，遇到矛盾心情烦躁时，遇到困难情绪低落时，因忧郁辗转反侧不能入睡时，读一读汪曾祺，心情就会平静，情绪就能稳定，于是就能安然入睡。第二天日出时又是一个精神面貌全新的人投入工作。从这个角度来看，汪老的作品是精神上的加油站、净化器。

人们尊重汪老、怀念汪老、这与汪老生前的为人密不可分。他三次回高邮也留下一路佳话。他为文学青年做文学讲座，情真意切，激情动容。他给继母任氏娘行跪拜大礼，让人唏嘘不已。他去看望幼稚园老师并作诗以赠，让人肃然起敬。他为家乡文学爱好者改诗写序，有求必应。他一路走来，为人题字作画，分文不取。他一直关心家乡的水利建设，一个饱受水灾之苦的人希望写些文字表现家乡建设的变化，这种对家乡热爱的拳拳之心，真切感人。他非常亲切、随和，丝毫没有衣锦还乡的架子，他对高邮的老街坊邻居一样的微笑，仿佛就是一个邻居家孩子外出归来的感觉。他对文联，《珠湖》杂志都很关心，题字题诗，不遗余力。

汪老是个十分值得人尊敬的人，他的为人处世，中庸平和，乐观豁达，劲节清操，认真坚守，兼备了中国知识分子的传统美德与现代精神。他留给这座城市的人们许多许多，他作为一个高邮人，又让世界对这座中国文化名城认识了许多许多。

正是泪别汪老二十周年的日子，仅以此文为祭。

作者简介

　　张荣权，笔名木木，苏州大学汉语言文学专业毕业。江苏省作家协会会员、省戏剧家协会会员，中国民间文艺家协会会员，文学期刊《珠湖》执行主编。小说、散文散见于《文学报》《解放日报》《雨花》等报刊。著有《微雨润林荣》《故乡的表情》等作品集。

边读边品《宁作我》

侯惟峰

早几年结识年轻的杨早博士，在百度网上了解他，得知他是个学识渊博的学者。上个月，在手机上翻阅到汪曾祺文学自传《宁作我》出版，主编居然是杨博士，便毫不犹豫地购买了一本。算我运气好，书到没两天，杨博士就来到了高邮。在汪曾祺纪念馆的汪氏家宴祺菜馆，我有幸见到了他，这是我第三次与他见面，前两次的见面没说几句话。这一次的见面，杨博士高兴地为我在书上签名，并着身边工作人员钤了汪曾祺和汪朗先生的印章。

能有这么好的机会，是因我有幸参与了汪氏家宴祺菜馆和汪家客栈的开业和运营工作。平日里琐碎的事较多，空余的时间真的很少，但心中还是对这本《宁作我》念念不忘。之前，很想寻迹汪曾祺的文学人生，都是东读一本西读一本。现在有这么一本书，用汪老的作品贯穿了他的一生，真是我们这些汪迷的福音。

一个静谧的傍晚，我在汪家客栈二楼，找了一间面对汪家花园的客房，沏一杯茶，坐在阳台上，眺望汪园的美景，静下心，翻开了《宁作我》。

真是很奇妙，在这个地方开读汪老的书，又是一位熟悉的人编辑的。

书的第一页，是汪朗先生为这本书写的代序：《汪曾祺的固执》。
"老头儿"这个词，但凡喜欢汪老的人都不陌生，我同大多数人一样，都觉得汪老在家里肯定是一个很随和的老头儿，所以才有"老头儿"这个称呼。序中汪朗讲他写过一篇《多年父子成兄弟》的回忆文章，其中有一段：

> 我的孩子有时管我叫"爸"，有时叫我"老头子"！连我的孙女都跟着叫。我的亲家母说这孩子"没大没小"。我觉得一个现代的、充满人情的家庭，首先必须做到"没大没小"，父母叫人敬畏，儿女"笔管条直"，最没意思。
> 儿女是属于他们自己的。他们的现在，和他们的未来，都应由他们自己来设计。一个想用自己理想的模式塑造自己孩子的父亲是愚蠢的，而且，可恶！另外，作为一个父亲，应该尽量保持一点童心。

这一段，我觉得应该分享给天下每一位家长。我现在是两个女儿的爸爸，回想起做儿子的经历，我的爸妈还算合格，没有给我太多的干涉和要求，可能是当时经济条件不太好的原因。现在，很多家长让孩子学这学那，补这补那，还振振有词："我这是为你好！"这真的是为孩子好吗？过去在我们的青少年时代，我没听过多少学生自杀、学生得抑郁症的事件。也有可能是现在媒体多，关注的人多吧。孩子，应该有快乐的童年，我们是快乐的给予者而不该是剥夺者。

话说回来，汪老这样对儿女和孙女，是他脾气特别好吧？可不尽然，汪朗先生在序中披露："老头儿虽然脾气很好，但偶尔也有发火的时候，有时还挺激烈。"经历了人生大起大落，有多少人能像汪老那样，或许有怨气，但又能够及时寻找到合理方式纾解愤懑。汪老文章写得不一般，和他的心境也有一定关系吧。

"老头儿在一般事情上都还随和，但有时候也固执，这主要表现在对待文学作品上。"汪朗如此评价汪老对于文学的固执。我个人觉得这种固执真的很可爱，一个人对于自己的事业和追求如果没有一点坚守的话，就会失去方向。如今社会，随大流，得过且过的人很多。回想起自己在曾经的一些失败后，还真的是缺少像汪老那样的固执。

在汪曾祺特色文化街区工作，每天看到来自全国各地的"汪迷"，甚至有外国朋友，他们来参观，来祺菜馆品尝汪老吃过的、做过的、写过的美食。我感觉这份工作意义大，责任更大。我需要广泛地阅读，深入地了解汪曾祺的作品。一位作家朋友说，汪曾祺没有写过自传，但他用作品写了，用他的文章作为不停的步履，走过了他的文学人生，丈量了这个他始终觉得温情、可爱的世界。

"散落各处的自传，被拢到了一块儿。"这就是这本书的意义。了解汪曾祺，我就从这本书开始，边读边品！

作者简介

侯惟峰，资深餐饮人，多年从事汪曾祺美食研究和汪氏家宴制作。现为汪曾祺特色文化街区汪氏家宴祺菜馆运营负责人。